新潮文庫

さよならの言い方なんて知らない。

BOOK 4

河野　裕著

新潮社版

11343

目次

CONTENTS

プロローグ　9
第一話　少年はヒーローを目指すことにした　17
第二話　開戦の宣言　63
第三話　それが欲しくてここにきたんだ　116
第四話　いつだって彼は前提と戦う　168
第五話　誰もが何処かで敗北している　230
第六話　彼女には何人もの友達がいる　304
エピローグ　347

「架見崎」地図

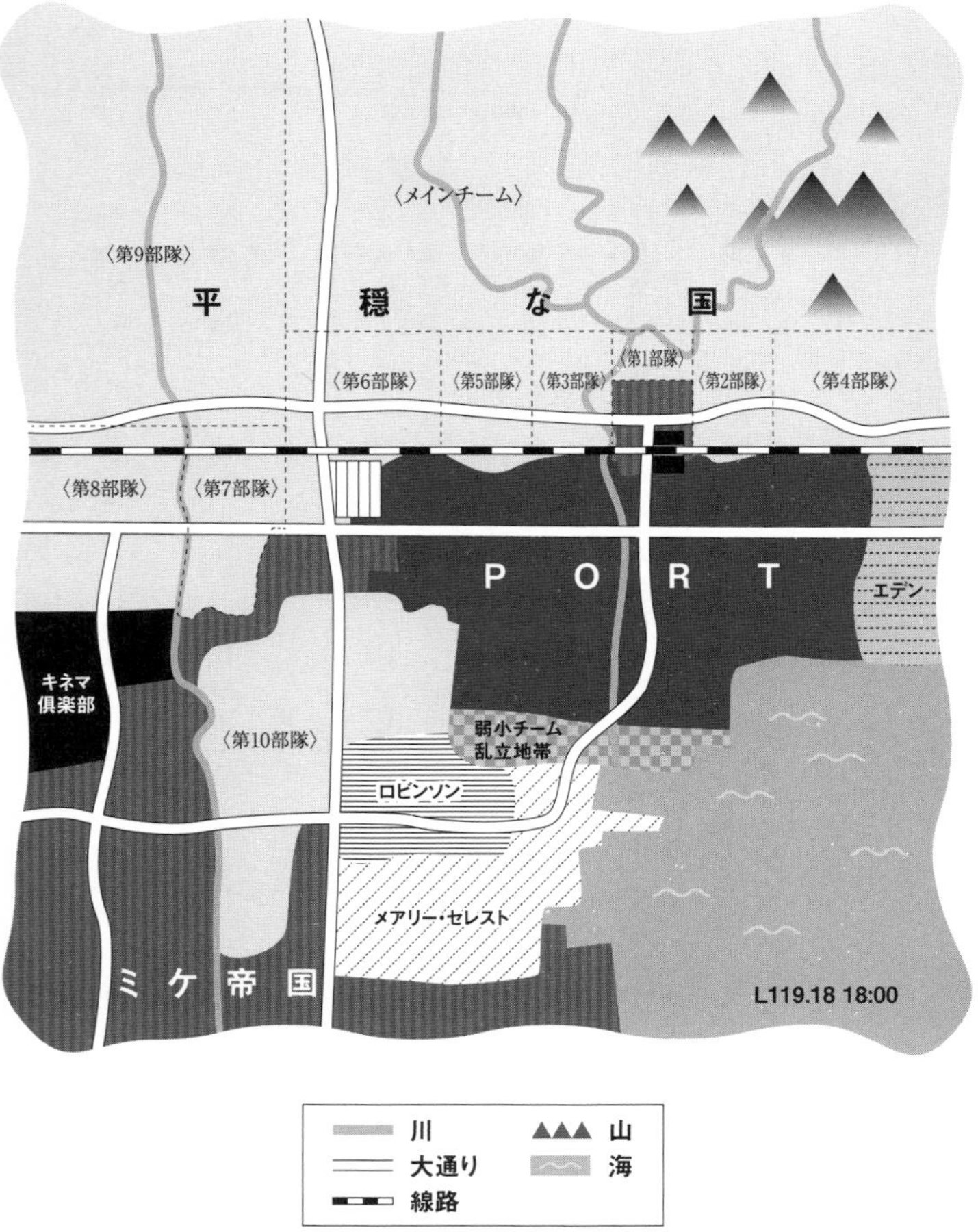
〈メインチーム〉
〈第9部隊〉
平穏な国
〈第1部隊〉
〈第6部隊〉
〈第5部隊〉
〈第3部隊〉
〈第2部隊〉
〈第4部隊〉
〈第8部隊〉
〈第7部隊〉
PORT
エデン
キネマ倶楽部
〈第10部隊〉
弱小チーム乱立地帯
ロビンソン
メアリー・セレスト
ミケ帝国
L119.18 18:00
川
大通り
線路
山
海

登場人物紹介
CHARACTERS

秋穂栞
Akiho Shiori

高校2年生。年齢より幼い外見をしているが、性格は大人びており、何事にも冷静に対処する。香屋、トーマとともにアニメ「ウォーター＆ビスケットの冒険」のファン。

冬間美咲
Toma Misaki

香屋と秋穂の幼馴染。「平穏な国」序列2位、ウォーター。中学2年生のとき、謎の言葉を残して消えるが、「架見崎」で二人に再会する。絶大なカリスマ性で人を惹きつける。

香屋歩
Kaya Ayumu

高校2年生。臆病者を自認しており、何をするにも恐怖心が先立つ。「架見崎」においては、他のどれよりも例外的な能力「キュー・アンド・エー」を獲得している。

平穏な国

リリィ Lily

「架見崎」2番目のポイントを持つ「平穏な国」でリーダーを務める少女。能力名「玩具の王国」

PORT

ユーリイ Yuri

「架見崎」最大の勢力「PORT」リーダー。王者と呼ばれる。能力名「ドミノの指先」

ホミニニ Hominini

「PORT」ナンバー2。人心掌握能力に長け、多くの仲間を持つ。能力名「オレの願いはお前の願い」「野生の法則」

イド Ido

「PORT」所属の検索士。ユーリイの側近。その正体は元キネマ倶楽部リーダー「銀縁」であり、アニメ「ウォーター＆ビスケットの冒険」の監督。

キネマ倶楽部

キド Kido

「キネマ倶楽部」所属。独特な戦い方から「天才」「ジャグラー」の異名を持つ。

月生亘輝 Gessyo Koki

単独で70万ポイントを持つ最強のプレイヤーだったが「PORT」「平穏な国」連合の作戦に敗れ、所持ポイントを大きく減らす。香屋に可能性を感じ、キネマ倶楽部の所属に。

ミケ帝国

白猫 Shironeko

「ミケ帝国」リーダー。身体能力は全プレイヤーの中でも随一。黒猫、コゲと三人で同チームを治めている。

宣戦布告ルール 1

- チームA → 宣戦布告 → チームB
  - 2時間のタイマーが回り始める
- チームC → 宣戦布告 → チームD
  - 2時間のタイマーが回り始める

交戦開始　　交戦開始

交戦は最長72時間。そこで強制的に引き分けとなる。

交戦終了　　交戦終了

交戦終了から24時間は他チームに宣戦布告できず、
他チームから宣戦布告を受けることもない。

宣戦布告ルール 2 戦闘の合併

- チームA → 宣戦布告 → チームB
  - 2時間のタイマーが回り始める
- チームC → 宣戦布告 → チームD
  - 2時間のタイマーが回り始める

チームA → 宣戦布告 → チームC

いずれかのチームが他の戦闘予定のチームに宣戦布告すると、
ふたつの戦闘が統合され、タイマーはより残り時間が短い方が採用される。

A、B、C、Dの4チームが交戦中となる

4チームすべての領土内で能力を使えるようになる。
交戦状態になったチームは、他チームに宣戦布告できず、
他チームから宣戦布告を受けることもない。

交戦終了

交戦状態でなければ、能力を使えるのは自分たちのチームの領土内のみ。

さよならの
言い方なんて
知らない。

THEME OF
THE WATER &
BISCUIT 4

プロローグ

キネマ倶楽部《くらぶ》というチームは、外からはどんな風にみえるだろう、と香屋歩《かやあゆむ》は考える。

このチームはほとんどなんの予兆もないまま、架見崎《かみさき》の西端にぽんと生まれた。大勢は間もなくキネマ倶楽部が消滅するだろうと予想していたはずだ。他の多くの弱小チームと同じように。

だがそうはならなかった。当時のリーダー――銀縁《ぎんぶち》は高度な検索《サーチ》能力を持ち、情報をバランスよく周囲のチームに開示することで、自身の領土を一種の中立地帯に引き上げた。並行して、立て続けに才能のある新人を獲得し、チームを成長させていった。戦闘を好まないチームの方針も明らかになり、戦いに疲れた一部のプレイヤーたちから密《ひそ》かな注目を集め始めた。キネマはやがて、中堅の一角に手をかける程度まで発展した。

だがおよそ一〇ループ前、このチームは滅びるはずだった。

最大手チーム、PORTからの宣戦布告を受けたことが理由だ。

誰の目からみてもPORTの勝利は揺るがないものだっただろう。戦力の差は比べるまでもなく、PORTの部隊を率いるのは切れ者として知れ渡っていたユーリイで、キネマ側にまともな対抗手段があるはずもない。実際、キネマの面々は闇雲《やみくも》に逃げ回るばかりだったと聞いている。なのにけっきょく、キネマ倶楽部は生き延びた。PORTは銀縁ひとりを獲得したことで満足し、部隊を引き上げた。

　とはいえ銀縁を失ったキネマに、以前のような魅力はなかったはずだ。さらにチームは内部で分裂し、離脱組はトリコロールという新たなチームを作った。再び弱小になり下がったキネマは、当時隣接していた中堅チーム――ブルドッグスに狙《ねら》われ、やはり存亡の危機に瀕《ひん》していた。それを押し返したのが、銀縁からリーダーを譲渡されていたキドだ。

　たかだか五〇〇〇Pほどしか持たないキドが、二度続けて一万Pを超えるプレイヤーを退けたことは、他の弱小チームにとって希望だったのではないか。月生《げっしょう》だとか、ユーリイだとか、トーマ――ウォーターだとか。そういう、手の届かないところにいる架見崎のトップの連中ではなく、弱小でありながらたしかな結果を出すキドこそが、自身を投影しやすいヒーローにみえたのではないか。

　それからもキネマ倶楽部は架見崎を生き抜いた。平穏な国だとか、PORTだとか、月生だとか。明らかな強者たちの戦いに巻き込まれながらも滅びることなく、大きな被害も出さず、たしかな戦果を築いてきた。

　――キネマ倶楽部は、底が知れない。

　こんな風にみえても、不思議ではない。

　そして、キネマ倶楽部に関する最新のニュースは、架見崎中を驚かせたはずだ。

　あの月生が、ついに他のチームに所属するらしい。

　そのチームが、キネマ倶楽部らしい。

月生は所持していたポイントの大半をＰＯＲＴと平穏な国に差し出している。だが、それでも手元には八万近いポイントが残っている。キネマ倶楽部が所有するポイント三万を加えると一一万となり、これは中堅を名乗るのに充分な数字だ。

きっと、もうどのチームもキネマ倶楽部を無視できない。

――だから、今しかない。

香屋歩は顔をしかめる。

怖くて怖くて身体《からだ》が震える。

でも自身の切り札を――架見崎を訪れたときからずっと握り締めている、もっとも価値があるカードを切るタイミングはここしかない。

香屋は目的を叶《かな》えるために、自身のポリシーをひとつ手放すことを決めた。臆病者《おくびょうもの》として、人の目につかず、誰にも気にされず、どこにでもいるその他Ａとして架見崎で暮らすことを諦《あきら》めた。

つまり香屋歩は、架見崎において「有名人」のひとりになることを決意した。

＊

久しぶりに、キネマ倶楽部が本拠地にしている映画館にチームのメンバー全員が集まっていた。

現リーダー、キド。彼の副官のような立場にある射撃士《シューター》、藤永《ふじなが》。チーム唯一《ゆいいつ》の検索士《サーチャー》、リャマ。強化士《ブースター》の加古川《かこがわ》、大原《おおはら》、ポケットソング。さらに射撃士《シューター》のピッカラと、その他《オリジナル》——というか、戦闘においてはほぼなんの能力も持たない秋穂《あきほ》、香屋。加えて現状ではまだ、正式にはキネマに加入していない月生。総勢でちょうど一〇名になる。

彼らを集めたのは、香屋だった。

香屋は全員をぐるりと見渡して、それから正面に座るキドで目を留めて、言った。

「キネマ倶楽部を僕にください」

キドは優しい、というより軽薄にみえる笑みを浮かべて、首を傾《かし》げる。

「具体的には?」

「まずは、リーダーの譲渡」

「そう。いいよ」

軽い調子でキドが頷《うなず》く。ずいぶん悩んだのに拍子抜けだ。

「ありがとうございます。それから——」

「いや、待て」

と脇《わき》から藤永が口を挟む。

「簡単に認められるわけがないだろう、そんなこと。説明しろ」

彼女は剣呑《けんのん》な目つきでこちらを睨《にら》んでいるけれど、想像よりはずいぶん友好的だ。もう少し激しい、たとえば射撃《シュート》を起動した端末を突きつけられるくらいの拒絶を予想していた。

「ちょっと待って。たしか、メモが——」

香屋は手元のノートをぺらぺらとめくる。キネマの面々を説得するための格好良い台詞《せりふ》をまとめていたはずだが、なかなかみつからない。というか、このページなんてなにを書いているんだ？　自分の字の汚さにうんざりする。

ぽこんと現れた無言の時間に、キドが噴き出すように笑った。

「今さら香屋くんを疑っても仕方がないでしょう。それに、オレは前線に立った方が役に立つんだから、リーダーには向かない」

藤永はやはり不満げだ。

「ですがキネマがまとまっているのは、貴方《あなた》がリーダーだからですよ。香屋の指示に命を賭《か》けられますか？」

「オレの指示にだって、命なんか賭けなくていい。やばくなったらさっさと逃げ出すのがうちの方針だよ」

「そういう意味ではなく――」

「実はオレも、そろそろリーダーを手放したいと思ってたんだ」

キドのその言葉は、香屋にとっても初耳だった。

彼は変わらず、口調だけは軽く続ける。

「オレはできるなら、気楽な戦闘員に戻りたい。次のリーダーは藤永かリャマかなと思ってたんだけど、香屋くんがやってくれるなら適任だ」

香屋は、ノートをめくる手を止める。ようやく該当のページをみつけたのだ。でもそこに並んだ台詞はなんだか作りものめいていて、口にするのは抵抗があった。夜中に書いたラブレターを翌朝に読み返してはいけないのに似ている。

香屋はため息をついてノートを閉じる。

まあいいや、と軽く考えていた。

香屋だってキネマ倶楽部というチームを信頼している。この人たちとは、少なくとも会話ができる。こちらの話を聞く耳を持っている。なら用意した台詞でなくてもいい。自分の言葉で話せばいい。

「このあと、月生さんがうちに入ります」

と手のひらで彼を指す。

月生は少し離れた席で足を組み、楽しげに微笑《ほほえ》んでいる。香屋は続ける。

「この人を無視できるチームなんてどこにもない。八万ポイントの月生というプレイヤーは、今もまだ架見崎において絶対的な強者のひとりです。まもなく大量の検索《サーチ》がうちに向く。徹底的に解析されて、対策されるはずです」

口を開いたのはリャマだった。

ポップコーンを運んでいた手を止めて、こちらに目をむける。

「ああ。ジャミングで誤魔化すのも限界があるな。つっても、そもそもうちに隠すようなデータもないが」

「はい。狙いは反対です。すべてみてもらう。とくに、僕の能力を」

香屋が持つ能力は特殊だ。「キュー・アンド・エー」と名づけられたそれは、ポイントを消費してこの世界の運営に質問への解答を強要する。質問の頻度は一ループにつき一回——ループのタイミング。質問候補の数は五つまでで、それぞれに必要ポイントを運営が提示する。

五つの質問候補は、端末に入力する形になっていた。

なら、そこまでは、他チームも検索《サーチ》で暴《あば》ける。

そして香屋は、次の質問の候補を、すでにひとつだけ入力している。香屋の切り札と呼べる質問だ。だから、もしもトーマがその一行を検索《サーチ》したなら、香屋の狙いの根っこを読み解くだろう。それは怖《おそ》ろしいことだった。

——でも、今しかないんだ。

架見崎中の目がキネマに向く、このタイミングが最適だ。

キドがわずかに身を乗り出す。彼は笑みの種類を変えていた。無邪気な、なのになんだか怖ろしい、目を離せない種類の笑みだった。

「君の能力を、みんなが検索《サーチ》するとどうなるの？」

香屋の方も笑う。

ほとんど無意識に。震えながら、引きつった笑みを浮かべる。

「架見崎に、新たな勝利条件が生まれます」

運営が用意したルールが殺し合いを示唆《しさ》するなら、そんなものぶち壊してやる。

こちらのルールで架見崎を覆《おお》う。

より平和でつまらない、生きやすい世界に変えてやる。

＊

香屋歩がキネマ倶楽部のリーダーに就いたのは、ＰＯＲＴと平穏な国が手を組んで月生と戦った日からちょうど一〇日後――香屋が架見崎を訪れて四ループ目の、八月一八日だった。同じ日、最強と呼ばれた月生がキネマ倶楽部に加入した。

そのニュースは間もなく架見崎中に広がった。

大勢が同じ疑問を胸に抱いた。

――香屋歩とは、何者だ？

月生を獲得したチームの新たなリーダーは、いったいなにをして成り上がった？

だが、その結果は香屋が期待した通りではなかった。

間もなく流れたより大きなニュースに呑《の》み込まれ、キネマ倶楽部と香屋歩の名前はかき消されることになった。

八月一八日。キネマ倶楽部がリーダーを変えたその日。

ＰＯＲＴのリーダーであるユーリイと、ナンバー2と目されていたホミニニが、揃《そろ》ってチームを抜けた。

第一話　少年はヒーローを目指すことにした

1

ユーリイは自分自身を、ひどくシンプルな人間だと考えている。

まず手近な目標を定め、その目標を達成するためのやり方を探す。適したやり方がみつかれば、あとは粛々と実行する。これの繰り返しだけで生きている。単純すぎるくらいに単純な日々を送っているのに、不思議とユーリイは、傍からは何を考えているのかよくわからない気まぐれ者だと評される。

その理由について、ユーリイ自身はふたつの原因を推測していた。

ひとつ目は、設定する目標の根拠だ。これは——誰もがそうであるように——ユーリイ自身の感情が理由になる。こちらの方が楽しい、こちらの方が素敵だ、こちらの方が納得できる。そういう、ありきたりな感情をベースに目標を決める。けれどその感情の成り立ちが、少し理解されにくいのではないか？　たとえば、他の人にとっては悲しいことをユーリイは楽しいと感じていたり、その反対だったり。極端に心の在り方が他者とずれているとは思わないが、多少の違いはあるのではないか。

ふたつ目は、目標の置き方だ。これは自分でも一般的ではないと感じていることだが、ユーリイは長期的な目標というものを持たない。幼いころから、将来の夢、みたいなものがない子供だった。勉強も運動も好んでいたが、学者にもスポーツ選手にもなりたくはなかった。たまに、「次のテストでは学年でいちばんになろう」だとか、「一キロ泳ぐタイムをもう五秒縮めよう」だとかの目標を設定することはあった。でもそれは勉強やトレーニングの成果を可視化するためのもので、ゴールというわけでもない。

わかりやすくまとめてしまうなら、ユーリイの行動原理の大半は「なんとなくできそうだと思ったことを、本当にできると証明する」だけだった。これは一歳のときに積み木を立てたのも、今PORTのリーダーをしているのも変わらない。大志も野望もなく、できることを証明するのは気持ちが良い、というだけでしかない。

ユーリイは自分自身を、とてもつまらない人間だと思っている。夢のひとつもないのだから。でも、そのことをわざわざ説明して回る必要も感じないから、変わり者だと言われることを受け入れている。内心では、そうでもないんだけどな、と思いながら。

八月一一日――対月生戦《げっしょうせん》を終えた三日後。そして、ユーリイがホミニニと共にPORTを出る一週間前。

ユーリイは住居にしているシティホテルに、ふたりの来客を迎えていた。応接用のソファーを置いた一室で、共に紅茶を飲んでいる。

茶葉はホテルに残されていた、フランスの老舗《しにせ》のフレーバーブレンドを選んだ。花のように甘い香りを持つ良い茶葉だが、ユーリィはどことなく物足りなさを感じていた。タリホーが淹《い》れる紅茶に慣れ過ぎた。

来客のひとり――イドがカップをソーサーに戻す。

「ホミニニの件を、どうなさるおつもりですか？」

ユーリィはクッキーの皿に手を伸ばしながら、軽く首を傾《かし》げてみせる。

「どう、とは？」

「説明の必要はないでしょう」

息を吐いて、ユーリィは笑う。

ホミニニは現状、少し面倒な立場にある。

対月生戦でPORT全体の決定を無視し、ユーリィに牙《きば》を向けたことが原因だ。もともと彼が発案した、月生用の作戦自体がユーリィを危機におとしいれるものだったが、まあそれはかまわない。すべてPORTのためという名目は保たれていたし、命懸けの作戦という意味ではホミニニ自身が先に月生の前に立っているのだからアンフェアでもない。

問題はそのあとだ。

ホミニニはユーリィの周りを固めていた一〇名ほどの兵士を籠絡《ろうらく》し、月生に向けるべき銃口をユーリィに向けさせた。ユーリィが持つPORT株すべてを放棄させることを目的として。

この事実は今、カードの一枚としてユーリイの手元に収まっている。

いまだPORTの意思決定議会――円卓には報告していないが、いつでもそうできるだけの資料は揃《そろ》えている。

そしてこれらの状況は、円卓では公然の秘密となっている。誰もが知っている秘密、なんて笑える状況が生まれたのは、ホミニニにはまだ利用価値があると考える円卓のメンバーが何人かいるからだ。ユーリイへのいちばんの対抗馬は間違いなくホミニニだった。ホミニニが失脚すれば、ユーリイの脅威となり得る相手はもういない。虎視《こし》眈々《たんたん》とPORTのトップを狙《ねら》う他の円卓のメンバーにしてみれば、もう少しホミニニを働かせたい。とはいえユーリイがあの件を問題にすれば、彼らだってホミニニへの処罰に賛成するだろう。リーダーへの裏切りを許してしまえば、PORTはもうチームとは呼べない。

すべての決定権はユーリイにある。当たり前に。

ユーリイはイドに向かって微笑《ほほえ》む。

「君としてはもちろん、手早くあの男を消し去りたいんだろうね？」

「さあ。それは、私が考えることではありません。貴方《あなた》が盤石《ばんじゃく》であればそれでいい」

「月生との戦いでは、君にも不審な点があったとも聞く」

「つまらない噂《うわさ》でしょう？」

「ああ。僕も気にしていない」

ユーリイが知る限り、架見崎《かみさき》において最高の検索士《サーチャー》はイドだ。彼が裏でなにをしていようと、その隠し事を暴《あば》けはしない。なら考えても仕方がない。

イドとはある契約を交わしている。

かつて彼が、銀縁《ぎんぶち》と名乗っていたころに作ったチーム――キネマ倶楽部《くらぶ》には手を出さないことを条件に、イドはユーリイに従う、という契約だ。ユーリイはイドを手放すつもりがないし、イドからみたユーリイにも利用価値がある。だからふたりは仲良しだ。

来客の、もう一方が口を開く。

「別にもったいぶるようなことじゃないでしょ。ホミニニが失脚すれば、来期のリーダーも貴方が選ばれる」

パン。「未確認の」と頭につけてその名を呼ばれることもある、円卓の変わり者。たいていの会議には欠席続きで、人前に姿をみせることさえまずない。PORT内の、たしかな権力者のひとりでありながら、その権力には見向きもしないような少女。

「意外だね。君もPORTの未来に興味があったのかい？」

「そういうわけでもないけれど、選挙には少し」

「へえ。どうして？」

「約束しているから。次の投票ではホミニニに入れるって」

PORTでは一〇ループに一度、リーダーを決める投票を行う。

八月を繰り返す架見崎で一〇ループ――つまり一〇か月に一度リーダーが替わる機会が

あるというのは、少し多すぎるようにも思う。だが架見崎の戦況というのは移ろいやすいものだから、適正だと言われれば適正のような気もする。

次の投票は、このループの末に予定されていた。だがユーリイは、投票の期間を少し前倒しにする準備を進めている。ＰＯＲＴで慣例を変えるのはなにかと面倒だが、今回は便利なカードがいくつかあるため順調に話が進んでいる。

「ずいぶん律儀《りちぎ》だね。口約束なんて、忘れてしまえばいいだろう？」

ユーリイは首を傾げて、パンの表情を覗《のぞ》き込む。

なにか彼女の思惑《おもわく》みたいなものが垣間見《かいまみ》えないか、と期待したけれど、これといって発見はなかった。重たい印象を受ける長い前髪の向こうの目が、つまらなそうに細まっただけだった。

「本当に忘れていたなら、それでいいのよ。でもうっかり覚えているものだから、無視もできない」

「どうして？」

「破る価値もない約束を破るのは、気持ち悪いから」

そう、とユーリイは応《こた》えた。

パンが言うことに、それなりに納得してもいた。ユーリイ自身、守るべき理由のある約束だけを守るより、破るべき価値のある約束だけを破りたいと考えている。それが誠意というものだろう。

「つまり君にとっては、ホミニニの件が不問になり、彼が問題なく選挙に出馬した方がよいわけだ」

「別に。そこまで手を貸すつもりもない。ただどうなるのか知りたいだけ」

「対してイド。君の方は、さっさとホミニニなんて問題になり得る要因は消し去った方がよいと思っている」

「ご判断はお任せいたします。先ほども申し上げた通り」

ユーリイは軽く頷《うなず》く。

何事にも興味がない反面で動機の方も好奇心しかないようなパンと、誰よりも情報を持ちながら反面で自身はPORTの運営から距離を置きたがるイド。この円卓の問題児ふたりが、ユーリイは嫌いではない。未来のビジョンもないくせに、どんぐりの背比べのように微々たる権力を取り合う他の連中よりずっといい。

実のところユーリイ自身も、円卓というものに興味を失いつつあった。もともと、PORTのリーダーを目指したことにもたいした理由がない。他にすることもなかったものだから、とりあえず架見崎で最大手のチームのトップになってみただけだ。

イドとパン。ふたりとの茶話会を計画したのはユーリイだった。

ティーカップを手に取って、ユーリイは本題を切り出す。

「ところで君たちに、ひとつ相談があるんだ」

なんですか？　とイドが応える。パンの方は、無言でこちらをみている。

交互にふたりに目を向けて、ユーリイは告げる。

「どちらか、次のリーダーをやってくれないか？」

現状、ユーリイには率先してやるべき仕事がある。このあいだの月生戦で、彼に負けたから雑務が生まれた。だがＰＯＲＴのリーダーというのはなにかと窮屈で、ユーリイはしばしの自由が欲しい。

「貴方は、なにをなさるおつもりですか？」

とイドが言う。

彼の口から出てきた質問としては、ずいぶんつまらない類《たぐい》のものだ。

「決まっているだろう？　修行というやつだよ」

ユーリイは自分自身を、ひどくシンプルな人間だと考えている。

月生に負けたから、強くなっておくことにした。

これはそれだけの、単純な話だ。

＊

平穏な国は現在、急速に力をつけつつある——と紫《むらさき》は感じていた。

理由は明白だ。チームの実質的な支配者が、ウォーターになったこと。

シモン失脚から二ループほど、彼女はどちらかというと内政に力を入れている。他のチームを吸収して膨れ上がった平穏な国は、決して健全なチームとはいえなかった。上の指示に唯々《いい》諾々《だくだく》と従う人間がもっとも評価され、地位とポイントが与えられてきたから。その評価基準を忠誠心という風に表現するとなんだかまっとうな感じがするけれど、実際はかつての語り係、シモンの傀儡《かいらい》となる人間ばかりが優遇される状況だった。ウォーターはそれを解体し、実力主義に基づくチームに編成し直そうとしている。

それは大枠では、上手《うま》くいきつつあるようにみえる。

だがどうやらウォーターにも、多少の悩みはあるようだ。ネガティブな悩みではない。対月生戦で手に入れた、三〇万ものポイントがその悩みの種だった。

「次のループまでに、このポイントの配分を決めなければいけないんだけどね。考え方はざっと二パターンだ」

そう言った彼女は、三人掛けのソファーを独占して寝転がっていた。テーブルには昼食のサンドウィッチが載っている。

向かいのソファーに座る紫は、頷いて答えた。

「一点集中か、公平に分配するか、ですか」

「うん。もちろん、できるだけ大勢に分け与えた方が不満は少ない。でも、それは非効率的だ」

架見崎のポイント――というか能力の性能は、ゲームとしてバランスが取れているとは言い難い。明らかに一点に集中した方が、戦力が高いのだ。一〇〇〇P持つ一〇人と一万Pひとりが戦ったなら、まず間違いなく一万Pの方が勝つ。

「では、誰かひとりに三〇万を？」

「数字上の強さを求めるならね。でも、ひとりきりというのは現実的じゃない。三〇万プレイヤーは、たったひとりで平穏を落とし得る」

実際、平穏な国は二ループ前に、大きな危機をぎりぎりのところで凌《しの》いでいた。ミケ帝国の白猫《しろねこ》が単身で平穏に乗り込み、リーダー――リリィの前に立ったのだ。あのとき、白猫のポイントは一一万程度。もちろんひとりで持つには常識外のポイントだが、三〇万に比べれば半分にも満たない。でも。

「貴女《あなた》がいても？」

白猫に単身で攻め込まれた平穏な国は、シモンが実質的な支配権を握っていたころのチームだ。今はもう違う。

ウォーターは簡単に頷く。

「実際には、たぶん止められるよ。でもやれるんじゃないかって誤解が生まれるかもしれない。余計な火種は抱えたくない」

「なるほど」

「三人に平均して一〇万Pずつ、という辺りが落としどころだろうね。リリィのポイントは越えず、でも戦場で使える三人という感じになる。問題は誰を選ぶかだけど」

「だいたい決めているんでしょう？」

「そうでもない。候補者が何人かいる、という感じだね。ループまで、まだしばらく時間があるから、それまでには決めてしまいたい」

　ポイントで能力の獲得や拡張ができるのは、ループのタイミングのみと決まっている。だからそれまでは時間があるが、次のループまでにポイントの配分が決まっていなければもう一ループ待つことになる。蓄えているだけではなんの価値もないポイントを握りしめて一ループ無駄にする、というのはあまりに効率が悪い。

「候補者というのは？」

「ひとりは、君」

　紫は素直に顔をしかめる。

「ふざけているんですか？」

「実際、悪くもないと思うけどね。君の場合、一〇万Pをさらにニックと分け合う形になる」

「もう少しまともな人がいるでしょう」

「君たちふたり組より少し良い、という意味じゃあ、キドさんかな」

　冗談みたいなものだろう、と感じて、紫は軽く答える。

「あの人は他所《よそ》のチームです」

　でもウォーターは、平気な顔で言った。

「うん。だから言ってるでしょう？　ループまで少し時間がある」

　それで、紫は眉《まゆ》を寄せる。

「キネマを落とすつもりですか？」

「どうかな。香屋《かや》と月生さんがいるチームは、ちょっとコストが高いね」

「というか、平穏の生え抜きにはいないんですか？　候補者は」

一〇万Pの席が三つできるなら、その中のひとつやふたつは、古くからこのチームにいる人間にするべきだろう。いくら実力主義といっても限度がある。チーム内の人間を大事にしなければ、内部に亀裂《きれつ》が入ることは目にみえている。

ウォーターはソファーに寝転がったまま、きゅうりとチーズのサンドウィッチを口に運ぶ。

「高路木《こうろぎ》さんに比べると、みんな一枚落ちるね。まだ使えそうなのがワタツミ」

ワタツミというのは、二ループほど前、平穏が持つ一〇の部隊のうちのひとつのリーダーになった青年だ。紫はあまり面識がないが、噂は聞いている。

「ワタツミはシモン派では？」

「そこはまあ、どうでもいい。シモンの支持者も平穏の一部だ」

「裏切りがあります」

「オレを裏切っても、リリィは裏切らないよ。たかだか一〇万Pでは、できることも限られる」

「他には？」

「生え抜きとはいえないけれど、ウーノはほぼ確定。これはオレの都合」

ウーノは、ブルドッグスという中堅チームのリーダーだった人物だ。今は平穏の部隊長に収まっている。

「では、ワタツミとウーノと、あとひとりですか」

「あくまで、候補だよ。ループの時点で、うちのメンバーがどうなっているのか次第」

「本当にキドさんを取るつもりですか？」

それは、驚きはしたけれど、紫にとって悪い話ではない。おそらくあの人も、キネマにいるより平穏に吸収された方が安全だろう。

だがウォーターは首を振る。

「希望通りという意味じゃ、さらに上がいる」

「たとえば？」

「キネマ倶楽部から自由に選ぶなら、たとえば秋穂栞《あきほしおり》」

紫も、その名前を知らなかったわけではない。キネマ倶楽部の奇妙な新人の一方だ。でも、ウォーターとの会話でも、もう一方――香屋歩《あゆむ》の名前ばかりをよく聞いて、秋穂の方はあまり話題に上がらない。

「強いんですか？」

「いや。肉体的には、ごく普通の女子高生」

「では、どうして？」

「あの子は、他のカードとは意味が違う。直接的な戦力の増強にはまったくならないけれど、秋穂に一〇万渡して、その辺りの中堅――ロビンソンやメアリー・セレストあたりを落としてこいと言ったら、きっと成功するよ。本人にやる気があれば」

「ずいぶん評価が高い」

ウォーターはしばらくのあいだ、無言でサンドウィッチの皿をみつめていた。次はタマゴにしようか、それともトマトがメインの野菜サンドだろうか、と思い悩んでいるだけのように思えたけれど、いちおうは話に続きがあったようだ。

やがて、なんだか楽しげに言う。

「一〇の個別の盤面で、オレと秋穂が一〇回戦えば、七回はオレが勝つ。もしかしたら八回か、九回か」

「ひとつは必ず取りこぼす、という意味ですか？」

「それもそうだけど、大事なのはそこじゃない。一〇回に一回しか勝てないとしても、あの子はその盤面をひと目で見分ける。そしてあとの九つからは素早く手を引く」

そんな風に聞くと、たしかに有能そうではあるけれど。

「でも、今はまだ他所のチームの、とくに著名でもない少女にぽんと一〇万ものポイントを渡すわけにもいかないでしょう」

だいたいウォーターは、香屋歩に関係する事柄では判断が鈍るように思う。相手を過剰に高く評価する。紫の目からみれば、架見崎を訪れてからたったの三〇ループ間で平穏な国の実質的なトップに上り詰めたウォーターに比べれば、他のプレイヤーは誰も取るに足らない。なんとか並べて語れるのはＰＯＲＴのユーリイくらいだろう。

ウォーターは、次の一切れにハムサンドを選んだようだ。そちらに手を伸ばしながら言う。

「もともと、秋穂は候補に入れていないよ。だいたいオレは以前から、どうしても欲しいひとりがいる。外からプレイヤーを取ってくるなら彼女にする」

「それは？」

「白猫」

ミケ帝国リーダー。ただ速く、ただ強いだけの、これまで誰にも支配できなかった架見崎のたしかな実力者。

紫の中にも、ひとつの想像があった。

――月生がポイントの大半を失った今、架見崎の個人的な最強は白猫ではないか？

彼女の攻撃を回避できる誰かがいるだろうか。彼女に攻撃を当てられる誰かがいるだろうか。少なくとも平穏のメンバーでは想像できない。平穏でだめなら、中堅のどのチームでもだめだろう。例外があるならＰＯＲＴだけ。

たとえば白猫とユーリイが一対一で戦ったとして、いったいどちらが勝つだろう？

「このループのうちに、白猫さんを手に入れる」

だから香屋の手足を縛ろう、とウォーターは言った。

2

ホミニニは時間というものに関して、独自の見解を持っている。

時計の進みというやつは、速くみえることも、遅くみえることもある。なのに大勢があいつらは正確なのだという。機械式の時計でも一日に数秒、最新の原子時計なら一〇〇億年に一秒もずれはしないのだ、と。でもホミニニにはしっくりこない。

その一秒の正しさって奴《やつ》を、いったいどう証明したんだ？　より正確な時計と見比べてみる？　なんて馬鹿《ばか》げた話。――ホミニニはそこそこ頭が良いものだから、現代的な一秒の定義だって知っている。どこかで聞きかじっただけの知識だが、セシウムが出す「極めて規則正しい」とされるマイクロ波を基準にしていたはずだ。

でも、それだって同じだ。セシウムの精密性をいったい誰がどうやって証明した？　まあなんらかの理屈があるんだろうが、どうせどこかで間違えている。最新の原子時計を、本当に一〇〇億年も放っておいたら、きっとずいぶんずれている。現実的にはどっかでぶっ壊れて止まっているだろうがそういう話じゃない。重力の影響で空間がひずんで光がどうこうなんてことでもない。理想的な状況で、期待通りに動き続ける原子時計も、必ず想定よりは狂っている。それをみた学者が、理屈のどっかが間違っていたんだと気づいて、そしてまた新たな理屈を探し出す。そんなものだ。

ホミニニは初めから、時間の流れの正確性なんてものに興味はなかった。時間とは時計をみている側の都合で変動するもので、その変動こそが本質なのだと捉《とら》えていた。半地下のバーでひとり、バーボン・ウィスキーのストレートを傾けながら、外した腕時計を手に取って眺める。

針の進みはあまりに遅い。疲れ果てて座り込んでいるようだ。

——つまり、考えろってことだよな。

こんな風に、時間がゆっくりと流れるのは。

次の一手を閃《ひらめ》かなければならない。あのユーリィをPORTのトップから引きずり落とす一手。グズリーと若竹《わかたけ》を殺した月生を殴りつける一手。手札はあまり多くない。PORTで集めたあれこれは、月生戦で使い果たした。そして見事に失敗した。ユーリィは生き残り、ホミニニにはあいつの首を狙ったのだという弱みだけが残った。そのせいで、利害で囲い込んだ奴らはもう使えないだろう。今このときだって、こちらを切り捨て、ユーリィにすり寄ろうと必死だろう。

でも、どうしようもないってほどでもない。純粋に気の合う仲間が何人かいる。だからひとつ閃けれぱ、時計の針は勢いよく走り始めるはずだ。

——つっても、焦《あせ》っても仕方ねえ。

ホミニニはくっとバーボンをあおり、空になったグラスにまた同じ酒を注ぐ。たいして良い酒でもない。ひと瓶で二〇〇〇円というところか。それはPORT内では通貨として流通しているポイントに置き換えると、たったの二ポイントだ。味の方もホミニニの好みではなかった。なんだか口当たりが甘すぎる。いや、バーボンが甘いことに不満はないけれど、種類みたいなもんがあるだろ。もう少し天真爛漫《てんしんらんまん》な甘みであって欲しい。ひまわり畑みたいな。でも、合わない酒の方が気持ちよく酔えることもある。

今、ホミニニの時計は、とても正常にゆっくりと進んでいる。

ぞんぶんに悲しめと時間が言っている。

グズリーと若竹が死んだ。ふたりとも良い奴だった。どっちも馬鹿で、臆病《おくびょう》で、傷つきやすくて。次の一手を閃くのは、へこんで、後悔して、少し泣いてからでいい。

ちびちびとグラスを傾けていると、ノックの音が聞こえた。

あん？　とつぶやき、ホミニニはそちらに顔を向ける。

開いたドアに手を添えて、そこに宿敵が立っている。

「なんの用だ、ユーリイ？」

「少し酒を飲みたくなった。ちょうど、バーの看板をみつけた」

「出ていけよ。ここに、お前に似合う酒はねぇ」

「尖《とが》るなよ、フレンド。小者にみえる」

「うるせえ、ライバル。オレにはオレの飾り方がある」

ユーリイは何気ない様子でホミニニに近づき、隣の席に座った。

「グラスは？」

「みりゃわかんだろ。カウンターの向こう」

「君が出してくれよ。席についてすぐに立ち上がるというのも格好がつかない」

「どうしてオレが？」

「先月、蕎麦《そば》を奢《おご》った」

ちっ、と舌打ちを漏らして、ホミニニは席を立つ。

「なにを飲みたい？」

「同じものでいい。でも氷は入れてくれ」

「ロックグラスがねぇ」

「どうしてバーにロックグラスがないんだ」

「一昨日《おととい》まであった。いらっとして割った」

「子供か」

「人間だ」

「ならスコッチにしてくれ。バーボンのストレートは趣味じゃない」

カウンターの中に入ったホミニニは、スコッチの中からお気に入りを選んでグラスに注ぎ、ユーリイの前に置く。もう一度、カウンターを回り込んで席に着くのも面倒で、立ったまま自分のグラスをつかんだ。

ユーリイは顔色も変えず、スコッチに口をつけて言う。

「実は君に会いに来たんだ」

「そりゃそうだろ。オレへの制裁が決まったか？」

「その話だよ。取引したい」

「票集めか？」

次の選挙で勝つのは、ユーリイで間違いないだろう。だが、勝つなら派手に勝った方が良い。のちのちのチームの運営に関わる。

だがユーリイは、軽く首を傾げてみせる。

「選挙のことはどうでもいい。もう終わった話だ」

ホミニニはバーボンに口をつける。

「お前の時計は、いつも速く進むな」

「さあ、あまりみないよ。興味がないものだからね」

「時計ってのはいいもんだぜ？　オレが洒落《しゃれ》た奴をみつくろってやってもいい」

「そう。でも、いつ目を向けても想像通りでつまらない」

きっとその通りなんだろう。ユーリイの時計は、遅くなったり速くなったりはしないんだろう。だがそのユーリイにしては、今回の件は動きが鈍い。つまり、ホミニニを排除するのが遅い。

「取引ってのは？」

「君が僕を狙ったことは不問にする」

「いくらで？」

「君にはＰＯＲＴを出てもらう」

「ただの追放ってことか？　ずいぶん優しい」

クレバーに考えれば、人材をチームから放出して良いことはない。適当に言い包《くる》めてポイントを差し出させてから殺す、というのがまっとうだ。

ユーリィはグラスの中のウィスキーを回して、ふっと笑う。

「ここだけの話なんだけどね」

「ああ。好きだぜ。そういう、どこででも聞けそうな台詞《せりふ》は」

「茶化すなよ。真面目《まじめ》な話だ」

「そうかい。なんだ？」

「物理的に君の首を切るのは、まあいい。ループで血の跡も消える。でも、君を裁くと、もう一方も同じ扱いにしないわけにはいかないだろう？」

「タリホー」

「よく彼女まで手を伸ばした。君は見事だった」

珍しく、ユーリィが間違えている。

タリホーを取れたのは、ホミニニにとっても想定外のことだった。どちらかといえば、向こうから近づいてきた、というのが正確で、ユーリィとの関係になにか確執があるのだろうと想像していた。だが、そのことは指摘しなかった。

「お前なら、手下のひとりくらいは簡単に切り捨てるもんだと思っていたよ」

「なんのために？」

ユーリイは本当に、わけがわからないという様子で首を傾げた。笑いもせず、顔をしかめることもなく続ける。

「物事には優先順位がある。タリホーがなによりも大切だとはいわないよ。だが、たかだかPORTのトップ争いで殺してやれるほど安くもない」

実はホミニニは、ユーリイが嫌いではない。

いや、大嫌いだが、そう変わらないくらい愛してもいる。

純粋に、強いからだ。強い奴は尊敬することに決めている。敬愛の念と共に、丁寧に引きずりおろす。

「お前の、PORTのトップよりも重要なものってのはなんだ？」

「いくらでもある。美女との食事の約束、美味《うま》い紅茶、意外性のある現実。今はとりあえず力が欲しい。具体的には、戦場での経験だ」

「そいつはもう充分だろう？」

ユーリイは、PORTのトップに立つまでは部隊を率いることも多かった。PORTが今ほど絶対ではなかったころから、あらゆる戦場で成果を出し続けた。

だがユーリイは首を振る。

「そうでもないよ。指揮は取ったが、強敵と殴り合った経験というのはあまりない。だからこれから、成長しに行くことにした」

「どこに？」

「ＰＯＲＴの外に。このチームは小回りが利《き》かなくていけない」

それは、つまり。

――ＰＯＲＴを抜けるってことかよ。

こいつはいつも、世の中をなめている。でもユーリィとはそういうものだ。だから、驚きもしない。ホミニニは短く尋ねた。

「リーダーはどうする？」

「パンに譲る形で話をまとめた。円卓の三分の二は同意している」

「ＰＯＲＴを出て、どこに行く？」

「すぐ隣のチームだよ。エデン。ま、半分はＰＯＲＴみたいなものだ。でもしがらみなく、自由に喧嘩《けんか》を売れる」

ようやくユーリィが表情を変える。

くっとスコッチをあおり、笑みを浮かべた口元を親指でぬぐう。

「初めから僕は、その話をしているんだよ。君の裏切りは不問にしてやる。だから一緒にエデンに行こう。きっと楽しい」

「どうしてオレまで連れていく？」

「簡単な話だよ。戦力が欲しい。円卓には、エデンに出向する代わりに、中堅チームを三つ取ってくると約束した。だが平穏を相手に、ひとりで三つ落とすのは時間が足りない。

だから使える駒《こま》がいるが、そんな人材は限られている。僕が抜けるＰＯＲＴから、これ以上戦力を削るわけにもいかない。そこで、君だよ。ホミニニ。いくら僕が不問にすると言っても、どうせしばらくは謹慎だ」

悪くない。話がシンプルになって良い。

ＰＯＲＴで嘘《うそ》くさい握手だとか裏切りだとかを繰り返しているのも嫌いではないが、ちょうどむしゃくしゃしていたところだ。ロックグラスよりはもう少し手応えのあるものを壊したかった。

「受けてもいい。だがひとつ条件がある」

「へえ。なんだろう？」

「お前の寝首を掻《か》く許可が欲しい」

「そんなもの、わざわざ確認するまでもない。もちろん好きにすればいい」

なら決まりだ。

時計の針がまた、その速度を変える。

＊

なんだか寝つけなかった夜、秋穂栞は映画館のロビーに出た。喉《のど》が渇いて、ウーロン茶でも飲むつもりだった。

時間は確認しなかったが、午前二時といったところだろう。ホールは薄暗いが、光源はある。テーブルに置かれたスタンドライトが、事務的な白い明かりで夜の闇《やみ》を切り取っていた。その光で、香屋歩と、彼の手元のノートが照らされている。しゃらしゃらと、シャープペンシルが走る音だけが聞こえていた。

秋穂は彼に声をかける。

「貴方がリーダーになりたがるというのは、予想外でしたね」

香屋のことは、ほかの誰よりもよく理解しているつもりでいるけれど、やっぱり全部は読み切れない。

彼はノートから顔を上げないまま答える。

「なりたくなんかない。僕は世界の大勢に、名前も知られず生きていたい」

「おや？　お姫様が目的だったのでは？」

架見崎を訪れてすぐ、彼が言ったことだ。

「今もその夢は捨てていないよ。でも、現実的には難しいから」

「素敵なドレスがみつかりませんでしたか」

「ドレスはまあ、どうでもいい。問題はナイトだね。僕を守ってくれる」

「月生さんは？」

「あの人は、戦場に出さないとバランスが取れない。ナイトの候補は別にいたんだけど」

「トーマ」

「うん。でも、上手くいきそうにない」

なにもかもすべてがわからなくても、香屋の思惑はだいたいみえてきた。

彼が手に入れた「キュー・アンド・エー」という能力の本質も、おおよそわかった。

もともと香屋は、その能力でトーマを説得するつもりだったのだろう。今、彼の端末に眠っているたった一行の質問は、半分はそのためのものだったのだろう。

「やっぱりトーマは、釣れませんか」

「たぶんね。ウォーターファンとして許せない」

「あいつにはあいつのウォーターがいるんでしょう」

「でも、僕の方がぜったいにまっとうなファンだよ」

「そんなことでケンカしても仕方ないですよ」

まあねと答えて、香屋はまたシャープペンシルを走らせる。彼はいつだって考え続けている。ひとつひとつ、アイデアを思い浮かべて、具体化して、検証して投げ捨てて。意識がある限り戦い続ける。なんて、下手な生き方。

ノートを睨《にら》みつけたまま、小さな声で彼は言う。

「意外だったのは、キネマの人たちだね」

「そう」

「説得が簡単だった。もっと反対されると思ってた」

「貴方には意外と、ファンがいるんですよ」

「そんなのいらない。優秀なナイトが欲しい」

「でしょうね」

でも、それは無理だ。だってそのナイトが、香屋歩だから。臆病で、一見するとなんの頼りがいもなくて、利己的で、優しいわけでも気が利くわけでもない。けれど戦い続けている。彼なりの、彼にしかできない方法で。自分の安全を——それはつまり、周りのすべてを守るために戦い続けている。

架見崎を訪れる前から、香屋歩というのはそうだった。

とくに目立ちもしないし、格好よくもないのだけれど、それでもごく一部の彼に詳しい人たちは、密《ひそ》かなファンになっていた。その筆頭がトーマであり、私自身なのだと秋穂は思う。

「ヒーローになるつもりですか？」

と秋穂は尋ねた。

このわけがわからない架見崎を守るヒーローに。

「うん。トーマがやらないなら仕方ない」

と香屋は答えた。

こいつがその道を選ぶことを、秋穂は初めから知っていた。

香屋歩という生き物はけっきょく、ヒーローのようにしか生きられないのだ。臆病でも利己的でも、それでも。彼はいつだって平和な世界を求めて戦い続けるから、そんなものはヒーローでしかない。

「仕方がないから、手伝ってあげます」

「もしも君に裏切られたら、僕はみんな放り投げて逃げ出すよ」

「それで、次の計画は？」

もう数日後に、キネマ倶楽部のリーダーは香屋歩に譲渡されることになっている。

彼は今、そのあとの戦い方を――あるいは、戦いの回避の仕方を――考え続けている。

「他のチームの動き方次第で、何パターンかあるけれど」

「はい」

「おそらく、キネマ倶楽部を潰《つぶ》すことになる」

別に意外な話でもなかったから、秋穂は「なるほど」と答えた。

＊

八月一七日。香屋歩が、キネマ倶楽部のリーダーを譲渡される前夜。

午後一〇時に、キドが使っている館長室のドアがノックされた。

キドはベッドに寝転がったまま、「どうぞ」と声をかける。ドアが開き、想像した通りの顔が現れる。

藤永《ふじなが》。彼女は「失礼します」と頭を下げて、部屋に入る。

ベッドの上で身を起こし、キドは尋ねた。

「怒ってる？」

「もちろん」

キネマ倶楽部のリーダーというのは、それなりに特別だ。銀縁から受け継いだものだから、キドにだって思い入れはある。

「止めに来たの？」

「さあ。まだ迷っています」

キドが勧めた椅子《いす》に、藤永が腰を下ろす。

彼女は長い脚を組んで、言った。

「やっぱり私にとっては、キネマのリーダーは貴方です。貴方か、銀縁さん。他の誰だってしっくりこない」

「オレは違う。オレは銀縁さんでなければ、このチームのリーダーだとは認めない」

「貴方自身も？」

「あくまで、代理だよ。ずいぶん長い代理だった」

いつだってこのチームに、銀縁が戻ってくることを夢みていた。そのときまで、彼のキネマ倶楽部を守ることだけが目的だった。今もそう違わない。

「どうして、香屋にキネマを？」

「彼以上の適任が、うちにいるかい？」

「私だって、香屋を認めていないわけではありません。あいつがいなければ、うちはもう潰れていたでしょうね」

「うん」

「そして、他の誰が生き延びたとしても、貴方はきっとチームと共に死んでいた」

「たぶんね」

だからオレはリーダーには向かないんだ——とキドは思う。ずっと、心地よい死に方を探していたような気がする。意地を張って、格好よく、満足して死にたかった。これなら仕方がない、という、人生の諦《あきら》め方が欲しかった。

「そのことで、銀縁さんに叱《しか》られたよ」

いや。叱られてはいないか。でも同じことだ。

あの人はキドに、生命のイドラをみつけろと言った。

それは、なんだかよくわからないけれど、つまり生命の価値を確信しろ、と。

「キネマ倶楽部というチームを愛している。オレはずっと、キネマ以外のチームに所属するつもりなんてなかった。でも、銀縁さんが戻ってこないなら、オレのキネマはもうどこにもない」

本当に、どこにも。記憶の中にしかない。

「だからリーダーを投げ出すんですか？」

「違うよ。初めて、キネマ以外のチームに入ってもよいような気がした。もしも香屋くんがリーダーであれば、オレはその下についてもいい」

想像もしなかった心境の変化だけれど、銀縁以外の誰かをリーダーと呼んでも良いような気持ちになった。

　もちろん香屋と銀縁はまったく違う。銀縁が持っていた優しさだとか、安らぎだとか、悲しさみたいなものも少し。ともかく、キドに「これのためなら死んでもいい」と思わせてくれたあれこれを、香屋歩は持っていない。でも、あの少年は、別のなにかを持っている。愛情ではないけれど、より具体的な希望を掲げる。

　藤永が、ため息に似た吐息と共に笑う。

「あれは、か弱く臆病な少年です」

「うん。それに、弱さで戦える少年だ」

英雄と聞いて誰もが思い浮かべる英雄じゃない。でも、キドが出会った中で、もっとも英雄という言葉が似合う少年だ。

　たぶん、英雄の条件というのはひとつきりで。

「オレは、彼が思い描く未来が、現実になるところをみたくなった」

周りにその夢を抱かせるなら、彼はもう英雄だ。

　藤永は首を傾げてみせる。

「私も、想像したことがあります。もしも香屋歩がもう少し早く架見崎に現れていたら。今ほどPORTや平穏が強大ではないうちに、香屋がこの戦いに参加していたなら、どうなっていただろう、と」

「まだ遅くはないよ」

「そうでしょうか」

「たぶん。きっと香屋くん本人が、そんなことには気を取られない」

あり得ない「もしも」にすがらない。絶望的な状況からだって、すべてを覆《くつがえ》す一手を探し続けている。彼にとってはきっと、それが当たり前なんだ。それぐらい、疑う余地のない前提として、生きるというのは重労働なんだ。

「架見崎のゲームを勝ち切るのは、いったい誰だろうね」

「さあ。私にはわかりません」

「順当にいけば、二大チームのトップふたり。ユーリイとウォーターが本命だ」

「はい。大勢がそう考えているでしょう」

「対抗は、ＰＯＲＴではホミニニ。平穏だとリリィ。外からだと内情がよくわからないけれど、少なくとも今の平穏のリーダーはリリィで、きっと彼女に忠誠を誓う人も多い」

「違和感ありません。でも、私たちの目からみれば、対抗はもうひとり」

「うん。銀縁さんが入る」

彼がＰＯＲＴで高い地位についているのなら、逆転の目もある。銀縁は検索士《サーチャー》として、明らかに突出している。他の誰にも届かない次元にいる。キドには想像もつかないけれど、最強の検索士《サーチャー》には、強化士《ブースター》や射撃士《シューター》とは異なる戦い方があるはずだ。現にあのウォーターが、月生に対抗できる唯一《ゆいいつ》のプレイヤーとして選んだのが銀縁だった。

「大穴は、難しいね。今は力を落としたとはいえ、架見崎でひとりだけ七〇万を超えるポイントを扱ったことがある月生さんかもしれない。白猫さんだって、あれだけ強いんだから可能性がないわけじゃない。ＰＯＲＴや平穏に、オレが知らない有力なプレイヤーがいるのかもしれない」

「それで？」

「オレの考えじゃ、香屋くんは対抗と大穴のあいだくらいにいる」

それでもまだ甘いのかもしれない。彼を見誤っているのかもしれない。本当は、対抗のひとりに加えてもいい。

藤永が苦笑する。

「それは、身贔屓《みびいき》が過ぎませんか？」

「さあ。でもね、彼が勝ち切る姿を、なんとなくイメージできるんだよ」

架見崎の王道的な戦い方――ポイントをかき集めて、強くなって殴り合ってという方法じゃ、おそらくもうどこもＰＯＲＴや平穏には勝てない。リャマの話では、すでにあの二チームが、架見崎中の全ポイントの八割をかき集めている計算なのだという。そんなの勝てるわけがない。内輪もめを祈っているくらいしかできない。

でも香屋歩という少年は、その戦場には立たない。ポイントも戦力も関係のない、誰も想像もしない戦いを知らぬ間に始めている。

藤永が、右手で軽く髪をかき上げる。

「私は貴方ほど、あいつを評価してはいません。でも、そうですね。たしかに香屋が考える未来が、現実になるなら面白い」

「うん」

「でも、キドさん。貴方《あなた》はこれから、どうするつもりですか？」

それを、キド自身も考えていた。

銀縁がキネマには戻らないとわかり、紫と約束していた一〇ループも経過して、リーダーも譲ることが決まって。もうキドには、なにもない。これまで戦いを支えてきたものをみんな失った。つまり、戦って死ぬ言い訳みたいなものを、みんな。

重たい荷物が肩から降りて、足枷《あしかせ》も外れて、自由になって、キドが抱ける夢みたいなものを考えた。

「やっぱりオレの目標は、ひとつだけだよ。気の合う人たちと、まいにち楽しく過ごしたい。その他はなんにもいらない」

「ええ。それで？」

「最強を目指してみることにした」

ポイントを失う前の月生みたいな、わかりやすい最強を。もしもあれになれたなら、たいていの我儘《わがまま》は叶《かな》うはずだ。欲しいものを、手に入れられるはずだ。

「別に本当は、最強じゃなくたっていい。ちょうどオレの我儘を叶えられるだけ強ければそれでいい。でも、ＰＯＲＴや平穏に我儘を言えるくらいの強さが欲しいから、やっぱり最強ってことになる」

それはおそらく、香屋歩の方針とは違うだろう。彼がイメージしている、意外で、無茶苦茶で、なのに現実的な目標には嚙《か》み合わないだろう。

キドは自分が、彼みたいに賢くはやれないことを知っている。もっと馬鹿げていてわかりやすい目標の方が、自分には合っている気がする。

藤永は笑わなかった。

「もしもキドさんと白猫が同じポイントを持って戦ったなら、勝つのは貴方だと信じています」

「それこそさすがに、身贔屓が過ぎるね」

「いいえ。きっと。キネマの誰に聞いてもそう答えます」

「みんな優しいから」

「私にはまだ、貴方のサポートができますか？」

「そうだね。君がいれば、白猫さんともやり合えるかもしれない」

あちらと同じポイントを持って、なんて仮定が、空論でしかないけれど。

ミケの白猫と黒猫《くろねこ》が組んでいて、こちらはキドと藤永で。ポイントに差がなければ、別に無茶な戦いだとも思えない。やってみないとわからないけれど、きっと、簡単には負けはしない。

藤永が、泣き笑いのように顔をしかめる。

「月生戦では、悔しかった。次は置いていかないでください。これだけ約束していただけるなら、リーダー譲渡の件は不問にします」

「うん。きっと」

「よかった」

「こちらこそ」

リーダーの譲渡で、いちばん気になっていたのは藤永だった。この子にとっても、きっとキネマは家族のようなものだから。

藤永の許可を得られたなら、香屋に堂々と宣言できる。

――これから、キネマ倶楽部は君のものだ。

好きに戦い、好きに壊せ。そう言ってあげられる。

キドはこれから先、一点の迷いもなく香屋歩に従うと誓える。

3

そして、八月一八日。

香屋歩にリーダーが譲渡され、月生が正式にキネマ倶楽部に加入した日。

だがそのニュースはまもなく、ユーリイとホミニニがPORTを離れたという話題に呑《の》み込まれ、それから香屋の端末が鳴った。エデンという、架見崎の東端にある中堅チームの検索士《サーチャー》からの通話だった。

そのとき香屋は、映画館のホールにキネマの面々を集め、今後の身の振り方についての会議を開いていた。香屋にとってもユーリイのPORT離脱は想定外で、細かく足をゆすって顔をしかめていた。

通話に応答すると、聞き覚えのある声が告げた。

「ハロー、ハロー。こちらユーリイ。まずは香屋くん、リーダー就任おめでとう」

香屋は小さな舌打ちを漏らす。

ユーリイの声はこちらを苛立《いらだ》たせる。余裕に満ちていて、理性的で、よく通る。トーマとは種類が違うが、同じように音だけで他者を説得する声だ。

「ありがとうございます。なんの用ですか？」

「お祝いを言いたかったんだよ、本当に。これでキネマも、立派に中堅の仲間入りだね。エースに月生、サポートの射撃士《シューター》にキド。それを君が指揮するなら、架見崎の第三位と呼んで差し支えない」

いや。さすがにそれは無理がある。今のキネマでは、ミケ帝国には勝てない。

――だいたいみんな、トーマが悪い。

平穏な国とPORTが表向きは手を組んだあの戦いで、月生はおよそ七八万のポイントを持っていた。香屋はできるなら、平穏とPORTにそれぞれ三〇万譲渡し、月生の手元に一八万残すバランスで戦いを終わらせたかった。

一八万は、もちろん平穏やPORTの総ポイントに比べれば微々たる数字だ。でも他のすべてのチームを軽く上回る数字だ。月生ひとりで他の中堅を落として回ることだってできた。それを、トーマが嫌がった。

彼女はキネマ倶楽部が中堅と肩を並べるところまでは許したが、中堅の中で突出するところまでは許さなかったのだ。その結果が、月生の手元に残った八万ポイント。充分な戦力だが、ミケ帝国の——白猫の本気には及ばない。

「ユーリイさんは、エデンに？」

「うん。平の戦闘員を始めたよ」

「そんな馬鹿な」

エデンはもともと、PORTと強い繋《つな》がりがあるチームだ。実質的にはPORTの部隊のひとつ、という話まで聞く。なぜユーリイがエデンに籍を移したのか知らないが、なんとも怖ろしい話だ。エデンにしてみれば本社の社長がいきなり社員にしてくれと言ってやってきたわけで、その行動自体がパワーハラスメントみたいなものだ。

ユーリイは笑うような、弾んだ口調で告げる。

「なんにせよ僕たちは、同じ日に新たな門出を迎えたわけだ」

「それで？」

「うん。記念に、プレゼント交換というのはどうだろう？」

「コーラとポップコーンくらいであればお送りしますよ」

「ありがとう。でもできるなら、もう少し記念になるものが良いな」

「たとえば？」

「僕はキネマ倶楽部が欲しい」

「なるほど。じゃあ僕は、貴方が持つＰＯＲＴ株すべてが欲しい」

　ＰＯＲＴはそのチームの発足時、株式を発行している。チームを運営するためのポイントを差し出させ、そのポイントに応じた株を与えたのだ。この大株主がＰＯＲＴの「議員」として、円卓と呼ばれるチームの運営会議に出席する。リーダーも議員の中から、議員たちの投票で選ばれる。

「素晴らしい申し出だが、少し遅かったね。僕とホミニニはもう株を手放しているよ」

「ホミニニさんも、エデンに？」

「うん。仲良くやっている」

「じゃあ、なにをくれるんですか？」

　中堅の仲間入りを果たしたキネマの、対価となり得るもの。

「たとえば、エデンではどうだろう？」

　それは、つまり。

「二チームのリーダーを交換する、という意味ですか？」

「いや。もう少し合理的にいこう。僕はエデンとキネマの合併を提案したい」

「どんな条件で？」

「合併してできる新たなチームを、ポイントベースで均等に四つの部隊にわける。本隊はない、というかすべてが本隊だ。部隊リーダーは、現エデンとキネマからふたりずつ。チーム全体のリーダーは、その中から話し合いで選ぶ」

香屋はそのチームをイメージする。

部隊リーダーはそれぞれ、ユーリイ、ホミニニ、キド、月生。もし月生が嫌がったなら香屋自身か、秋穂あたりを置いておけばよい。おそらくチーム全体のリーダーはユーリイになるだろう。そのチームは悪くない。充分に強く安定している。

もちろんそんなの、上辺だけだ。エデンをPORTの部隊のひとつとして考えるなら、実質的にはキネマがPORTに吸収されるだけだ。でもそれだって悪くない。現状の架見崎において最強といえる、PORTの一員になれるのだから。内側からあのチームを攻略する道もある。

香屋からみても、ユーリイの提案は魅力的なものだった。裏側にはユーリイの思惑《おもわく》があるのだろうが、飲み下して利益のある毒にみえた。

――でも、少し遅い。

もう一ループ前であれば乗ってもよかった。本当に。でも、今からユーリイの下につくようなやり方では、トーマの速度に対応できない。あいつはもうほとんど平穏な国を掌握しているはずだ。

「そのままでは、お受けできません」

「では、どんな条件であれば受ける？」

「現状のエデンを、ふたつの部隊に分割。さらにうちのメンバーの何人かがそこに合流して、新たな部隊をひとつ。合計みっつの部隊で、ポイントは三等分に再分配」

ふん？　とユーリイが息を漏らす。

「そちらのメンバーが合流、というのは、キネマとして派遣するという意味かな？」

「いえ。もちろん移籍します。こちらから出す人員は、全員がキネマを離れてエデンの所属となる」

「その人員というのは？」

「月生さんは出せません。僕と秋穂も残ります。あとは全員」

「でもそれでは、君の戦力を削《そ》ぐだけだ」

「ええ。はい。それで良い、と言っています」

香屋の提案は、本来はめちゃくちゃなものだ。香屋、秋穂、月生のみを残し、他の戦力をすべて無償でエデンに譲り渡すと言っているのだから。

でも実情は違う。

エデンは元々、九万Pほど持つチームだったはずだ。ユーリイとホミニニが何ポイント持ってエデンに移ったのか知らないが、ふたり合わせて一五万だとしても計二四万。対して香屋、秋穂、月生を除いたキネマの面々のポイントはたったの三万。合わせて二七万ポイントを三等分すると、ひとつの部隊は九万ポイント。ただ領土を移してチーム名を変えるだけで、キネマの面々は六万ものポイントを手に入れることになる。

もちろんユーリイは、この話を簡単には呑めないはずだ。

もしポイントの譲渡を受けたキドたちが逃げ出して香屋と合流したなら、エデンはただただ六万Pを失うのだから。

「ありがたい申し出だけどね。二点だけ、こちらの要件を呑んでもらえるかな？」

「内容次第です」

「ポイントを均等に配分するのは良い。でも、三一日まで待って欲しい」

それはまあ、当然の申し出だ。ループ前にポイントを獲得しても、通常は戦力の強化にはならないのだから。

「もうひとつは？」

「平穏に合流するキネマ部隊。そのリーダーは、エデンの人間にしたい。なに、形だけのリーダーだよ。口出しはしない」

「なるほど」

もしも、ポイントを受け取ったキドたちが逃げ出した場合。

それでもリーダーがエデン内に留まっていたなら、手の打ちようはある。もっとも簡単な話だと、そのリーダーを殺せばキドたちはルール上「無所属」になる。自身のチームも領土も持たず、能力だって使えない。逃げる彼らを後ろから狩ることは難しくない。

「では、こちらからも条件の追加を」

「うん。聞こう」

「キドさんたちのチーム名を決めさせてください。『キネマ倶楽部エデン支部』でいかがでしょう？」

「いいよ。それだけ？」

「はい」

ユーリイが笑う。

「君の考えは読めないね」

内心で香屋はぼやく。

――僕の意図なんて、わかりやすいものだ。

初めから香屋は、キネマ倶楽部というチームの存続に興味がない。できるなら知り合った人たちに――キドや藤永やリャマや他のみんなに死んで欲しくはない。架見崎では、ポイントは身を守る盾になる。所属チームを変えるだけで、彼らの盾が少しでも厚くなるならそれでいい。

「じゃあ、良いゲームを」

そう言い残して、ユーリイは通話を切った。

同時にふたりのやり取りを聞いていた藤永が口を開く。

「信じられるのか？　こんな、口約束を」

「さあ。全部嘘で、向こうに行ったとたんにみんな捕虜になるかもしれませんね」

「じゃあ――」

「でも、殺されはしない」

ユーリイがキネマ倶楽部を欲しがる理由なんて、二通りしかない。

いちばんわかりやすいのは月生。元架見崎最強にして、現状でも八万ポイントを持つ極めて優秀なプレイヤー。誰だって欲しい。とくにユーリイの立場では、平穏に取られる前に手に入れたいはずだ。

でも彼は、月生には興味を示さなかった。

なら理由は、もうひとつだ。

「ユーリイの目的は、銀縁さんだろうと思います。銀縁さんの機嫌を取るために、あの人はキネマのメンバーを蔑《ないがし》ろにできない」

ユーリイはもちろん、まだPORTと繋がっているはずだ。

そして彼とPORTを繋ぐもっとも太い線は、おそらく銀縁——今はイドと呼ばれる、円卓の一員だ。だからユーリイはキネマの面々を求めた。そしてその中に、銀縁がいたころのキネマのメンバーではない香屋、秋穂、月生は含まれていない。

「ならお前は、私たちにわざわざ人質になりに行けというのか？」

「ええ。頭の良い人は、人質を丁寧に扱いますよ」

本当はわからない。もしもエデンに出向するのが、たとえばキドひとりであれば、殺されはしないだろう。でも実際は、計七人。複数人の人質は「何人か殺して良い」という思考を生むかもしれない。

──それでもユーリイは、こちらをひとりも殺したくないはずだ。

彼の優しさではなくて、理性に期待している。

銀縁は優れた検索士《サーチャー》だ。PORTでも高い地位を持つ、ユーリイにとっても切り札となり得るカードだろう。なら、何人か殺して残りの人質で言うことを聞かせるのは悪手だ。短期的にはそれで銀縁を操れても恨みを買う。長期的な関係は維持できない。だからユーリイはキネマの面々を丁寧に扱う。

──その、はずだ。でも。

もしもこれで誰かが死んだなら、それは香屋の責任だ。

香屋のイメージが甘かった。それが根本の原因だ。

──だから、リーダーなんてものになりたくはなかったんだ。

余計な責任で他人に恨まれるのも、自分で自分を恨むのも嫌だ。もっと密やかに生きていたい。土の中でじっと暮らす、セミの幼虫みたいな人生が良い。

でも、地上に出なければ死んでしまうというのならそうしよう。

意に沿わない生き方だって選ぼう。

「だから全員、良い人質でいてください。ユーリイだとか、ホミニニだとかの思惑にいちいち気を取られる必要はない。勇気もプライドもいらない。へらへら笑って、言われた通りにしていればいい」

キドが言った。

「なんだかあっけないね。本当にオレたちは、キネマ倶楽部を離れるのか」

香屋は首を振る。

「暮らす場所と、端末に表示される所属先が変わるだけです。でもチームというのは、そういうことじゃないでしょう。僕たちが互いを信頼していたなら、それだけが全部でしょう」

キネマの面々を見渡す。

意外と、このチームが好きだった。弱くて、非効率的で、甘すぎる。戦場が似合わないキネマ倶楽部というチームが。

「リーダーとしての、僕の指示はひとつだけです。なんとしても、全員生き延びろ。これだけがキネマ倶楽部というチームの勝利条件です」

本当に。

ここにいる全員が生き延びたなら、架見崎の戦いを勝ち切れると信じている。

第二話　開戦の宣言

1

架見崎《かみさき》において、異端と呼ばれるチームがある。

二大チーム――PORTと平穏な国に共に隣接する弱小、タンブル工業。

チームメンバー四人、総ポイントで八〇〇〇ほどのこのチームは、だが架見崎においてもっとも安全だともいわれる。そのチームの特徴は、強さではない。ポイントで獲得した能力でさえない。ごく当たり前の職業的な技能だ。タンブルは家電の修理ができる。

八月をループする架見崎において、エアコンと冷蔵庫の修理が価値を失うことはない。直しても直しても、ループのたびにまた壊れるから需要は尽きない。それを理由に、タンブルは架見崎内を自由に移動する権利を得た。

そのチームのリーダーを務める女性――太田《おおた》が平穏な国を訪れたのは、八月二〇日だった。彼女は大きな荷物と一通の手紙を携えて、トーマの部屋をノックした。

「ウォーター。貴女《あなた》に荷物がある。着払いで、料金は今夜の宿と食事を二食ずつ四人前。受け取らないならすぐに帰るよ」

迫力のある笑みを浮かべる太田に、トーマは微笑を返す。

「別に、荷物なんてなくても食事くらいは出すけどね。中身は？」

「本命を渡すのは、まずこの手紙を読んでからにしろと依頼人に言われているよ」

「へえ。依頼人っていうのは？」

「登録名、あっきー」

「それは夢みたいにわくわくするね」

トーマには、愛すべき友人が大勢いる。もちろん太田もそのひとりだ。彼女は一見する限りでは豪胆で、明るく優しく活力に満ちた女性にみえる。まあ実情もだいたいはその通りだけれど、意外に繊細なところもあり、酔った夜には少しシリアスな児童書なんかを読んで泣いたりする。トーマが架見崎を訪れた直後の一時期は、ほとんど一緒に生活しているようなものだったから、彼女の弱さも愚かさも知っている。そのすべてがトーマにとって好ましい。

おそらく太田の方も、トーマを嫌ってはいないだろう。トーマは、自分自身のもっとも優れた能力が、こちらが好きになった相手にはたいてい好感を抱かせることができる点だと考えている。そしてトーマはすぐに人を好きになるものだから、友達の人数は昔から多い。

でも、例外と言える人物もいる。ひとりが、香屋歩《かやあゆむ》。彼は友達ではなく親友だから、なにかと扱いが違う。嫌われてはいないはずだけれど、どちらかというとライバルみたいな関係で争うことが多い。トーマだって香屋を尊敬しているぶんだけ、全力で戦いたいという思いが強い。ついでに、世界でもっとも愛している相手でもある。

そして、もうひとりの例外が、秋穂栞《あきほしおり》だ。

彼女のことも、トーマは友達だと思っている。抱きしめたいくらい大好きだ。頭が良くて、優しくて、照れ屋で純情で可愛《かわい》らしい友達。でも他の誰よりも嫌いな相手でもある。香屋歩にとってのいちばんの「特別」は、トーマではなく秋穂だと知っているから非常に妬《ねた》ましい。初めから、運命と呼べるほど綺麗《きれい》じゃないのにどうしようもなく強固なルールで決まっている、香屋歩の相棒。

太田から手紙を受け取り、封を切った。

可愛らしい便箋《びんせん》に、あの子の文字が並んでいる。

一行目は「挑戦状」だった。それにトーマは、噴き出して笑う。きっと向こうも、笑いながらこれを書いただろう。

そろそろ決着をつけましょう。

勝負の方法は、どちらが先に架見崎を支配するか。

賞品は香屋歩。

この戦いを受け入れるなら私を、平穏な国の一員にしてください。

あと、歓迎会はパフェを食べられるお店が良いです。

ストロベリーパフェの気分なのでおごってください。


その文面で、太田が運んできた荷物がわかった。

手紙を丁寧に折りたたみ、封筒に戻してトーマは答える。

「手紙への返事は、すべてイエスだよ。荷物を」

「オーケイ」

入っておいで、と太田が背後に声をかける。

躊躇《ためら》いのない速度でドアが開く。

入室した秋穂栞が、まっすぐこちらに歩み寄り、不敵に笑う。

「久しぶりですね、トーマ」

「うん。いつ以来だろう？」

実のところ、これまでにも何度か、秋穂に会う機会はあった。このループだって、戦いで傷ついた月生《げっしょう》を治すついでに香屋をキネマまで車で送っている。でも意図して秋穂を避けていた。再会に、もっとふさわしいときがある気がして。

秋穂の方も、トーマの前には現れなかったのだから、互いに思うところがある、ということだろう。彼女はやや顎《あご》を引き、睨《にら》むようにこちらをみる。

「私が最後に貴女の顔をみたのは、告別式の会場でした」

「そう。でも、それは知らない。じゃあ香屋と一緒にお見舞いに来てくれたときかな」

ここではないどこかの世界で入院していたとき、ちょっと高級な感じのプリンをもらった。プリンはおしゃれな瓶に入っていて、捨てるのがもったいなかったけれど入院中では使い道もなくて少し困ったのを覚えている。

トーマは手紙が入った封筒をかかげてみせる。

「これ、香屋も同意してるの？」

「もちろん」

「嘘《うそ》でしょ？」

「あいつからの指示は、私がトーマの元にいくことだけです。方法は好きにして良いと言われているので、なにを書こうが了承済みみたいなものです」

「なるほど。ようやく香屋が、私のものになるのか」

「私が負ける戦いを挑むと思いますか？」

「君だってたまには間違える。万にひとつでも勝ち目があるなら、私は勝ってみせる」

トーマが心の底から戦いたい相手は香屋だった。でもあいつになら負けてもよかった。本当に勝格好良い香屋に敗れ去るならそれも素敵だった。本当に勝ちたい相手は別にいた。秋穂栞が、

——なんにせよ、秋穂がこっちに来たのは有難い。

もともと秋穂が欲しかったのだ。以前、太田に勧誘の伝言を頼んだこともある。あのときはあっさりと断られてしまったけれど、今からだって遅くない。

「ストロベリーパフェはなんとかしよう」

「アイスでお腹《なか》が冷えるといけないので、温かい紅茶もつけてください」

「わかった。こちらからも頼みたいことがある」

「なんですか?」

「語り係って、知ってる?」

平穏な国において、戦闘の最大の権力者が第一部隊のリーダーなら、内政の最大の権力者は語り係だ。今は共に、トーマが担当している。でも、できるなら語り係の方は、別の誰かに任せたいと思っていた。

「できるだけ早急に、君には語り係についてもらう」

本来であれば、まず通らない話だ。

語り係の仕事は、人前では喋《しゃべ》らないリリィの言葉を、代わりに伝える役だ。あるいはリリィの言葉を捏造《ねつぞう》し、好き勝手にチームを運営する役だ。だから唐突にチームに入った少女に任せられるはずもない。

――でも、今なら通る。

平穏内の、トーマの敵対勢力は、こちらから権力をはぎ取りたいと考えている。トーマが語り係を手放すなら、相手が誰であれ首を縦に振る。トーマよりは与《くみ》しやすいと考えてくれるはずだ。秋穂のことを、なにも知らないのに。

そして秋穂が語り係になれば、トーマがずっと気に病んでいたある問題が解決する。それは、とても素晴らしいことだ。今後のトーマの計画を推し進める上で。

秋穂はいちおう、語り係に関する知識があるようだった。まあ、香屋がそのことを伝えていないとも思えなかったから、当たり前ではあるけれど。

彼女はきゅっと眉《まゆ》を寄せる。

「それ、本気で言っています？」

「もちろん。全力でやり合おう」

香屋がこのタイミングで、秋穂を送り込んできた理由だって、だいたい想像がつく。

――リリィとの接触、懐柔。

だから秋穂の語り係は、トーマにとっても諸刃《もろは》の剣《つるぎ》だ。それでも握る価値のある剣だ。

香屋の想像より、秋穂の想像より速く架見崎の時間を進めてやる。

「まあ、貴女がそれでいいなら、私にも異存はありませんよ」

「うん。よろしく」

「ところで語り係って、時給いくらですか？」

「このチームに時給なんてものはない。衣食住は保証するよ」

「ま、仕方ないですね。じゃあもうひとつ」

「うん？」

秋穂はトーマの、胸の辺りを指さす。

「その恰好《かっこう》、本当にださいからやめた方がいいですよ」

架見崎を訪れて、ウォーターと名乗るようになってから、トーマはあるアニメ・ヒーローのファッションを真似《まね》ている。まったくそのままではないけれど、カウボーイハットをかぶり、ロングブーツを履いて、なんとなくそれっぽいシャツとベストを身に着けて。

「香屋にも言われたよ。けっこう気に入ってるんだけどな」

「まあ服装なんてものは、本人の好きにすればよいと思いますが、コスプレで生活しているのは引きます」

「着替えるつもりはないけれど、いちおう覚えておくよ」

トーマはふたつの十字架を背負っている。

一方がループのたびに全身を襲う激痛で、もう一方が秋穂栞だ。

＊

同じ日――八月二〇日。

チーム「エデン」のリーダー、コロンは深い混乱と戸惑いに押しつぶされていた。これは意地の悪い夢なのではないかと疑い、何度も真剣に目覚めようとした。でもどうしようもなく目の前で起こっていることは現実だった。

――どうして私が、こんな目に。

いるとも思えない神を呪《のろ》う。いや、架見崎の神はあの運営たちだろうか。ならどれだけ苦言を並べても、解決に必要なポイントを差し出せと言われるだけだろうが。

コロンが架見崎を訪れたのは二六歳のころだが、それからすでに八五ループも経過している。ループを繰り返すこの不思議な街では、肉体は歳《とし》を取らないが、実感では三三歳になる。さすがにもう若者ではないし、架見崎での八五ループもの経験は充分に古参といえる。これまでいくつもの危機を乗り越えてきた。所属していたチームが敗戦して消滅したことが二度、能力がなければ死んでいた大怪我《おおけが》を負ったことが三度。女性の身でチームを運営するというのも苦労の多いことだった。でもそれなりに上手《うま》く、賢くやってきたつもりだ。

エデンを作ってからは他のチームと手を組み、場合によっては裏切り、しっかり戦況と勝ち馬を見極めてやってきた。おそらく他のどこよりも早くＰＯＲＴが架見崎の覇者になると確信し、多少の不利な条件には目をつぶって強固な同盟を結んだ。

実質的にはＰＯＲＴの配下についたようなものだから、エデンは戦わずして敗れたのだと言われることもある。エデン内にも、コロンの判断に疑問を抱くメンバーはいる。それでもコロンは自分を信じてきた。ＰＯＲＴとの互恵関係を築き安定を手に入れた立ち振る舞いに間違いはなかったはずだ。なのに。

エデンが本拠地としているオフィスビルの一室の、コロンのデスクの前に立ったユーリイが、プリントアウトした資料を手に言った。

「リーダー。チームの運営に関しまして、不明瞭《ふめいりょう》な点がありますので、ご質問させていただいてもよろしいでしょうか？」

なぜ先週までPORTのトップだった男がここにいるんだ。私の下についているんだ。まずは敬語をやめろと言いたい。私を立たせてお前が座れと言いたい。これはいったい、どんな種類のいじめなのだろう。

リーダー？　と再び尋ねられ、コロンは仕方なく「どうぞ」と答える。

ユーリイはよどみなく話す。

「我がチームの運営は、非常に安定しているといえます。ポイントも物資もフェアに配分されており、チームメンバーの満足度も総じて高い。ですが僕の個人的な調査では、PORTとの関係に多少の疑問が生まれているようです。とくに先週まとまった、エデンが中心となりミケ帝国をはじめとした計三つの中堅チームを落とす作戦を不安視する声が大きい。僕も大規模な戦力の補強と思い切った人員配置の再考が必要だという印象ですが、いかがでしょう？」

コロンは胸の中で舌打ちする。なにを、他人事《ひとごと》のように。

その話をエデンに押しつけたのは、お前だろう。一方的な電話会議で、こちらには有無を言わせずに。

――PORTからはエデンに対し、合計で二〇万Pの戦力を貸し与える用意がある。それを存分に使い、ミケ、ロビンソン、メアリー・セレストを落として欲しい。

とたしかにこいつが言った。

それ自体は、とりたてて無茶な話にも思えなかったのだ。

エデンがもともと持つ九万にPORTの二〇万が合わさり、二九万。中堅チームの総ポイントはだいたい一〇万前後だから、三倍の戦力差というのはまず負けのない戦いだ。どうしてPORT自身が戦わないのだろうという疑問はあったけれど、とにかくエデンの生きる道というのはPORTに付き従って恩を売る方向しかないものだから、前向きに検討すると答えた。前向きに、と頭についているとはいえ、あくまで返答は「検討する」だ。

なのに決定事項のように物事が進み、そしてやってきた「二〇万Pぶんの戦力」というのが爆弾だった。

ユーリイ、ホミニニ、加えてホミニニの配下のふたり。この四人はPORTを出るタイミングで、それぞれいくらかポイントをチームに返却していた。それでも、ユーリイが八万、ホミニニが六万、あとのふたりがおよそ三万ずつ。合計できっかり二〇万Pではあるけれど、そんな問題でもない。ユーリイとホミニニが配下について、いったい誰にまともに扱えるというんだ。

ユーリイは続ける。

「中堅三チームを相手にして、安定した勝利を収めるなら、本音では五〇万ポイントほどの戦力が欲しいところです。ですが、我がチームの所有ポイント二九万から、さらに二一万伸ばすというのは現実的ではない」

「待ってください」

慌《あわ》ててコロンは口を挟む。

「ええと、もしかして、三つのチームに同時に宣戦布告するつもりでいます？」

ユーリイは表情も変えずに答える。

「もちろんです。狙《ねら》うのが中堅の三つのチームでも、本当の敵は平穏な国でしょう。こちらがひとつを集中して落とすなら、そのあいだにあちらがふたつ取ります」

「そんなの聞いていません」

「ですが、三つの中堅を落とす手順を考えればそうなります」

「PORTと平穏のあいだには不可侵の条約があるのでは？」

「はい。ですが、ここはあくまでエデンですから」

そんな詭弁《きべん》が、成立するのか？

「貴方《あなた》がいるなら、ここがPORTでしょう」

「おや、不思議なお話ですね。それではいったい、エデンというチームはどこにあるのですか？」

「だから――」

それで、頭を抱えているのだ。

どんな陰口を叩《たた》かれようが、卑怯者《ひきょうもの》と言われようが臆病者《おくびょうもの》と言われようが、コロンはエデンというチームを守ってきた。このチームを愛し、このチームに尽くしてきた。なのに

「まあ、対ミケが厚くなるのは仕方がないけれど――」

あのチームは、中堅としては強すぎる。そもそもポイントが中堅の域を出ている。少し前の戦いで、平穏の主力プレイヤー、高路木《こうろぎ》を白猫が落としたことが理由だ。人員をみてもその白猫が規格外で、たしかに彼女を抑え込めるのはユーリイくらいだろう。加えて他のメンバーも充分に強い。こちらも戦える人間を並べる必要がある。

「でも、ロビンソンのところが割を食いすぎではありませんか？」

部隊リーダーが撫切なのはいい。他にはいない。でも、残りはあとのふたつの部隊の余り物という感じで、これではほとんど撫切ひとりでロビンソンを落とせと言っているようなものだ。

ユーリイが頷《うなず》く。

「はい。ポイントの再配分案のページをご覧ください」

言われるままに、コロンは資料のページをめくる。たしかに検索士《サーチャー》を中心に、細かくポイントが引かれ、撫切の部隊に譲渡する形になっている。

「かき集めたポイントで、ループ時に撫切を強化するということですか？」

「いえ。今の平穏は、月生から獲得した三〇万Pを浮かせています。それを有効活用させないために、開戦はループ前がいい」

それはそれで、聞き捨てならない話ではあるけれど。

「ループ前にポイントを動かして、なんの意味があるんですか？」

「凍結された能力の解除ですよ」

譲渡などで所持ポイントが能力の必要ポイントを下回った場合、その能力は使用できなくなる。これを能力の凍結という。能力の凍結は、再びポイントを取り戻すと即座に解除される。たしかに、凍結された能力があるなら、ループを待たずにポイントの移動で戦力を増強させられる。でも。

「うちに、能力が凍結されているプレイヤーはほぼいません」

厳密には、細かな戦力の調整で凍結状態の能力の持ち主もいるが、戦況を変えるほどではない。

「はい。エデンの戦力が充分ではなかったため、他所《よそ》から獲得することにしました。最後のページをご覧ください」

そこには合計で七人の名前と、能力の内訳が載っている。

一行目は、キド。強化《ブースト》にも多くのポイントを割り振った、特殊な射撃士《シューター》だ。

「これは？」

「キドは対月生戦に参加したプレイヤーです。平穏から一時的にポイントを貸し与えられていたため、凍結された能力を多く持ちます。彼を含め、七人の人員がキネマ倶楽部からうちに移籍する予定です」

キネマ倶楽部。最近よく聞くチームだ。もちろんそのニュースの筆頭は月生の所属だった。コロンは月生の名前を探してリストに目を走らせるが、載っていない。

――まあ、むしろよかった。

理屈で考えれば、戦力は大きければ大きいほどよいけれど、さすがにユーリィとホミニに加えて月生までエデンに来ることになればもうどうして良いかわからない。闇雲《やみくも》にどこかに逃げ出したくなる。

「でも、どうしてキネマの人たちが？」

「あのチームの、今のリーダーは、ちょっとした知り合いなんですよ。顔を合わせたことは一度しかありませんが、なかなかユニークな少年でね。戦力が欲しいと相談すると快く差し出してくれました」

キネマ倶楽部リーダー。キド？　違う。たしか、あのチームは最近、リーダーが替わっている。月生の加入と同じ時期だったからずいぶん気になって、エデンもキネマに検索《サーチ》を向ける予定だった。ユーリィとホミニが揃《そろ》ってやってくる、なんて天変地異が起こっていなければ。

なんにせよ、ユーリィから相談という名の脅迫を受けて、首を横に振れるチームなんてまずないだろう。相談ひとつで戦力を奪い取られたのだとすれば、キネマのリーダーもずいぶん苦労しているはずだ。

「キネマの人たちは、いつこちらに？」

「貴女の許可をいただければ、今日中にでも」

「ですが、移動も簡単ではないはずです」

キネマは架見崎の西端に、エデンは東端にある。隣接していないチームを行き来するのは困難だ。能力を使えないまま、敵地を横断することになるのだから。

ユーリイは平然と答える。

「うちは、PORTと同盟関係にありますから」

「ええ。でもキネマは、PORTとも隣接していません」

「PORTは架見崎の中心地点を領土としています」

そう言われて、コロンは思い出す。

普段は意識もしないけれど、架見崎の前提となるルールのひとつだ。

――架見崎は全体でも一辺が五キロ四方程度のサイズしかない。その範囲外に出たプレイヤーは、強制的に架見崎の中心に移動する。

「架見崎の外周に隣接しているチームは、どこもたったの一歩でPORTに移動できるんですよ。片道切符ですが」

「なるほど」

つまり、すべてはもう決定事項だということだ。

ユーリイとPORTとキネマのあいだで、話がまとまっているのだろう。

「対ロビンソンは、キネマの方々が頑張ってくれる予定ですよ」

「そう。ユーリイさんがそれでいいと言うなら、きっと上手くいくんでしょうね」

やはりこのチームはもう、エデンではない。

ユーリイが組織する新チームが、エデンの皮を被《かぶ》っているだけだ。

＊

そのころ香屋歩は、ミケ帝国を訪れていた。

ミケが本拠地としている高校で、教室の席に腰を下ろし、窓から校庭を見下ろす。校庭には人だかりができていた。皆、ミケの面々だ。

彼らの視線の先にはふたりがいる。

月生。それから、白猫。

こうしてみると、ふたりはよく似ていた。共に片足を軽く引いて半身になり、両手をだらりと下ろして相手をみつめている。長い沈黙——まず動いたのは、白猫だった。走り、軽く跳び、月生の側頭部にハイキックを放つ。月生がその足をつかむ。つかまれた足を支点に、白猫は空中で回転し、月生の頭上に肘《ひじ》を落とす。月生の方は、つかんだ白猫の足を突き飛ばして彼女の身体《からだ》のバランスを崩し肘の狙いを外させる。白猫が両足で校庭に立つと、人だかりから歓声があがった。

「暇つぶしにしては、ずいぶん豪華なカードですね」

と向かいに座ったコゲが言った。

この戦いを望んだのは白猫だった。月生の方は、互いに能力を使用しない、という条件でそれを受け入れた。香屋としては、こんなことでどちらかが余計な怪我を負うのも馬鹿《ばか》馬鹿《ばか》しく、できればやめて欲しかったが、止めもしなかった。

チームとチームの話をするなら、白猫はいない方が良い。彼女は感覚で意見を決めるから。コゲと黒猫《くろねこ》が相手であれば、まだしも理屈と利益で説得できる目がある。

黒猫は校庭の戦いに夢中になっているようだった。

香屋もちらりとそちらに目を向けて、つぶやく。

「能力未使用なら、白猫さんの圧勝だと思っていました」

けれど実際には、良い戦いをしているようにみえる。少なくとも香屋からは。

校庭をみつめたまま、黒猫が答える。

「本気でやり合えば白猫が強いよ。今は月生の戦い方に合わせている」

「へえ。僕にはわかりません」

「あの人は、反射速度を活《い》かしたカウンターで戦うのが強い。強化《ブースト》の異様な加速があるならまた別だが、素でやり合うなら相手が動くのを待つ。だが、月生の方も待って戦うスタイルのようだから、そちらに合わせて先に殴っている」

「なるほど」

「白猫は身体を動かせるのを楽しんでいるんだよ。あの人を楽しませられるくらいには、月生も強い」

「それはよかった」

香屋にしてみれば、月生と白猫、どちらが強かろうと知ったことではない。どちらも強い、で充分だ。

　コゲが言った。

「月生さんも、面白い人ですね。ひとりチームの次はふたりチームですか」

　キネマ倶楽部は現在、ふたりきりのチームになっている。

　キドをはじめとした、もともとのキネマの七人は全員、エデンに所属を変えた。そして秋穂は、平穏な国に。残ったのは香屋と月生だけだ。

「キネマ倶楽部というチームは、もうないものだと考えていただいてかまいません」

　以前から香屋は、できるだけ平和的にキネマを潰《つぶ》すつもりだった。架見崎では、チーム同士が陣取り合戦をしている。みんなチームとチームは争うものだと思い込んでいる。なら、ルール上のチームなんていらない。

　コゲは楽しげに、こちらの顔を覗《のぞ》き込む。

「なんにせよ、あの月生さんがチームメイトとして選んだのは、貴方だった」

「成り行きですよ」

「せっかく月生さんを手に入れたのに、貴方はキネマのメンバーを他のチームに振り分けた。エデンは、実質的にはPORTの部隊です。ユーリイが移籍したなら、これまで以上にPORTとの繋《つな》がりが深まったはずです。さらに秋穂さんは平穏に。PORTと平穏、ふたつの大チームに駒《こま》を並べて、これからなにをなさるつもりですか？」

「なにも」

秋穂は、トーマの独走を止めるために平穏に行ってもらった。だがそちらは秋穂にまかせっきりで、香屋自身はなにをするつもりもない。キドたちの、エデンへの移籍にはもっと狙いがない。彼らが生き残りやすそうな方を選んだだけだ。

「僕の本命は、ミケ帝国です」

「へえ。つまり？」

「ユーリイの動きは奇妙ですが、大枠では、架見崎のこの先の展開は決まっています」

「平穏とPORTによる、中堅と弱小潰し」

「はい。このままではまもなく、架見崎に存在するチームはふたつだけになる」

「それで？」

「でも二チームというのはバランスが悪い。ぶつかり合うと、どちらかが勝つまで止まらない。一方でチームの数が多すぎると、それはそれで無駄な戦いが生まれやすい。だから僕は、架見崎をみっつのチームにしたい」

三がいちばん、バランスが取れる。三すくみが盤面を硬直させる。

「そのみっつのチームに、うちを選んでいただいたということですか？」

「まだわかりません。平穏を読み切れない」

本当に読めないのは、平穏な国ではなかった。トーマでさえない。彼女と秋穂、どちらが相手を上回るのか、だ。

もちろん戦場に出てしまえば、秋穂ではトーマを抑えられない。でも秋穂に頼んでいるのは、そういった戦いではない。平穏が――あのチームの象徴であるリリィが、トーマと秋穂のどちらを選ぶのか。

――それだって、本来はトーマの独壇場《どくだんじょう》だ。

あいつは友達を作るのが上手いから。

でも、トーマには大きな弱点がある。秋穂がそこを上手く利用すれば、トーマからリリィを奪い取れるかもしれない。その結果次第で架見崎に残る三つのチームが変わる。

「なんにせよ、ミケが消えるのはまだ早い」

だから月生を連れて、ここに来た。ミケ帝国を守るために。

コゲが首を傾《かし》げてみせる。

「つまり、貴方と月生さんがうちに入ってくださるということですか？」

「まだキネマは残しますが、実質的には」

「共闘の申し出と考えても？」

「はい。月生さんが加われば、ミケは簡単には落ちない」

白猫と月生が手を取り合って戦場に並ぶのは、ずるい。香屋でさえなんだか安心してしまいそうで、その鈍さが怖くなる。

加えて月生の八万Pは、その数字以上の意味を持つ。

新たなポイントを手にすると、その場で能力の凍結が解除されていく。敵を倒せば倒すほど強くなる。だから向こうは、中途半端な駒を月生の前には置けない。絶対に倒せる戦力を差し向けるか、そうでなければ逃げ出すしかない。

校庭から、わっと歓声が聞こえた。月生対白猫の手合わせが決着したのだろう。

満足した様子で黒猫がふっと息を吐き、ようやくこちらに目を向けた。

「だが、平穏やPORTと渡り合えるのか？」

「一対一だと難しい。でも、もう一方を巻き込むことはできます」

平穏な国からの宣戦布告を受ければPORTからの宣戦布告を受ければ平穏に、こちらから宣戦布告すればいい。平穏とPORTに、PORTが戦うように仕向ければ、月生が手を貸すミケであればそのあいだを縫って生き延びるくらいのことはできる——かもしれない。実際は、向こうがどういったスタンスで戦うのか次第だけれど、一方的に押しつぶされて終わりということにはならないはずだ。

黒猫が言った。

「戦いたいなら、勝手にしろ。うちも好きに戦う」

香屋は首を振る。

「いえ。そんなことを言っていられる戦況ではありません」

どうしたところで、PORTや平穏とミケ帝国のあいだには、大きな戦力の差があるのだから。

「まずはコゲさんの検索《サーチ》を使って作戦を立てる許可をください。今の僕には情報が足りない」

まっすぐにこちらをみていた黒猫が、ふっと笑う。

「お前が作戦を立てて、私たちが従うと思うか？」

「そこまで含めて考えますよ」

黒猫とコゲは、理屈でどうにかなるかもしれない。でも白猫はそうではない。そしてミケ帝国というのは、けっきょくのところ白猫のチームだ。彼女の我儘《わがまま》を咎《とが》められない。なら白猫の我儘まで想定に入れた計画を練るしかない。

黒猫が席を立つ。

「白猫に相談する。あれでも、一応うちのリーダーだからな」

「他のチームとの交渉は、貴女のお仕事では？」

「上辺だけだよ。私が許可を出しても、白猫が気に入らなければ撤回だ」

つまり黒猫自身は、こちらの話に乗ってもよいということだろうか。もう少し具体的な交渉が必要だと思っていたから、なんだか少し拍子抜けではある。

黒猫の背中を見送っていると、コゲが言った。

「一応、貴方には借りがありますからね」

「ああ」

そういえば、一度死んだ黒猫を生き返らせるのに香屋も手を貸している。すべて香屋自身の都合でやったことだから、貸しを作ったという意識はないけれど。

コゲが続けた。

「加えてうちは、好奇心が強いチームですから」

「それが？」

「貴方の端末は、すでに検索《サーチ》しています」

なるほど。それはよかった。

ほかのチームからも、できるだけたくさん注目してもらえると嬉《うれ》しい。

「今、貴方を殺すのは少し惜しい。白猫も黒猫も、おそらくそう考えています」

ありがたい話だ。本当に。

――でも。ミケでさえ僕の端末の検索《サーチ》を終えているのなら。

平穏やＰＯＲＴも、もちろんすでにそうしているだろう。

やはりトーマがどんな反応を示すのかが、香屋には怖ろしかった。

2

秋穂栞の目に映った、リリィの第一印象は「小さい」だった。

同じ八月をループする架見崎において、外見が実年齢と繋がるわけではない。だがリリィの、小学校にいても不思議ではない姿はやはりチームリーダーにはそぐわない。思えば秋穂は、架見崎に来て自分自身よりも背の低い人間に会うのは初めてだった。香屋だって秋穂より三センチほど背が高い。

彼女は外見相応の、陰のない笑みを浮かべる。

「この人が、秋穂？」

それに応《こた》えたのはトーマだ。

「はい。いずれ、語り係に就いてもらいます」

秋穂はトーマに連れられて、平穏な国が本拠地としている教会の二階の、リリィが暮らす一室にいた。わかりやすく豪華な部屋だ。広く、窓が大きく、天蓋《てんがい》つきのベッドなんてものまである。でもそのベッドの枕《まくら》の下から、携帯ゲーム機がちらりとのぞいている。点灯しているランプで現在はスリープ中だとわかった。

リリィがこちらに目を向けた。

「よろしく、秋穂。たくさんお話ができると嬉しいな」

秋穂は眼鏡の位置を中指で直し、頭の中でスイッチを切り替える。架見崎を訪れる前、クラスメイトの妹と会ったときの感覚をどうにか思い出して答えた。

「もちろんです。お友達になりましょう。友好の証《あかし》にハグさせてください」

え、と戸惑うリリィを、強引に引き寄せる。

別に嘘っぽくてもいい。子供を相手にするときは、とりあえず物理的な距離を詰めておくのがいちばんだ。彼女の金髪を抱きしめて続けた。

「ふっわふわですね。これ、地毛ですか？」

秋穂の胸の中で、リリィがもごもごと答える。

「ええと、髪は、染めてもらってて」

「ループのたびに？　それはたいへんですね。あ、でも、どれだけ染めても傷《いた》まないからむしろラッキー？」

「私は別に、染めなくていいんだけど。たぶん黒いままよりはそれっぽいから」

「なるほど。聖女さまも大変ですね。リリィっていうのは、本名じゃないですよね？」

「はい。前からのあだ名です。お母さんもそう呼んでて――」

「ご両親に会えないの、寂しいですよね。泣いちゃいません？」

「たまに。あの、そろそろ放して」

「私もたまに泣いちゃいます。さっさとこんなところ出ていきたいですよね」

「でも、いちおう、リーダーなので」

「えらい。えらい子はたくさんなでてあげましょう」

秋穂はようやくリリィの後頭部に回していた手を放し、かわりにぐしゃぐしゃと綺《き》麗《れい》に染め上げられた金髪をなでた。リリィは不満げな顔つきで「ウォーター」と架見崎でのトーマの名前を呼ぶ。

秋穂もそちらに目を向けると、トーマは苦笑を浮かべていた。

「それは秋穂の、うざいくらい無駄に友好的なバージョンです。別に全部演技ってわけでもないですが、ノーマルバージョンはクールで斜《はす》に構えた女の子なので、ギャップに驚かないでください」

彼女に向かって顔をしかめて、秋穂は答える。

「別に、どれがノーマルってわけでもありませんよ。普段使いの七バージョンとシークレットがふたつ、全部合わせてあっきーです」

普段使いの七バージョン、というのは適当だ。シークレットがふたつというのは本当だけれど、それは本当にシークレットなので世に出ない。

秋穂は再びリリィに向き直る。

「髪、ぐしゃっとなっちゃいましたね。もしよろしければ、私にとかせてください。それから、せっかくなので女子会をしましょう」

「女子会？」

リリィが目を丸くする。なかなか好感触のような気がする。

「パジャマパーティーがいいですね。お菓子とジュースで盛り上がりましょう。議題はウォーターに似合う服、スカート限定でいきたいところです。リリィ、リーダーの権限でお洋服をがばっと集めたりできません？」

リリィが「いいの？」とトーマをみつめる。

「まあ、オレはだいたい、なにを着ても似合いますが――」

嘘ではないのでむかつく。

わずかに首を傾げて、トーマは格好良く微笑《ほほえ》む。

「楽しいことは、あとにとっておきましょう。実は少し慌ただしくなりそうで、本日はそのご報告に参りました」

リリィから、すっと表情が抜け落ちる。

「戦いになるの？」

「はい。こちらから仕掛けます」

「どうして？」

「理由は複合的ですが、いちばんはＰＯＲＴの動き」

「ＰＯＲＴとは、仲良くやれるんじゃなかったの？」

「あちらの主力ふたりが、ＰＯＲＴを抜けてエデンに入りました。うちとＰＯＲＴは不可侵の約束をしていますが、エデンはその約束に含まれていません」

秋穂もふっと息を吐いて、頭の中でまたスイッチを入れ替える。

――トーマとリリィのあいだに割って入らなければいけない。

だが、強引には進められない。リリィに嫌われてはならない。トーマとリリィの意見が対立するならリリィの方に立つが、やりすぎてもいけない。おそらく、トーマはすでにリリィの信頼を勝ち取っているから。トーマの判断をある程度尊重しつつ、リリィに好まれる視点で話をする、というのがこのゲームの目標になる。

――どこまでやれる？

そもそも、トーマと向かい合ってのディベートに勝てるわけがないのだ。

だから重要なのは負け方だ。リリィに好感を与える負け。

悩みながら秋穂は言った。

「PORTからの新加入を含めても、エデンの戦力は二九万P程度だと聞いています。平穏の敵ではありません」

トーマは軽く頷いて答える。

「二九万というのは、うちとPORTを除いたどのチームよりも強い。つまりエデンは、うち以外のすべてのチームを呑み込めるだけの戦力を持っている」

「そしてエデンが集めたポイントはすべてPORTのものになる、ということですね？」

「うん。平穏、PORT、エデンを除いた架見崎中の総ポイントはおおよそ七〇万。この七〇万を、うちとPORTがどう分け合うのかで今後の架見崎の情勢が変わる」

「ですが、殴り合うだけが戦いではないでしょう。たとえば平穏は、ブルドッグスを交渉で取り込んだはずです」

「時間がない。うちとPORTが同時に声をかけて、即決でこちらを選んでくれるチームはいないよ」

「状況の認識は、おそらく貴女《あなた》の方が正確でしょうね。では選べる方法はふたつ。戦って他チームを落とすか、PORT、エデンを相手に時間稼ぎをするか」

「戦闘が長引けば長引くほど死者が増える。信じて欲しい。オレなら、すべてのチームの被害がもっとも少なくなるように戦える」

まるで独裁者の口ぶりだ、と言ってやりたかったが言葉を呑み込む。リリィに悪い印象を与えてはいけない。

代わりに、リリィに向かって尋ねた。

「貴女は、平穏な国が積極的に戦うことに賛成ですか？」

「私は――」

リリィが、きゅっと眉を寄せて言葉を詰まらせる。

すかさずトーマが、彼女に向かってやわらかに微笑む。

「オレのことは気になさらず。本心でお話しください」

これをできるのが、トーマの強さだ。こちらにわざわざ言質《げんち》を与えるようなことを。

険しい表情のままリリィが言った。

「もちろん、戦うのは嫌だよ。でもウォーターを信じてる」

よろしい。これで、上手く負けられる。

本心で秋穂は笑う。

「私とウォーターが手を組めば、戦うことなく香屋歩を獲得できる目算があります」

これは、嘘《うそ》だ。でも、なんとなくそれっぽい理論武装ができそうな嘘ではある。それにリリィからみれば真実に聞こえるはずだ。香屋とトーマが仲良しだと知っているはずだから。そして秋穂ほどは、ふたりの関係を正確には知らないだろうから。

トーマがふっと真剣な表情を浮かべる。

「香屋を取って、どうなるの？」

「あいつへの検索《サーチ》は？」

「もちろん、万全に」

「ならわかるでしょう？」

今、平穏な国が――リリィが香屋歩を手に入れる価値。

トーマが一度だけ首を振る。

「あれは、劇薬だ。架見崎にとって、薬でもあるし、毒でもある」

「それを薬だと断言してみせるのが貴女でしょう？　本当は毒だったとしても、薬にしてみせるのが。香屋歩を獲得すれば、平穏な国という夢が完成します。その夢が架見崎中に伝われば、この世界から戦いが消えます」

香屋歩が持つ例外的な能力の、さらに例外的な使い方。

でもきっとあいつにとっては、当たり前にまず思いつく使い方。

トーマはずいぶん長いあいだ、なにも答えなかった。その沈黙に耐えかねたように、リリィが口を開く。

「ねぇ、なんの話をしているの？」

彼女に向かって、トーマは言った。優しい声だった。

「香屋は、すごい奴《やつ》なんです。あいつは、本当に架見崎から戦いを消し去ってみせるかもしれない」

「じゃあ――」

「でも、オレの想定では、あいつの方が大勢殺す。戦いが消えた世界が生まれるまでに、いくつもの戦いが起きる。希望の旗を掲げるために、屍《しかばね》をふみつけてはいけない」

これだけは本心から疑問で、秋穂は尋ねた。

「それに、貴女が手を貸すことはできませんか？　貴女と、リリィが。そうすれば死者はずいぶん抑えられるはずです」

トーマはうつむき、頭のカウボーイハットを押さえる。

その動作は、表情を隠そうとしたようにもみえた。

「わからないよ。なんにせよ、次のループが明けてからだ。運営があいつの質問をどう扱うのかにかかっている。それまでは幸福な悪夢でしかない」

まあ、その通りだ。香屋は、少なくともこのループのあいだは、人々に幸福な悪夢をみせようとしている。

トーマはもう一度、リリィに向かって言った。

「このループのあいだだけ、なにも聞かずにオレを信じてください」

リリィが頷く。

「ずっと信じてるよ。じゃあ、やっぱり戦うの？」

「おそらく。でも、被害が最小になることを優先します」

「わかった。貴女に任せる」

「はい。万全に進めます」

秋穂はすっと息を吸う。

ふたりのあいだに、小さなしがらみを残すために。

「待ってください。リリィ。よろしければ、私から香屋の能力の説明を」

トーマに止められるのが、最良だった。だがさすがにこいつは、そうはしない。こちらの思惑なんてものは関係なく、ただ彼女にとって格好良く振舞う。つまり今は、綺麗な顔でじっとリリィをみつめるだけだ。

——だから、トーマはずるい。

こちらがどんな言葉を投げかけようが、顔つきひとつで相手を説得してしまうから、ずるい。リリィが言った。

「そのことは、いずれウォーターから報告を受けます」

落としどころはここで良い。

リリィの胸に一本の棘《とげ》をさせたなら、初対面の戦果としては充分だ。

トーマほどの効果はないとしても、秋穂は自身にできる最高の顔で笑った。

「了解です。じゃあ面倒なことはウォーターに任せて、パジャマパーティーのスケジュールを決めちゃいましょう」

この言葉も、リリィへの印象操作の一環ではあるけれど。

トーマを着せ替え人形にして遊びたい、というのも本心だった。

リリィの部屋を出て間もなく、トーマが楽しげな笑みを浮かべる。

「六話？」

「そっちだって。たしか、一七話ですか？」

「違う。一八話、弾丸と希望の比重」

秋穂とトーマ、それから香屋が愛するアニメ「ウォーター＆ビスケットの冒険」の話だ。

リリィの前で交わした会話の一部が、その引用だった。

「あそこで六話はセンスが良いね。――ほんのひと時、名を上げたいなら毒を薬だと偽れば良い。だが英雄は、それを本物の薬にしてみせる」

良い台詞《せりふ》だ、とトーマはひとり感じ入っている。

秋穂は、すぐに作中の台詞を引用したがるタイプのファンがあまり好きではないため、内心で顔をしかめていた。別に狙って言ったんじゃない。なんか聞いたことあるな、と思いながら口にして、それから思い当たっただけだ。ちなみにトーマの方は「希望の旗を掲げるために、屍をふみつけてはいけない」が、まんま作中の台詞で、こちらは狙って言ったのだろう。

並んで長い廊下を歩きながら尋ねる。

「で、どこと戦うつもりですか？」

「PORTっていうか、エデン次第なんだけど。ミケ、ロビンソン、メアリー・セレストは全部じゃない？」

「まとめて？」

「たぶん。ユーリィさんならまとめて落とせる。苦戦するのはミケくらいでしょ」

「キネマは？」

「もうほとんどエデンのものだって聞いたけど？」

「おや。事情通ですね」

キドたちがエデンに行く予定だ、というのは秋穂も認識していたけれど、現状でどうなっているのかはよく知らない。平穏に来てから、情報が遮断されている。

「で、香屋対策はどうするつもりですか？」

と尋ねてみる。

トーマは、訊《き》けばだいたいなんでも答えるから、ストレートな質問がいちばんだ。

「あいつの思惑みたいなものを読み切れるはずがないからね。こっちから仕掛けるしかない」

「どうやって？」

「狙いは香屋のオーバーフロー。危機感が強すぎる奴だから、ちっちゃいノイズをできるだけたくさん並べる。全部で最悪を想定してくれるから、勝手に疲れて身動きがとれなくなるはずだ」

「なるほど。的確ですね」

「そのノイズを、いくつか用意してるよ。君を語り係にする理由も、何割かはそれ」

「シモン派ですか？」

「うん。そろそろ、君に接触するんじゃない？」

「私もそれを待ってます」

かつての語り係で、平穏な国の裏の支配者だったシモンは、リリィへの「隠し事」がばれたのが理由で失脚している。でも旧体制というのは簡単に一新できるものではなく、今も平穏内にシモン派が残っている。

シモン派にとって最大の敵は、もちろんトーマだろう。トーマが語り係という地位を手放す、なんてニュースは、あちらにとってはこの上ない朗報だ。新たな語り係をなんとか自分たちの陣営に引き込もうとするはずだ。

ここまでは、秋穂にだってわかる。

「正直、私はどれくらいやばい状況なんですかね？」

シモン派が暴力的な手段を用いて秋穂に言うことを聞かせようとするのか、まっとうな交渉があるのかが問題だ。

「私にもわからない。いきなり力任せって方向じゃないと思うけど、香屋はなんて言ってた？」

「本当に危険ならトーマに守ってもらえって」

「さすがに、君を見捨てはしないけどね。でも秋穂が危なくなればなるほど香屋に負荷がかかるから、悩ましいな」

なかなか複雑な相関図だ。香屋、トーマ、秋穂の三人は間違いなく友達で、まあ親友と呼んでもよくて、みんながみんな信頼し合っているけれどそれだけでもない。香屋とトーマは敵対していて、秋穂は香屋側についている。

トーマが首を傾げるようにして、こちらの顔を覗き込んだ。

「君、真面目《まじめ》に私に寝返らない？」

「ちょっと前まで悩んでたんですが、もう無理ですね」

「へえ。どうして？」

「あいつ、ヒーローを目指すらしいので。みてみたいじゃないですか」

香屋歩が本気で架見崎を変えようとしたとき、なにが起こるのか。環境に適応するのではない、環境の方を自分に適応させる、まるで人間の本質みたいな怪物がどこまでこの世界を変えられるのか。

「それは、みたいね。特等席でみたい」

「貴女が折れれば、すぐにでも隣に立てますよ」

「でもね、私は正面からあいつの顔をみていたいんだよ。なら魔王の方が良くない？」

「ヒーローって魔王と戦うんですか？」

「いれば戦うでしょ。ヒーローと勇者って、ほぼ同義語だよ」

「そりゃそうかもしれませんが、貴女はウォーター派のくせに好みが破滅的ですよね」

「ストーリーを振り返ってよ。ウォーターの生き方って、けっこう破滅的でしょ。香屋の解釈の方が特殊」

「でも、貴女より香屋の方がウォーターに似てます」

「うん。だから、悔しい」

けっきょくのところ、トーマは香屋に勝ちたいのだろうか、負けたいのだろうか。

おそらく本気で勝つつもりで戦って、それでも負けたいのだろうと思う。でも、それにしては今のところ、彼女はずいぶん香屋に優しい。秋穂を語り係にするというのは明らかに悪手で、トーマがそれに気づいていないわけはない。

「私が香屋から頼まれているのは、ひとつだけです」

「うん」

「貴女からリリィを――つまり、平穏な国を奪い取ること」

「だろうと思った」

「いいんですか？」

「よくはない。でも、仕方がない」

「なにが？」

「君の切り札。私から話すつもりもないけれど、リリィに隠しておくのは反則だ」

なるほど、と胸の中で秋穂は頷く。

こちらはリリィを籠絡《ろうらく》するための切り札を握っている。

トーマの――冬間美咲《とうまみさき》の、現実での死。

それをオープンすれば、リリィはきっとこちらにつく。リリィがトーマを愛していればいるほど、そうなるはずだ。だって架見崎が終わりを迎えれば、トーマは消えてなくなるはずだから。他のみんなが「現実」に帰れるとしても、この子にだけはその帰る先がないのだから。トーマを守ろうとするなら、架見崎から戦いを――つまり、ゲームの勝ち負けを消し去ってこの世界を永続させるしかない。今の架見崎でそれを目指しているのは、香屋だけだろう。

「貴女が、変わりないようで安心しました」

自分にどれだけ不都合だかわかっていても、秋穂がリリィに会うのを許してくれる。トーマとはずっとそういう奴だった。有利、不利を簡単に切り捨てて、彼女にとってのフェアプレイを追求する奴だった。そして、けっきょくいちばんの勝利をさらっていく。わかりやすいヒーローみたいな女の子だった。

「君は、ちょっと素直になった？」

「貴女よりも二年間、香屋と過ごした時間が長いですからね」

「それは、大きなビハインドだね」

「でもけっきょく、貴女次第ですよ」

秋穂は香屋歩の相棒という立場を愛し、固執している。あのアニメで、ビスケットがウォーターに対して抱いた感情と同じように。――まあ正確には少し違うような気もするけれど、大きな括《くく》りではそう差異はないだろう。

けれど、トーマがその気になれば、香屋の隣に立つのは彼女で決まりだ。秋穂は香屋のあとを追いかけるので精一杯だけど、トーマなら隣に立てる。同じ次元で話し合える。香屋だってもともと、自分のナイトにトーマを選ぼうとしていた。

なのにトーマは悲しげに、小さな声で笑う。

「実はその戦いは、もともと君の勝ちだって決まってたんだ」

「どういう意味ですか？」

「秘密。でも、できれば君には負けたくない。運命みたいなものを捻《ね》じ曲げてでも」

不思議な話だ。だって秋穂は、香屋歩を巡る戦いでは、トーマに勝てるわけがないと思っているから。

「実は、貴女が死んだとき」

「うん」

「これで少しだけ勝ち目が生まれたと思いました」

「ひどいな。友達なのに」

「ちゃんと泣きましたよ。意外と素直に悲しかったです」

「みたかったな。私のために泣く秋穂」

「貴女のためってわけじゃありません。私がストレスを発散するためです」

たぶん。人体の構造として、悲しくて泣く理由というのはよく知らないけれど、きっと自分の心のためのものだろう。

「できればもう泣かさないでください」

と秋穂は言った。

「答えられないけど、覚えておく」

とトーマは言った。

この奇妙な友達は、友達には嘘をつかない。

＊

ユーリイとホミニニのPORT離脱でかき消されたニュースが、もうひとつある。

それはPORTの選挙結果だ。

新リーダー、パン。未確認のパン。ろくに議会にも参加しない、円卓の問題児。

彼女はホテルの一室のソファーで、胡坐《あぐら》をかいて口を尖《とが》らせる。

「こんなのまで、私がチェックしないといけないの？」

PORTのトップは、決まったホテルで生活を送ることになる。他チームからの距離や建物の強度、人員配置などから最適な住居を選んだ結果だが、現状では象徴的な意味合いの方が強い。アメリカ合衆国大統領がホワイトハウスで暮らすようなものだ。

イドは彼女の隣に控え、軽く頭を下げて答えた。

「トップというのは、権利よりも義務の方を多く持つものです」

今、パンが手にしているのは、PORT内の領土から得られる物資のリストだった。

それらの物資はまず、市場用と公用に振り分けられる。市場用となったものは店舗に並び、ポイントでの売買が行われる。PORTではループごとに一定のポイントをメンバー全員に配布する取り決めがあるため、物を売ることでそのポイントを回収している形だ。一方で公用となった物資はチームの倉庫に入る。倉庫の物資は兵士たちに支給されることもあるし、PORT内のイベントや公的な食事会などに使われることもある。議員は使い道が定まっていない物資を自由に獲得する権利を持っているため、ルールに則《のっと》ったクリーンな横領が頻繁に行われる。でも比率でみれば、そのまま倉庫にしまわれてループを迎える――つまりは廃棄になるものがもっとも多い。

廃棄予定のリストを指して、パンが言った。

「これ、みんなに配ったらダメなの？」

「円卓に提案してみては？　おそらく、否決されるでしょうが」

「どうして？」

「おわかりでしょう」

「物価が暴落するから」

「その通りです」

PORTには物がありすぎる。あまりに物資が溢《あふ》れると、PORT内で通貨として流通しているポイントが意味をなさなくなる。毎ループ湧《わ》き出る物資を公用として徴収するのは、市場のバランスを取るためというのが大きい。

パンはリストをテーブルにすべらせた。

「貴方《あなた》に任せる。適当にやっておいて」

「了解いたしました」

イドはユーリイから、パンのサポートを頼まれている。彼女がリーダーを務めているあいだ、ＰＯＲＴを潰さないようにしろ、という意味だろう。

イドの目からみたパンはそれなりに優秀だ。熟考は苦手なようだが、そのぶん思考が早く決断力がある。悩み込んでなにも決められないトップよりはよほど良い。だが、残念なことに彼女にはＰＯＲＴへの愛がない。自身の利害のためにこのチームを利用しようという気さえない。なにもかもが暇つぶしのような少女だ。

大きなあくびのあとで、彼女は言った。

「もっと、みんなが楽しめることをしたいな」

「たとえば？」

「エデンへの攻撃とか」

「身内に宣戦布告するつもりですか？」

「もっと簡単だよ。エデンが進軍中、うちに踏み込んだときに攻撃すればいい」

エデンが隣接しているのは、ＰＯＲＴと平穏のみだ。ロビンソンやメアリー・セレストに攻め込むには、ＰＯＲＴの領土を通るしかない。

「あり得ません」

と、イドは口先では答える。

だがそれはまったくない話でもない。PORTの権力者ふたり――ユーリイとホミニニが揃《そろ》って同じ中堅チームに身を寄せているのだから、あそこを叩《たた》けば円卓の勢力図が大きく変わる。けれどそこまで豪胆な方法で権力を奪い取ろうとする人間は、もう円卓にはいないだろう。出ていったふたり――とくにホミニニがまだPORTにいたなら、わからなかったが。

パンは長い前髪の下で、挑発的な笑みをこちらに向ける。

「なんて風に遊ばれたくなかったら、私を楽しませて」

パンは厄介なリーダーだ。この子に比べれば、ユーリイはずいぶん話がわかるリーダーだった。――内心でため息をつきながら、イドはあのユーリイに、仄《ほの》かな友情のようなものを覚えていたことを自覚した。今も昔も、彼とのあいだにある繋がりは利害関係だけのはずだが、どこかで彼を応援するような気持ちもある。

表向きは軽く微笑み、イドは尋ねる。

「では、貴女のご希望は？」

「さあ。それを探しているのだけど」

「ウォーターとの約束は、どうなさるおつもりですか？」

パンはウォーター――冬間美咲と仲が良い。パン自身が、モノと名づけた肉体で平穏にも所属しているから連絡を取るのにも苦労はない。そして彼女は、ウォーターからひとつ頼まれ事をしている。

胡坐の上で頬杖《ほおづえ》をつき、パンは顔をしかめる。

「知ってたの？」

「私にとっても、興味深い話でした」

「そう。じゃ、そっちも進めておいて」

ウォーターは香屋歩のオーバーフローを狙《ねら》っている。様々な方向からあの少年に負荷をかけ、思考の時間を奪うつもりでいる。パンへの頼み事も、そのひとつだった。

「では、香屋歩に賞金を」

「円卓が許可する？」

「説得の材料は揃っています」

「そ。じゃあ、細かなことは任せる」

「了解いたしました」

ウォーターは香屋を高く評価しすぎている、というのが、イドの印象だった。でも実際はウォーターの方が正しいのかもしれない。

あの少年を中心にして、これから架見崎がどんな変貌《へんぼう》を遂げるのか、イドにも予想がつかないのだから。

3

香屋歩が開戦の連絡を受けたのは、二九日の朝だった。

午前八時、エデンが一度にみっつの中堅――ロビンソン、メアリー・セレスト、ミケ帝国に加え、さらにふたつの弱小チームに対して宣戦布告した。巻き込まれた不幸な弱小は、エデンからロビンソンやメアリー・セレストへ移動するための経路上にあるチームだ。間もなく平穏な国がそれに応じる。

「どうしますか？」

と月生が言った。

「もちろん、予定通りに。コゲさん」

香屋が名を呼ぶと、コゲは落ち着いた口調で返答する。

「平穏側の動きは不明です。開戦直前まで狙いを隠すつもりかもしれません。エデンはメアリー・セレストにホミニニと彼の配下を。ロビンソンに撫切とキネマの面々を。そしてうちに、チームリーダーのコロンとユーリイを当ててると思われます」

「ありがとうございます」

状況は、香屋の想定から外れていない。だから計画通りに物事を進めるしかない。

香屋はどうにか、震える指先で端末に触れた。

――僕は、なんて馬鹿《ばか》げたことをしているんだろう？

キネマ倶楽部リーダーになった香屋の端末には、これまでにはなかったボタンがいくつか表示されている。

これで誰かに嫌われる。そのひとつが、交戦に関するものだった。

これで誰かに恨まれる。あるいは、死ぬはずのなかった人が死ぬかもしれない。それでどんどん、生きづらくなっていく。

わかっているのに、ボタンに触れた。

キネマ倶楽部から平穏な国への宣戦布告。さらに、三つの弱小チームを巻き込む。領土と所持ポイントから、こちらの都合で選んだチームだ。エデンが仕掛けていた二チームと合わせ、五つの弱小チームがこの戦闘には参加する。――強引に、参加させられる。

口元に力を込めて、顔をしかめて香屋は言った。

「月生さんは、まず弱小チームを回ってください。目標は一〇万P」

「了解いたしました」

「それから、コゲさん。通話を」

「どこに？」

「架見崎中の、すべてのチームリーダーの端末に。一方的に送りつけるだけでいい」

どうぞ、とコゲが言った。

香屋は深く息を吸う。トーマの声が欲しかった。いつだって自信に満ちている、音だけで相手を説得するあの声が。

――やっぱりこれは、役割が違う。僕は前に出るのにむいていない。せめて秋穂にやってもらえばよかった。失敗した。「キュー・アンド・エー」は彼女にとってもらうべきだった。でも、いまさら後悔しても、もう遅い。

どうしようもなく震える声で、言った。

それは、香屋自身の戦いの始まりを宣言するものだった。

＊

皆さん、初めまして。

キネマ倶楽部リーダー、香屋歩です。

キネマ倶楽部は現在、ミケ帝国と協力関係にあります。

キネマとミケの連合チームは、誰であれ降伏する人たちを守る用意があります。

本当に、誰であれ。ユーリイでも、ホミニニでも、ウォーターでも。

月生と白猫、黒猫があなたを守ります。

これから戦場を、うちのチームの月生が回ります。

降伏を選ぶなら、彼に助けを求め、指示に従ってください。

それから。

僕は架見崎中の、すべてのチームとすべての人間を守る能力を持っています。

ぜひ、僕の端末に検索《サーチ》を。

より多くの賛同者が現れることを期待しています。

＊

アナウンスが流れたのは、開戦の一時間三七分前だった。

この時点ではまだ、架見崎の大半が、香屋歩を理解していなかった。

そして、香屋のアナウンスから五分後。

続いてＰＯＲＴが、同じように架見崎中にアナウンスを流す。

――香屋歩を捕らえた者には三万Ｐ、殺した者には一万Ｐの報酬と共に、ＰＯＲＴ内での安全な生活を約束する。

このふたつの宣言で、架見崎から香屋歩の名を知らない人間が消えた。

第三話　それが欲しくてここにきたんだ

1

午前一〇時の開戦からまもなく、キドはエデンの撫切《なでぎり》部隊の一員として、ロビンソンの領土に踏み込んだ。

撫切部隊は全体で一〇人。うち七人は元キネマの人間で、キドからみれば自身のチームにエデンの一部が合流したような感覚だった。とはいえポイントでみた最大戦力はリーダーの撫切だから、彼に合わせた戦い方を考えざるを得ない。

撫切は痩《や》せた体格の、外見は三〇歳ほどの男だ。三万Pも持つバランスの良い強化士《ブースター》で、エデンの主力だと聞いている。キドがエデンに合流してから一週間ほど、連携を取るための合同練習を繰り返したため、おおよその戦い方はすでに知っている。だがやはり馴染《なじ》んだ相手――たとえばニックと組むほどの安心感はない。

代わりに今回の戦場には、キネマの面々がいる。とくに藤永《ふじなが》はエデンから貸し与えられたポイントで大きく戦力を増している。

　本来であればループを迎えなければ拡張されないはずの能力が、ポイントの譲渡だけで伸びたのは、彼女の能力の一部が凍結されていたことが理由だった。前回のループ時、秋穂《あきほ》を通して香屋《かや》に指示され、キネマ内のポイントを藤永に集めていた。運営に会うタイミングでポイントを手にしていれば、それで能力を拡張できる。その後にポイントをチームメンバーに戻しても能力が凍結されるだけで、再びポイントを獲得すればただちに拡張した能力を使えるようになる。香屋は対月生戦《げっしょう》で、平穏から譲渡が約束されていた一万Pの使い道として藤永の能力の先取りを提案したはずだが、それが思わぬ形で功を奏した。

　現状、藤永は一万七〇〇〇Pほどの射撃士《シューター》だ。キド自身は二万と少し。撫切の三万も合わせれば、なんとか中堅とやり合えるだけの戦力ではある。

「検索《サーチ》は？」

　と撫切が言った。

　それに、リャマが答える。

「現状、異変なし。ごく平和です」

　事前情報の通り、と言える。

　ロビンソンは「城塞都市《じょうさい》」と表現される、守備的なチームだ。

　チームが持つポイントの大半を、ある能力を用いたトラップにつぎ込み、領土内に踏み込んだ敵の戦力を削《そ》ぎ落す。トラップを生む能力はその他《オリジナル》だから詳細を検索《サーチ》するのも難しい。

　だが今回の戦いでは状況が違う。エデンにはPORTが持つロビンソンのデータが開示されており、能力の詳細はすでに筒抜けだ。ロビンソンの方もそのことがわかっているのだろう。戦い方が普段とは違う。

　今、ロビンソンの領土に戦いの気配はなかった。敵の姿どころか、トラップのひとつもありはしない。目の前には静かな住宅街が広がるだけだ。建物はよく壊れている。キネマ倶楽部《くらぶ》の領土に似た、「終わった世界」といった雰囲気だった。

　その、真夏なのに寒々しい景色を眺めながら、街を南下する。やがて大通りに出ると、まだしもましな形で残っている雑居ビルが現れる。リャマが言った。

「ここで間違いありません」

　ロビンソンは、この雑居ビルの一階に入っている喫茶店を本拠地としている。

　キドはひと言、部隊リーダーの撫切に確認する。

「オレが先頭でも？」

「ああ。好きにさせろと言われている」

「了解」

　とくに躊躇《ためら》いも、緊張もなかった。

　ガラス戸を引き開けると、からん、とベルが鳴る。

　店内は、古風な純喫茶という雰囲気だった。奥に長細い作りで、入って左手がカウンターに、右手が客席になっている。カウンターの、もっとも入り口から離れた席に、スーツを着た男がひとり座っている。彼の前には湯気をたてるコーヒーと、一冊の本が置かれている。

スーツの男はカウンターの先の壁に目を向けたまま、本に右手を乗せた。

「ようこそ、我がチームに。ロビンソンのリーダーをしている、パラミシだ」

「エデンのキドです。よろしく」

答えながら、さらに歩を進めようとしたとき、パラミシが言った。

「待て。それ以上、近づいてはいけない」

トラップを警戒したわけではなかった。――そんなもの、あるに決まっているのだから覚悟はできている。ただパラミシがなんというのか知りたくて、キドは足を止める。

彼は続けた。

「そう、そこでいい。こちらに近づかなければ、君たちに危害を加えることはない。というか元々、攻撃は苦手でね」

気軽な調子でキドは頷《うなず》く。

「はい。存じ上げていますよ」

「なら、話が早い。理解して欲しいのは単純なルールだ。君たちが近づかなければこちらは無害で、君たちの攻撃も私には届かない」

「試してみても？」

「どうぞ」

キドが指示を出したわけではなかった。

後ろから藤永が、まっすぐにパラミシを射撃《シュート》する。だがその光線は彼の手前で掻《か》き消える。

——なるほど。事前情報に間違いはない。

あのユーリイから開示された情報が間違っているとも思わなかったが。

納得して、キドはつぶやく。

「パラミシワールド」

それが、ロビンソンリーダーパラミシが持つその他能力《オリジナル》の名前だ。能力に自分の名前をつけるセンスには共感しかねるけれど、効果と乖離《かいり》している名でもない。パラミシ、とはどこかの国の古い言葉で、童話を意味するらしい。

彼はようやく、こちらに顔を向ける。

「うちは籠城《ろうじょう》に強いチームでね。終戦までの三日間、穏やかに時間を潰《つぶ》す準備がある。だがそこで突っ立っているのも足が疲れるだろう？　できれば退室をお願いしたい」

撫切が答えた。

「なにもせずに帰るわけにはいかないな。だが、交渉の余地はある」

「どんな交渉かな？」

「エデンに加われ。悪くない待遇を約束する」

「足りないな」

パラミシはわずかに首を傾《かし》げてみせた。

彼は左手でコーヒーカップを取り、口元に運びながら続けた。

「エデンでは足りない。せめて、ＰＯＲＴが出て来いと伝えてくれ。うちと握手を交わしたいなら、円卓の一席くらいは用意しろ」

「うちの値段はうちが決める。ＰＯＲＴの犬になり下がったチームに用はない」

「ずいぶん強欲だ」

ふたりのやり取りに興味はなかった。

キドはパラミシに向かって、一歩踏み出す。

「話をするのは、あちらの切り札を攻略してからでいいでしょう」

撫切に対して適当な言い訳を口にしながら、ゆっくりとした歩調で店内を進む。コーヒーの良い香りがする。

「おい。止まれ」

とパラミシが言った。

キドは軽く首を振る。

「わりと楽しみにしてたんですよ。貴方《あなた》の能力」

パラミシワールド。

それは効果範囲内に踏み込んだ対象を、「物語の中」に閉じ込める。

また一歩、パラミシに近づいて、そのとき耳元でぶんと空気が揺れた気がした。

＊

メアリー・セレストは領土の半分が海の特殊なチームだ。――という説明を聞くと、ホミニニはいつも気持ちの悪さを覚える。

「海が領土っておかしくねぇか？」

領土というのは土地に対して使う言葉だろう。海は土地ではない。

仲間のひとり、ドラゴンという登録名の二メートル近い大男が言った。

「でも、海の底は土だよ」

「だからって土地ってことはないだろ。表面で考えろよ」

「うん。じゃあ、呼び方を変えようか」

「いや、どうでもいい」

本題は気持ちの悪さの共有で、疑問の解決自体は重要じゃない。こういった優先順位を間違えると人生は有機性を失う。

ホミニニはドラゴン、ワダコと共に、ボートに乗って海を進んでいた。ユーリイに頼んで手に入れてもらったボートだが、「なんでもいい」と伝えていたせいかずいぶんこぢんまりとした一艘《いっそう》が与えられた。いちおうエンジンがついているが、それがなければ公園のちょっと広い池なんかでカップルを乗せていそうなチープなボートだ。

うるさいエンジン音でほとんど掻き消えるような、小さな声でワダコがつぶやく。

「つまり、涸《か》れた井戸とただ深い穴との違いだ」

彼は、傍からでは意味がわからない独り言を口にする癖がある。

「その違いってのはなんなんだ？」

とホミニは尋ねてみた。

こちらの質問にワダコが返事をする確率は、おそらく三割といったところだとホミニは予想している。それが予想の範疇《はんちゅう》を出ないのには理由がある。

「意思は自然の一部分として含まれている」

こんな風に、独り言の延長なのか質問への返答なのかがわからない言葉がしばしば登場するせいだ。なんにせよ、こいつにはこいつの考えがある、ということだろう。

ホミニはワダコとの、会話とも呼べないような会話が嫌いではなかった。大人たちが交わす難しい話をなんとか理解しようとしていた、幼いころを思い出した。でも今はあまり時間がない。

メアリー・セレストというチームは、宣戦布告を受けるとメンバーの全員が船に乗り込み海に出る。能力で強化された船だ。そして、海上での戦闘に特化した能力で戦う。

――つまんねぇチームだ。

待ち構えるばかりで、自ら攻め込もうという気概がない。だが、だから今まで生き延びてきたともいえる。つまりＰＯＲＴが危機感を持つには至らなかったチームだ。

メアリー・セレストの船が、もう間近にみえていた。ずいぶんでかい。たしか事前に聞いたデータじゃ、全長が九七メートル、船幅が一三メートルの帆船だ。こちらのボートはあちらの端数――たかだか七メートル程度しかないものだから、このままぶつかるわけにもいかない。

「いけるか?」

とホミニニはドラゴンに声をかける。

「たぶん。でも、もうちょっと」

「どっちだよ」

船の攻略法は、当たり前に考えて二パターンだ。なんとか乗り込んで白兵戦に持ち込むのがひとつ。離れたところから大砲をぶっ放すのがもうひとつ。たいていの二択で、ホミニニは両方を選ぶ。

端末に向かって叫んだ。

「そっちの準備は?」

ユーリイの、半分笑っているような声が返ってくる。

「いつでも」

そのやり取りを遮るように、ドラゴンが叫ぶ。

「来た。波だ――」

わざわざ言わなくてもわかっている。帆船の向こうで、急激に海面が持ち上がる。一〇メートル？　二〇メートル？　よくわからないが、とにかくでっかい波だ。

メアリー・セレストは、この能力で近づく敵を押し返す。こちらの船が転覆してしまえば、メアリー・セレストの攻略は困難だ。陸から一キロも離れた船まで飛び移れるプレイヤーはいない。七〇万P持っていたころの月生ならわからないが、少なくとも今は。

ホミニニは思い切りドラゴンの背を叩《たた》く。

「跳べ」

――オレの願いはお前の願い、発動。

純粋に対象の能力を二倍にする、わかりやすくて強力な能力。強化《ブースト》を起動したドラゴンが、片腕にホミニニを、もう片方にワダコを抱えて、跳ぶ。重機が横転したようなでかい音が響いて、先ほどまで乗っていたボートが折れる。それを巨大な波が呑《の》み込んでいく。

ドラゴンに抱えられたホミニニは、上空からそれを見下ろして、叫ぶ。

「やれ、ユーリイ」

「了解。でも、僕が手伝うのはここまでだ」

ドラゴンがメアリー・セレストの船の先端に着地して、ホミニニとワダコを手放した。甲板で尻《しり》を打って痛てぇ。ホミニニは立ち上がり、片方の手で尻をなで、もう一方をポケットに突っ込んだ。

船内からは、叫び声が聞こえる。こちらの乗船を歓迎しているのだろう。ホミニニは適当に手を振りながら、上空を見上げた。

――メアリー・セレストの船は、どれだけでかい波でも沈まねぇ。

よく知らないが、能力でそうなっている。今、ホミニニたちがしたような無理な乗船には馬鹿《ばか》高い強化《ブースト》が必要で、エデンから貸し与えられている他のメンバーにはやれない。

――つまり、船を落とせばこっちの勝ちだよな。

勝利条件がわかりやすくて良い。――と、考えているうちに、空の向こうに黒い点をみつけた。その黒はサイズを増しながら急速に近づいてくる。

ホミニニがユーリイにねだったものは、ふたつあった。

ボートと、これ。ドローンなんて雑な名前の、対月生用にユーリイが獲得した能力。最高高度五〇〇〇メートル、最高時速一〇〇キロ、耐荷重量一〇〇キロのそれに、重しを積んで落っことす。真下に一〇〇キロ加速してからの自由落下は、まずまずの大砲レベルの威力になる計算だ。

ドローンが甲板にぶつかり、顔に張り手を受けたような轟音《ごうおん》が響く。直径が三メートルほどの大穴が空いていた。だが、この船が沈むほどでもない。

「こんなもんか？　オレの計算とは違うな」

もうちょっと派手な開戦になる予定だったのに。

ホミニニのぼやきに、ドラゴンが答える。

「空気の抵抗、考えた？」

「ああ」

そういやあったな、そんなもん。ホミニニの計算では、五〇〇〇メートル落とせば時速で五〇〇キロを超えるはずだったが、空気抵抗と釣り合う速度はどれくらいだ？　二〇〇キロってところだろうか。

「ま、なんでもいい。ぶつかったんだから、成功は成功だ」

ドローンに載せる重りには、ドラム缶に詰めたガソリンを選んだ。

ホミニニはポケットから取り出したジッポーライターを点火して、ついさっき甲板にできたばかりの穴に放り込む。

狼煙《のろし》が上がれば船出しろと、陸のメンバーには伝えている。

だが奴《やつ》らが貧乏くさいボートでやってくる前に、この船を落としても別にいい。あとは海水浴を楽しんで、それからボートに拾われてやればいい。

「さっさと終わらせるぞ。オレはけっこう、船酔いする方なんだ」

ドラゴンとワダコを連れて歩き出したホミニニの背後で、ごうと音を立てて炎が燃え上がった。

＊

同じころ香屋歩《あゆむ》は、保健室で毛布を被《かぶ》って震えていた。

ＰＯＲＴが流したアナウンスが理由だった。

――香屋歩を捕らえた者には三万Ｐ、殺した者には一万Ｐの報酬と共に、ＰＯＲＴ内での安全な生活を約束する。

なんだよそれ。さすがにやりすぎじゃないか。「キュー・アンド・エー」はPORTにとって不都合かもしれないけれど、いきなり賞金をかけるというのは想像外だ。おそらくきっとリーダーがユーリイのままであれば、やり方が全然違ったはずだ。

入り口のドアがノックされる。香屋は肩を震わせる。

聞こえてきたのはコゲの声だった。

「失礼します。二か所で戦闘が発生し――」

彼の声は上手《うま》く聞き取れなかった。頭の中ではまったく別のことを考えていた。コゲがPORTのアナウンスに乗る可能性はあるか？　白猫《しろねこ》はPORTでの生活に興味がないだろうが、コゲは知的好奇心が強く、好戦的ではない。なら香屋を差し出してPORTと手を結ぶかもしれない。

「聞いていますか？」

入室したコゲに尋ねられ、香屋は首を振る。

「まったく。もう一度」

――この恐怖は偽物《にせもの》だ。

と香屋は自分に言い聞かせる。いや、偽物ってことはない。本当に怖い。でも、優先順位が違う。今、大事にしなければいけない恐怖は、より大局的なものだ。この戦いを、平穏にもPORT――というかエデンにも勝たせてはいけない。表向きがどんな結果で終わろうと、深層では香屋がもっとも勝っていなければいけない。

コゲがため息をついて、言い直す。

「戦闘、開始しました。現在の戦場は二か所。それぞれロビンソン対撫切、キド組と、メアリー・セレスト対ホミニニ組です」

「詳細は？」

「ロビンソンの方は、能力が特殊で検索《サーチ》が難しい。すでにロビンソンリーダーと撫切、キドが接触したようですが——」

それに香屋は、口早に答える。

「リャマさんと連絡を取り合って、できるだけ詳細な情報をもらってください」

香屋がミケ帝国と手を結ぶのは既定路線だった。リャマには、キネマを離れる前にコゲから情報の提示を求められれば応じるよう頼んでいる。

「メアリー・セレストは？」

尋ねるとコゲが、すぐに答える。

「ホミニニと彼の配下二名が乗船。やはり彼は、派手好きですね。飛行物体を船に墜落させています」

「飛行物体？」

「おそらくユーリイが対月生用に獲得した、長距離射撃武器を搭載するための道具《アイテム》だと思われます」

そう、と納得しかけたけれど、おかしい。

「それ、バグってませんか？」

これまでの情報と嚙《か》み合わない。

ユーリイはPORTをでるときに多くのポイントを返還した、と聞いている。それに応じて能力の凍結が発生している。そして能力の凍結とは「あとから取ったもの」から順に発生する。なら、彼が対月生用に獲得した能力は、凍結していなければおかしい。

コゲはあっさり頷いた。

「はい。おかしいですね。でも、PORTですから」

なんらかの能力で、ルールを捻《ね》じ曲げている、ということか。それは厄介だ。能力以上に、情報が出てくるタイミングが気持ち悪い。

――凍結されているはずの能力が実は使える、なんて、普通は切り札じゃないのか？

隠せよ。もっと。効果的に使えるだろ。

「そのこと、検索《サーチ》可能ですか？」

「やってみなければわかりません。やりますか？」

「できれば、でも、優先順位は三番目。まずユーリイがミケと交戦するタイミング。次にキドさんたちの状況。その次がユーリイの能力の詳細というか、隠し能力」

口にしながら、胸の中に焦《あせ》りが積もる。

――明らかに、検索士《サーチャー》の手が足りない。

せめてもうひとりまともな検索士《サーチャー》が欲しい。

同じことを、コゲが口にした。

「それでは、ユーリイへの検索《サーチ》はほぼ不可能ですね。集中しても抜けるかどうかわからない情報です」

香屋は唇を噛みしめる。

どうしたところで、こちらはまだまだ弱者だ。

＊

居住スペースとして秋穂がトーマから与えられたのは、平穏な国のメインチームの領土内にあるマンションの一室だった。３ＬＤＫのファミリータイプの物件で、秋穂がひとりで暮らすには広すぎる。リビングと寝室が別々なのは嬉《うれ》しいけれど、あとの二部屋は使い道もない。

――正式に語り係になれば、教会に引っ越してもらうよ。

とトーマは言う。でも、それがいつになるのかわからない。

リビングのソファーに腰を下ろした秋穂は、ローテーブルに置いた時計をじっとみつめる。時刻は午前一〇時二〇分。一〇時から開戦だよとトーマから聞いていたけれど、それ以上の情報は与えられていない。未《いま》だにマンションは静かで、本当に戦いが始まったのかもわからない。

わからないことは怖い、と香屋なら言うだろう。秋穂はひたすら、いらいらする。人差し指で何度もローテーブルの天板を叩いた。その忙《せわ》しない音に重なって、チャイムが聞こえた。

「遅い」

と思わず声に出し、続けてはいはいとつぶやきながら玄関に向かう。軽く迷ってから、チェーンを外してドアを開くと、そこに立っていたのは知らない女性だった。

二〇代の後半くらいだろうか、明るいブラウンに髪を染めているけれど、スーツが似合うから不真面目《ふまじめ》な印象でもない。携帯電話ショップのカウンターにいる中ではもっとも派手、という程度に派手な女性だった。

その女性が口を開く。

「お話があって参りました。お時間、よろしいでしょうか？」

「もちろん」

来客を待ちわびていたのだ。武器がなければ、戦いようもないのだから。

秋穂はその女性をリビングに通し、ソファーを勧める。

「飲み物はなんにしますか？　ミネラルウォーター、緑茶、アイスコーヒーのブラックと微糖、あとはオレンジジュースとコーラとストレートティーから選べます」

すべてもともと、冷蔵庫に入っていたものだ。トーマが手を回したのだろう。秋穂はそれなりに優遇されている。

「では、ミネラルウォーターを」

とその女性は答えた。

キッチンに向かいながら、秋穂は尋ねる。

「自己紹介が必要ですか？」

「できれば」

「登録名あっきー。正しくは、後ろに音符がつきます。本名秋穂栞《しおり》、一六歳。血液型はAで星座は――」

「ありがとうございます。その辺りは、端折《はしょ》っていただいてけっこうです。こちらが知りたいのは、ウォーターとの関係です」

「幼馴染《おさななじ》みかな。小学校から友達なので」

二本のミネラルウォーターを手に、秋穂はソファーに戻る。ブラウンの髪の女性と向かい合う席に腰を下ろして、微笑《ほほえ》んだ。

「そちらは？」

「登録名、アリス。年齢や血液型が必要ですか？」

「どちらでも。まず聞きたいのは、貴女《あなた》のこのチームでの立場です」

「リリィの服飾係を担当しています。毎日、衣類の用意をするのが仕事です」

「なるほど」

トーマは戦闘集団としての平穏な国を掌握しつつある。ポイントの割り振りも部隊の編成も、すでに彼女の思うままだろう。でも、平穏な国にはもうひとつの権力のピラミッドがある。リリィの世話係がそれだ。トーマだって、そちらまではまだ手が回っていないはずだ。ならシモンが平穏を支配していたころの人員がそのまま引き継がれている。

腹の探り合いみたいなことで、無駄に時間を浪費したくはなかった。

秋穂は告げる。

「私は所属チームを平穏な国に移しましたが、本心では今もまだキネマ倶楽部の一員でいるつもりです」

ブラウンの髪の女性――アリスが堅い表情で顎《あご》を引く。

「と、いうのは？」

「貴女の質問への回答ですよ。ウォーターとの関係。私と彼女は友達ですが、仲間ではありません。互いに上手く利用しようとしているだけです。つまり貴女がシモン派だったとして、話の内容次第では、私たちは手を組めます」

というか、シモン派との協力関係を築けなければなにも始まらない。無意味に時計を睨《にら》んでいるばかりだ。

アリスはわずかに眉《まゆ》を寄せた。

「誤解があるようですが、平穏な国にシモン派という派閥はありません。私たちは純粋にリリィを信奉する者です」

「でも、そのトップがシモンでしょう？」

「リリィの他にトップというものは存在しません。全員が平等に、ウォーターの侵略からリリィを守ろうとする者たちです」

「条件その一。まずは、その上辺を捨てること」

秋穂はミネラルウォーターのキャップを外し、そこに口をつける。

アリスは短い沈黙のあとで、「条件？」と秋穂の言葉を反復した。

「もちろん、私たちが手を組む条件です。顔を合わせたばかりですから、互いに信頼もないでしょうが、ぐるぐると遠回りする会話は好みではありません」

アリスはしばしこちらをみつめたあと、噴き出すように笑った。

「わかった。本心で話をしよう」

と、ふいに口調を変える。

秋穂の方は、すました顔で頷いた。

「ぜひ」

「私は別に、シモン派ってわけじゃないよ。本当に。ただ、リリィに信仰の対象としての立ち振る舞いを求めているだけ」

「ただの少女に、なにを期待しているんですか？」

「絶対的ななにかを信じさせてくれること。愛だとか、正義だとか、そういった素敵ななにか」

「意味がわかりません」

「そう？　でも、つらいでしょう。架見崎《かみさき》で生きるのは」

「だからってひとりの少女に寄りかかるんですか？」

「そうやって発展してきたのが、このチームだよ」

重たく気持ちの悪いものが胸に生まれて、秋穂は口を閉ざす。

——リリィというのがどういった存在なのか、私は知らない。

トーマに連れられて、一度顔を合わせただけだ。平穏な国で暮らす、ごく一般的な人たちの感覚がわからない。

秋穂の沈黙をどんな意味に受け取ったのだろう、アリスが続ける。

「私たちは繰り返し、リリィの愛について語り合ってきた。真面目に議論を重ねて、各々《おのおの》が愛というものへの理解を深めてきた。聖書を読み解き教義を具体化するように。もしかしたら、リリィは偶像なのかもしれない。中身はないのかもしれない。でも、そこに向ける私たちの信仰は本物だよ。だから私は、リリィのためであればこの命を投げ出せる。本当に、簡単に」

秋穂は口にしかけたいくつかの言葉を呑み込み、ふっと息を吐く。

——まあ、なんでもいい。

リリィの在り方みたいなものは、今は関係ない。

話を前に進めるために、秋穂は感情を込めずに要約する。

「貴女たちはリリィが信仰の対象であって欲しいけれど、ウォーターは彼女をただの少女にしようとする。だから、ウォーターが邪魔だ、ということでいいですか?」

「うん。いい」

「でも、シモンは? リリィを傀儡《かいらい》にして、平穏の実権を握りたかっただけではないんですか?」

「違う。あの人がいちばん、リリィを信じている。というか、彼女が信じられるなにかであって欲しいと願っている」

だとすれば、平穏な国は秋穂の想像よりも気持ち悪い。

リリィという物語を自分たちで作り、その物語で自分自身を洗脳している。自作自演の洗脳を幸福だと――つまり、平穏だと呼んでいる。

「それで? けっきょく私に、なにをさせたいんですか?」

「ウォーターの失脚」

それはよかった。彼女の殺害、みたいな内容でなくて。

秋穂には、トーマを死なせるつもりがない。本音では誰ひとり死んで欲しくはないけれど、とくにあの子は友達だから。

「では、こちらからの条件を」

「なに?」

「全部でみっつです。ひとつ目はさっき言った通り。会話はできる限り率直に。ふたつ目は、貴女が私をサポートすること。とりあえず三日間くらいは。それからみっつ目。使える検索士《サーチャー》をひとりつけること」

アリスがきゅっと眉を寄せる。そんな風な顔をすると、彼女はなんだかウサギに似てみえて可愛《かわい》らしい。

「使える検索士《サーチャー》、の基準は？」

「さあ。貴女の判断でかまいません」

秋穂はそれほど、架見崎の能力に詳しいわけではない。なんとなくリャマくらい、というイメージだけれど、彼がどれくらいのレベルの検索士《サーチャー》なのかもわからない。

「なら、私が。私のメインは検索《サーチ》だから」

「それは手っ取り早くていいですね。さっそく、通話を繋《つな》いでいただけますか？」

「だれに？」

「香屋歩」

トーマの狙《ねら》いが香屋のオーバーフローなら、こちらは多少でもあいつの仕事量を削っておく方がいい。

アリスが端末を取り出す。

「最近、よく聞く名前だね。何者なの？」

ほんのひと呼吸のあいだだけ言葉に迷って、秋穂は答える。

「架見崎のヒーローです」

あいつ自身がそこを目指すと言ったから、こんな風に紹介してもいいだろう。

どんな物語だって、戦いを始めるのが悪役で、それを終わらせようとするのがヒーローだと決まっている。

2

ぶん、と耳元で空気が揺れた気がしたが、それは錯覚だったのだろう。

実際に揺れたのは視界だ。ほんの短い時間だけ視界がぼやけ、またクリーンになる。そしてキドは、竹林に立っていた。

――パラミシワールド。

道具《アイテム》系のその他《オリジナル》に分類される、本の形をした能力。その特殊な本にはページ毎《ごと》に異なる物語のあらすじが記載されていて、近づいた相手を物語に閉じ込める。脱出方法はふたつ。

本来の物語に則《のっと》って結末を迎えるか、力任せに物語の「敵役」を倒すのか。

概要は、事前情報で判明しているが――

「さて、ここはどんな物語なんだろうね？」

つぶやいてキドは、両手にハンドガンを握った。

竹林が舞台になる物語。そして目の前には、架見崎ではまず見ない生き物がいる。

虎《とら》。だと思う、たぶん。縦じまがユニークな、ずいぶん大きな体軀《たいく》のネコ科の動物だ。

腹を空《す》かせているのだろうか、その虎は低い唸《うな》り声を上げている。

――これは、やばい、のかな？

虎の強さというのがよくわからなかった。月生よりは弱いだろう。他の著名なプレイヤーよりも。架見崎に巻き込まれたての、一〇〇〇Pのプレイヤーよりは強いか？　なんとなく強いような気がする。少なくとも、威圧感では勝っている。

虎が前足を踏み出す。

ハンドガンのトリガーを引こうとしたとき、後ろから声が聞こえた。

「撃たないで」

キドは素直に、その言葉に従う。

すぐ片脇《かたわき》を射撃《シュート》の光が走った。それが虎の眉間《みけん》を綺麗《きれい》に射抜く。

虎は衝撃で後ろに下がり、それから真横に倒れた。後ろの声が続ける。

「弾数には限りがある。キドさんは、温存してください」

振り返るとそこには、六人がいた。元キネマの面々だ。

真ん中の藤永は、能力で獲得した大きな狙撃銃《そげきじゅう》を構えている。おそらくそれで、虎を撃ち抜いたのだろう。

キドは両手のハンドガンを再び腰のホルスターに戻す。

「みんなで来ちゃったの？」

答えたのは、リャマだった。

「ページが進むほど、敵が強くなるみたいっすよ。キドさんが戦うのは、後ろにとっておいた方がいい。オレたちは行けるところまで貴方をお連れします」

「了解、助かる」

キドも合わせて、計七人。懐《なつ》かしいメンバーだ。

香屋と秋穂が架見崎に現れる前、キネマ倶楽部とはこの七人のチームだった。本当は直前に死んだふたりがいて、そのことを少し思い出す。

リャマが続ける。

「ここはたぶん、『ちびくろサンボ』ですね」

「ああ、あれって竹林だっけ？」

なんとなく、もう少し西洋的な森を想像していたけれど。

「もともとは、インドの話ですから。もう何頭か虎がいるはずなので、そいつらを倒せばこのページはクリアだと思います」

「うん。じゃ、いこうか」

キドは歩き出す。

見上げると空は青く、よく晴れている。でも架見崎でみる八月の空とは色合いが違う。思えば陽射《ひざ》しも柔らかく、春の気候の良いころという感じだった。

すぐ隣に、狙撃銃を肩にかついだ藤永が並ぶ。

「こんな風に、キドさんと戦場を歩くのも久しぶりですね」

「あんまり戦場って気もしないけど」

なんといっても異国の竹林だ。戦場らしくない、どころか、架見崎らしくない。

藤永は隣で微笑んだようだった。

「ゆっくり行きましょう。この戦いで私たちが指示されているのは、生き残ることだけなんですから」

それはもちろん、エデンからの指示ではない。端末の中のデータがどう書き変わっていようが、キドたちが本来所属しているチーム――キネマ倶楽部のリーダーの指示だ。

「そうだね。でも、いつまでも物語を観光してるわけにもいかない」

このパラミシワールドを、さっさと攻略してしまいたい事情がある。

「平穏ですか？」

「うん」

あちらもエデンの動きに合わせて、宣戦布告を出している。キドが今立っている戦場はエデンとロビンソンが争う場なのだろうか。それとも、ロビンソンを賞品にエデンと平穏な国が争う場なのだろうか。

「たしかに、平穏の人間が現れると厄介ですね」

「厄介っていうか、まず勝ち目がないよね」

そもそものチームの大きさが違う。平穏はこちらを圧倒できるだけのポイントを持った人間を寄越してくるはずだ。

「もしも、ニックと紫《むらさき》が現れたらどうしますか？」

なぜだか藤永の質問を、キドは少しも予想していなかった。

でも、平穏が差し向ける人員としてあり得ない話でもない。

「さっさと降参すればいいよ。それからみんなでランチを食べよう」

キドにはもちろん、エデンへの忠誠心なんてものはない。キネマ倶楽部のリーダーだったころみたいに、意地を張って守るべきチームじゃない。エデンはPORTと繋がりがあり、PORTには銀縁《ぎんぶち》がいる。だから「エデン所属」にまったく価値がないわけでもないけれど、ニックや紫と戦う理由にはならない。

戦場には似合わない顔つきで、藤永が苦笑する。

「もしかしたら、そうなるのがいちばんいいのかもしれませんね」

頷き返しながら、キドは内心で考える。

――だから香屋くんは、オレたちをキネマから追い出したのかもしれない。

チームなんてものに、命をかけないように。

真面目な声でリャマが言った。

「現実的には、どうしたって攻略に時間がかかる能力ですよ。パラミシワールドは」

それも、事前情報で聞いていた。

いつものロビンソンは、パラミシワールドのページをばらばらにして使うらしい。つまり戦場のあちこちにページを仕込んでおき、それにうっかり近づいた敵を物語に引きずり込む。物語内にはここの虎みたいな敵がいるし、場合によってはロビンソンのメンバーも潜ませておく。とても効果的なトラップだ。

でも今回、ロビンソンはすべてのページを束ねて使用している。この場合、効果範囲に踏み込んだ相手はページ番号が少ない方から順に、物語を辿《たど》っていくことになる。つまりこの「ちびくろサンボ」のページをクリアしても、二ページ目に移動するだけだ。そこでは別の物語が待っている。

――順に童話の世界を旅していく、なんてまとめちゃうとずいぶん素敵だけどね。

敵の足止めとして優れた能力ではある。

「落ち着いて急ごう。慌《あわ》てずに最速でクリアしよう」

それでも平穏がこちらを放置することはないだろう。いずれ、強大な敵が現れる。普通にやり合えば勝てるはずもない敵が。

なのにキドには、これといった恐怖がなかった。

――これは、よくない。とてもよくない。

本来、戦うことは怖《おそ》ろしいはずだ。不安も恐怖もそこかしこに転がっていて、それらに敏感でなければいけない。なのに、キドは未だに、自分の命に固執できないでいる。

「エデンにはなんの恩もありません。生き延びることだけを考えましょう」

と藤永が言った。

彼女はそれを伝えるために隣にいるんじゃないか、という気がした。

＊

トーマは平穏な国が本拠地としている教会で、戦況の報告を聞いていた。

隣の検索士《サーチャー》、パラポネラが告げる。

「現状、もっとも押されているのはメアリー・セレストです。ロビンソンは、能力が厄介なため正確な検索《サーチ》ができていません。ミケはまだこれからといったところですね。そろそろ、ユーリイとコロンがミケの領土に」

「月生は？」

「弱小チームを回っているようです。すでにポイントを五〇〇〇ほど追加しています」

「厄介だね」

月生がある程度ポイントを貯《た》めると、戦況が一変する。彼があらゆる中堅よりも強くなってしまうと、新たなジョーカーが誕生することになる。合計で一〇万Pが一本目、一三万Pが二本目のボーダーラインだとトーマは予想している。つまり一本目でロビンソンとメアリー・セレストを圧倒し、二本目で全力の白猫を超える。

とはいえ、月生を気にしている余裕も、平穏にはない。

あくまで対面している敵はエデンなのだから。

実のところ、トーマはそれほどロビンソンとメアリー・セレストに興味がない。本当に欲しいのはミケ帝国であり、白猫だ。あとのふたつはエデンに取られても惜しくはないけれど、でもそちらであまりに手を抜くと、絶対に欲しいミケさえ危うくなる。ホミニニがメアリー・セレストを、キドと撫切がロビンソンを手早く落としてあちらの全戦力がミケに集中する、というのが最悪だ。だから今発生しているふたつの戦場で、エデンの足を止めておく必要がある。

「こちらの人員は？」

「ウーノとワタツミがロビンソンに。ですが、少し様子をみたいと連絡が」

「うん。そっちはそれでかまわない。メアリー・セレストの方は？」

「移動中。海で時間を取られています」

「だろうね」

エデンがループ明けを待ってくれれば、海なんて問題ではなかった。トーマはイカサマと名づけた、プレイヤーを瞬間的に移動させる能力を持っている。でもそれは、今回のループぶんの使用回数を対月生戦で使い切っている。こちらもボートで海を乗り越えてメアリー・セレストの船に踏み込むしかない。

「波は？」

「静かなものです。現在、メアリー・セレストの船は炎上中。その火消しと乗り込んだホミニニたちの対応で手いっぱいという感じですね」

「というか、普通に考えて対応できない」

海を武器にできなければ、メアリー・セレストはなんの特徴もないチームだ。中堅の中で最弱と言える。間もなく落とされるだろう。

——香屋も、月生さんをそちらにやるつもりはないようだし。

こちらでやれることをやるしかない。

「海を攻略する。通話を」

「どこに？」

「ひとつしかないでしょう。海に強いチームなんて」

メアリー・セレスト。

あのチームはすでに追い込まれつつある。なら、藁《わら》をつかむはずだ。

「メアリー・セレストと同盟を結ぶ。急いで」

まずはあの船で、ホミニニを封じる。

仲間がひとりも死なないままそれを達成できたなら、海上の戦闘はこちらの勝利だというこことにしておく。

＊

しばらく検索《サーチ》に集中していたコゲが、目を開いた。

「ユーリイ、コロンを含むエデンの部隊が、うちのチーム境に到達しました」

香屋は顔をしかめる。

ユーリイは怖い。本当に怖い。これまで築き上げてきたものが大きすぎて、なんだってできるのではないかという気がしてしまう。ある程度戦って、負けそうになれば泣きついて許してもらえるだろうか。

「白猫さんは？」

「やる気ですよ。あの人が黒猫《くろねこ》と並んで戦場に立つのは、ずいぶん久しぶりです」

「平穏は？」

トーマだって、ミケをエデンに取られたくはないはずだ。当たり前に考えて、ミケにも戦力を割り振る。

コゲが答えた。

「こちらへの動きはありません。主な人員は、ロビンソンとメアリー・セレストに出しているようです」

「遅いな。嫌な感じがする」

トーマが打つ手を迷うとは思えなかった。なにかを隠している気がする。ユーリイに対してか、それとも香屋に対してなのかはわからないけれど。

「ユーリイ、ホミニニが合流したエデンは脅威ですが、あちらは戦力を三つにわけています。おそらく、うちが負けはしないでしょうが――」

「ユーリイの隠し能力、わかりましたか？」

「いえ、まったく。表向きのものだけですね」

コゲが端末をこちらに差し出す。

現状、普通に判明しているユーリィの能力は合計八万。強化士《ブースター》としては六万五〇〇〇Pほどで、その他《オリジナル》の一万五〇〇〇Pは詳細未定。だが対月生戦のデータで、それが洗脳系の能力だということは判明している。

「こんなの、なんの意味もない。ポイントが低すぎる」

と香屋はささやく。白猫と戦うにしては、明らかに。

「うちも、白猫にポイントを回し過ぎると他が戦えない。ユーリィを抑え込んでも、コロンなど脅威はいます」

「僕がユーリィなら、普通には戦わない」

互角の戦闘をしてどうするんだ。六対四でも、七対三でも嫌だ。PORTに深く食い込んでいるユーリィであれば、もっと圧倒的な戦力を集められるはずだ。すでに隠し能力があることは判明しているのだから、この数字を信じても仕方がない。

――ユーリィに関しては、動きをみるしかない。

ユーリィの動きではない。平穏の、トーマの動き。彼女はもう少し詳細に、ユーリィの状況を理解しているはずだ。

だから、現状で欲しいのは平穏のデータだ。

「平穏がロビンソンとメアリー・セレストに出した人員とポイントは？」

「概要だけであれば、こちらに」

コゲが端末の画面を切り替える。

それに、香屋はざっと目を通した。人数は少ないが、精鋭を並べている印象を受ける。でも、平穏内で戦力としては最強のカードが抜けている。

「ぬいぐるみは？」

「ん？」

「リリィの」

たしか、「玩具《おもちゃ》の王国」と名づけられた能力。あのウサギは強い。

「あれは、検索《サーチ》が少し厄介ですが――」

「じゃあ、そちらに集中してください」

ミケにくるのがあのぬいぐるみであれば、それ用のカードがある。違うなら月生を呼び戻した方が良い。

了解しました、とコゲが答えた。

3

ロビンソンが本拠地とする雑居ビルの一階に入った古風な喫茶店は、戦場としては奇妙な状況だった。

パラミシは冷めきったコーヒーを傾けながら、ちらりと店内に目を向ける。

ロビンソンに差し向けた、エデンの人間は計一〇名。うち七名はすでにパラミシワールドの中にいる。残った三名は、この待ち時間をのんびりと過ごすことに決めたようだ。キッチンから飲み物だとかクッキー缶だとかを勝手に持ち出し、今はテーブルに着いている。

こちらの視線に気づいたのだろう、紅茶を傾けていた撫切が言う。

「すまないね。勝手にごちそうになっている」

パラミシは肩をすくめて答える。

「気にするな。戦中だ」

食料の奪略くらいは、当然起こる。目の前でそれをやられるのは気持ちのよいものではないが、文句を言うのも筋違いだろう。

撫切が首を傾《かし》げてみせた。

「ずいぶんな余裕だ」

「慌てることはひとつもない。茶葉もクッキーもループで戻る」

「貴方《あなた》が領土を失っていなければ」

「君たちに、オレの能力は攻略できない」

動揺は、口調には出なかったはずだ。

パラミシは右手を本の表紙に載せていた。その本が、着実に、日が沈むような速度で薄くなっていく。

――パラミシワールドは、クリアされたページが消失する。

ループを迎えると元に戻るが、それまでは回復しない。

その、ページが消える速度が想定外だ。正規の手順で物語を終えるのではなく、力任せに障害を倒して進んでいるのだろう。中に入った七人が、数字以上に強い。

――だが、心配ない。

ないはずだ。パラミシワールドを戦闘で攻略するには、六万Pほどの強化士《ブースター》がいる。後半になるほど敵が強くなり、必ずどこかで失速する。なのに、きっとそのはずだと信じていても、恐怖が湧《わ》き上がる。本当に？　本当に中に入った連中を、この物語で食い止められるのか？

撫切が言った。

「さて、そろそろ話の続きをしようか」

「なんの話だ？」

「もちろん、交渉」

「それならもう終わっただろう。オレを取り込みたければ、まずはPORTを――」

「違う。根本的に、貴方は間違えている」

撫切が右目を閉じる。もちろんウィンクではないだろう。その動作の意味はわからないが、ともかく彼は続けた。

「正直、私はこの戦いに興味がない」

パラミシは鼻から息を吐き出して笑う。

「おかしなことを言う。宣戦布告はそちらからだった」

「エデンの意志ではないよ。ＰＯＲＴが、ユーリィがこの戦いを望んだ」

「同じことだろう？　君たちはＰＯＲＴの犬だ」

「違う。同盟を結んでいるだけだよ。必要であれば、いつでも裏切る」

「それで？」

「君の提案を呑もうと思う。つまり、うちもそちらも互いに攻撃しない。この戦いは引き分けで終了だ」

ずいぶん、おかしなことを言う。

「ならどうして、パラミシワールドに七人を送り込んだ？」

撫切は手にしたティーカップをみつめ、冷たい口調で答えた。

「彼らはうちの人間ではない。ユーリィが他のチームから引っ張ってきた者たちだ。だから、消えていただきたい」

「放っておいても、間もなくそうなる」

パラミシワールドを、生き抜けるわけがないんだ。一万や二万のポイントで。

撫切が紅茶を傾ける。

「私が心配しているのは、そのあとの展開だよ。ユーリィがミケ帝国を落とす。ホミニニがメアリー・セレストを落とす。それから彼らは、ここに集まる」

たしかに、その通りだ。本当に警戒すべき敵は、撫切たちの部隊ではない。その後ろに控えているはずの、なぜだかエデンに加わったＰＯＲＴの主力組だ。

撫切が、目尻《めじり》が吊《つ》り上がった細い目をこちらに向けた。

「一緒に、白旗を振らないか？　平穏な国に対して」

話が読めない。

「どういう意味だ？」

「私たちが戦いに加わらなければ、やがて平穏とＰＯＲＴの連中がぶつかり合う。そうして二チームが疲弊したところを、私と貴方とで叩《たた》けばいい。ロビンソンがこの戦いを生き延びる術《すべ》はそれしかない」

ああ、そうだ。わかっていたことだ。

ＰＯＲＴや平穏に中堅は敵《かな》わない。本来、戦いにさえならない戦力差がある。希望があるとすればただひとつ、ＰＯＲＴと平穏の潰し合いだけだ。だが。

「その提案、君のメリットはどこにある？」

なにもないはずだ。エデンが、ロビンソンを守る理由なんて。

撫切が頷く。

「まったくだよ。ロビンソンなんてどうでもいい。私はエデンの人間だ。そしてエデンはコロンのチームだ」

彼が腕を振り、直後に大きな、硬い音が響いた。その足元でティーカップが砕け散っている。

「決してうちは、ＰＯＲＴのものじゃない。私たちはただの一度もＰＯＲＴに敗れていない。戦ってすらいないんだ。なのに、なんだこれは。この戦いは。どうしてあの男の言いなりにならなければならない？」

パラミシは思わず、音をたてて唾《つば》を呑《の》み込む。

「じゃあ、なんだ。君はユーリィと戦うというのか？」

「その通りだよ。平穏の力を利用してあいつを潰す。間もなく平穏の主力ふたりが、ここにやってくる。私は奴らに手を出さない。貴方もそうしてくれればいい」

この男が本心を語っているにしても、新たな疑問点が生まれた。

「どうして、知っているんだ？」

平穏の主力がここにくる。それは、想像できても不思議ではない。だが「間もなく」なのかはわからない。「ふたり」というのは、いっそう根拠がない。

撫切は、こちらの質問には答えなかった。

「決断しろよ、パラミシ。私に乗るのか、乗らないのか。なに、怖れることはない。平穏のふたりはここを素通りだ。まっすぐパラミシワールドに踏み込む」

こいつは、なにを言っている？　裏で平穏な国と繋がっているのだろうか。でも、だとすれば態度に違和感がある。不要なことを喋《しゃべ》り過ぎている。

パラミシは深く息を吸って、答えた。

「乗ってもいい。だが、中の七人はどうする？」

「別に、どうもしないよ。おそらく平穏の人間に狩られるだろうな。ちょうど良い、あまりにうちが無抵抗でも不自然だ」

また一枚、手を置いた本からページが消えた。

「わかった。手を組もう」

とパラミシは言った。

本心ではなかった。答えは保留だ。もう少し流れをみたい。

「ありがとう。カップを割ってすまなかった」

と撫切が答えた。

すでに架見崎は、中堅チームが当たり前に戦って生き残れる場所ではないのだ。

けれどパラミシにも、チームへの愛はある。だからこれまで、大手と呼ばれるチームに対して意地を張ってきた。それなりの覚悟はあるつもりだった。敵と同盟を結ぶことだって、その同盟を裏切ることだって、なんでもしてやるつもりだった。

けれど一方で、諦《あきら》めもあった。

――いまさら、覚悟なんてものになんの価値がある？　オレたちは遅すぎた。どこまでも巨大化していくＰＯＲＴと平穏な国を眺めていたのだから、もっと早く震えあがってもよかった。

端末に、身内の検索士《サーチャー》からメッセージが届く。

――九ページ目です。予定通りに仕掛けますか？

パラミシは震える指先で、ゴーの指示を出した。

＊

そのころ元キネマ倶楽部の七人は、パラミシワールドの九ページ目を攻略していた。

ここはどうやら、「ジャックと豆の木」の世界らしい。キドは生まれて初めて雲の上に立った。足場の感触はぴんと張ったトランポリンのようだ。ふわふわしている、というよりは、しっかりと踏みしめられるけれど弾力が強い。

そして目の前には巨人がいる。身長は、だいたい一五メートルというところだろうか。ミケ帝国が拠点としている学校の校舎がたしか四階建てで、あれと同じくらいの大きさに思えた。巨大な拳《こぶし》がまっすぐに、こちらに振り下ろされる。意外に速い。

――とはいえ、躱《かわ》せないほどじゃない。

キドは弾む雲を蹴《け》ってその拳を回避する。拳は雲にめり込み、雲は波打って揺れる。前かがみになった巨人の瞳《ひとみ》が、姿見のようにキドの全身を映した。

――問題は、やたら堅いってことだよな。

後方からふたり――藤永とピッカラが射撃《シュート》する。それは簡単に命中する。的がでかいから外れようがない。でも、まったく効いた様子もない。端末からリャマの声が聞こえた。

「原作じゃあ、豆の木を切り倒して墜落させます」

リャマは今、巨人の城の「暖炉の中」に隠れているそうだ。そこにいればみつからないと物語で決まっているから。キドは端末に向かって尋ねる。

「でも、どうやってあいつを誘導する？」

巨人はこちらを深追いしない。近づけば攻撃してくるが、距離をとれば引き返す。

「なにか巨人の財宝を奪う必要があるのかもしれません。金貨袋とか、金の卵を産むニワトリとか、喋るハープとか」

「そっちにある？」

「探してみますよ」

「頼む」

巨人がのっそりと向きを変え、また拳を突き下ろす。後方――巨人の城の屋根に上って狙撃銃を構えていた藤永が叫んだ。

「こちらは時間を稼ぎますか？」

キドは彼女に叫び返す。

「いや。できるだけやってみよう。君がメインでいく」

実のところ、キドの射撃《シュート》の威力はそれほどでもない。特殊弾と、強化《ブースト》――とくに速度と感覚に多くのポイントを割り振っている影響だ。対して藤永は遠距離から高威力で敵を沈めるように能力を組んでいる。

「狙いは？」

「目を。全力で」

「弾数には限りがあります」

「うん。だから、的を移動させる」

決定打のための有効打を与える。キドはそれぞれハンドガンを握った両手をだらりと垂らし、まっすぐに巨人に向かって走る。目の前からでかい拳が迫ってくる。それは軽自動車ほどのサイズにみえる。

――でも、ただでかいだけだ。

拳をぎりぎりまで引きつけ、身をかわす。空振りの風圧が頬を打つ。その風を飛び越えるように跳躍する。一歩目で巨人の手首を、二歩目で肘《ひじ》を蹴って肩に着地した。

引き金はすでに引いている。

左手の炸裂弾《さくれつだん》は、巨人の頬骨の辺りを狙った。あまりダメージにはならないだろうが、目元の爆発で視界をふさぐ。ほとんど同時に、三人が巨人に飛びかかる。加古川《かこがわ》、大原《おおはら》、ポケットソング。キネマ倶楽部の強化士《ブースター》たちだ。あまりポイントを割り振っていないため基礎値はそれほどでもないが、代わりによく連携が取れており、数字よりはずいぶん強い。

まず体が大きい大原を踏みつけて、ポケットソングが飛ぶ。巨人の右手の小指を狙い、殴った。さすがに痛かったのだろう、巨人が地響きのような唸り声を上げる。大原は塔のような巨人の足を蹴りつける。それで曲がった膝《ひざ》に手をかけて、加古川が巨人の身体をよじ登る。

キドはハンドガンを巨人の耳にねじ込み、ノーマル弾を放った。

巨人が叫び声を上げる。その音の塊は、物理的な威力を持っていた。叩かれたように、キドの身体が飛ぶ。脳が揺れて気分が悪い。

続けて、背中を打った。巨人の城の外壁にぶつかったのだ。それは、キドの想定通りだった。放った炸裂弾が足元で爆発する。壁を蹴って、爆風に乗って、上へ。

巨人が、怒りで血走った目でこちらを見上げる。

「ジャストです」

とすぐ後ろから声が聞こえた。

彼女の狙撃銃が、まっ白な光線を放つ。

その銃はその他能力《オリジナル》ではない。一般的な射撃士《シューター》用の道具《アイテム》で、一撃で複数の弾数を使用する代わりに威力を上昇させる。

がしゃん、とガラスが割れるような音が響いた。巨人が左目を抑えてうずくまる。そこから赤い血が流れている。

――もうひとつ。

両目を奪えば、おそらく力任せに押し切れるだろう。

「このまま狙います」

そうささやく藤永を、キドは反射的に突き飛ばした。白い光線が、つい先ほどまで藤永の頭があった場所を通過する。

――射撃《シュート》。

キドでも、藤永でもない射撃士《シューター》。

いつの間にか、雲の上に、三人が立っていた。

端末から、リャマの声が聞こえる。

「ロビンソンの人員です。――すみません、検索《サーチ》遅れました」

いや、と短く、キドは応《こた》える。

想像できることだった。というか、初めはそれを警戒していたのに忘れていた。この物語には敵チームのメンバーが潜んでいる。

三人の中の、真ん中に立っていたひとり――サングラスをかけた男がこちらを見上げて言った。

「残念。外れちまったのか」

違う。半分、当たっている。

先ほどの射撃《シュート》は、藤永を突き飛ばしたキドの右腕を掠《かす》めていた。

じんわりと痛みが広がり、キドは奥歯を噛《か》みしめた。

＊

エデンリーダー、コロンはＰＯＲＴ領土内の、ミケ帝国とのチーム境にいた。

今回の戦いにおいて、ＰＯＲＴは静観の姿勢を取っている。エデンがＰＯＲＴの領土を通行する許可は得ているがそれだけだ。――いや、香屋歩を対象とした「賞金首」の宣言も介入といえば介入か。なんにせよ自分たちでは戦おうとしない。

コロンはミケ帝国の領土をみつめていた。だが意識は常に隣の男――ユーリイに向いている。彼は朝食がまだだと言い、メロンパンをかじっている。

我慢できずに、コロンは尋ねた。

「いつ、攻め入るつもりですか？」

ユーリイは軽く微笑んで答える。

「おかしな話ですね。この部隊のトップは貴女《あなた》だ。貴女が、良いと思うときに」

だがユーリイの隣で、いったいどう部隊を指揮しろというのだ？

言い訳のようにコロンは、検索士《サーチャー》に目を向ける。

「敵チームのポイント配分は？」

毎分のように、同じ質問を口にしている。

検索士《サーチャー》の男がよどみなく答える。

「動きはありません。白猫が七万P、黒猫が二万三〇〇〇P。検索士《サーチャー》のコゲが二万Pで、残りを均等に他のメンバーで分け合う形です」

ミケ帝国というのは結局のところ、白猫のチームだ。チーム全体のポイントのうち、何割を彼女が持つのかで戦い方が一変する。今回のミケのポイント配分は、これまでのデータにないものだった。極端に白猫にポイントを集中させているわけでもない。なのにチーム全体で戦うにしては白猫の割り合いが大きすぎる。だからコロンには、向こうの意図を読み切れない。

「あちらの出方を、どうお考えですか？」

そう尋ねると、ユーリイは素直に答えた。

「順番に考えてみましょう。僕と貴女を、それぞれ白猫と黒猫が迎え撃つ。充分にそれが可能なポイント配分をあちらは選んだ」

「本当に？」

ユーリイは、PORTを抜けるときにポイントの一部を返還したが、それでもまだ八万Pも持っている。このユーリイを、白猫の七万Pで抑えられるのだろうか。

苦笑を浮かべて、ユーリイが答える。

「白猫がそう判断したなら、僕の相手は七万で充分なのかもしれません。その判断が正確なら、黒猫の二万三〇〇〇が厄介ですね。もしも貴女が落とされてしまえば、うちのチームに黒猫を止められる駒《こま》はもうありません」

コロン自身は、二万五〇〇〇Pほどの強化士《ブースター》だ。

だが、おそらく黒猫に勝てはしないだろう。もともとの素材が違う。その差は、たった二〇〇〇Pでは覆《くつがえ》らない。

「では、どうしますか？」

「僕が黒猫を狙う。すると白猫は、僕と黒猫の戦いに割って入る。あのふたりを僕が受け持てば、状況が反転します。貴女に対抗できるミケのプレイヤーはもういない」

「一対二で、やれますか？」

「おそらく。白猫ひとりよりも楽です」

この男が言うなら、間違いない。

ユーリイの言葉通りになれば、たしかにエデンの勝利だ。

「その線で進めます」

強く頷《うなず》いてそう告げると、ユーリイは笑って首を振った。

「待って。まだオープンされていないカードがあります。まず、月生。彼がミケ帝国の領土に戻ってきたなら、また盤面が反転する。貴女では彼を抑えられない」

「だめじゃないですか」

「さらにカードはもう一枚。こちらが勝ちすぎると、平穏が動くでしょう。平穏が充分に強力なカードを切り、うちを狙ったなら対応のしようがない」

絶望的な状況だ。

ミケ帝国ひとつを落とすのだって重労働なのに、そこに月生と平穏まで乗ってくるなら明らかにエデンの駒が足りない。ロビンソンとメアリー・セレストに分散しているメンバーを呼び集めても、まだ不利なくらいに思える。

そう考えてようやく、ユーリイがこの場に立ち止まっている理由がわかった。

彼は平穏やミケの目を惹《ひ》きながらもうふたつの戦い——ロビンソンとメアリー・セレストの方の終結を待っているのだ。実際にミケに攻め込むのは、エデンが総力を結集してからになるだろう。

コロンの目からみても、その判断が正しいように思う。

解答を盗み見たような気まずさを覚えながら、言った。

「では、しばらくこのままで。私たちは増援を待ちます」

「貴女が思うままに」

そう応えてから、ユーリイは軽く首を傾げた。

「ところで、ひとつご提案が」

「なんですか？」

「ただここに突っ立っているのも非効率的だ。そのあいだに月生はポイントをかき集め、平穏な国はロビンソンとメアリー・セレストに戦力を投入する。あちらのふたつで負けたくはありません」

「では、どうしろと？」

「貴女はここにいればいい。チームリーダーというのは、安全なところに身を置くのがいちばんの仕事です。ですが、僕まで隣で待機させることはない。所持ポイント八万は、エデンではいちばんの戦力ですからね。もっと働かせた方がいい」

「なにを、するつもりですか？」

「許可をいただけるなら、ひとりでミケと戦ってきます」

わけがわからなかった。

先ほどの、彼自身の解説とまったく矛盾しているように思えた。

「ひとりきりで、勝算があるんですか？」

あの白猫と黒猫と、他のミケの面々と、場合によっては月生と、さらにまだみえない平穏な国のカードまで相手にして、ただひとりで。だとすればユーリイは、コロンの想像以上の怪物だ。

だが彼は、気軽な様子で首を振った。

「いえ、まったく勝てないでしょうね」

「なら――」

「でもね、それが欲しくてエデンに来たんだ」

ふいにユーリイが口調を変えた。いや、戻した、と表現する方が正しいのかもしれない。以前は当然だった、PORTリーダーのころの声で彼は言う。

「PORTにいては、どうしても手に入らないものがいくつかあった。そのひとつがこれだ。最善を尽くしてもなお勝ちのみえない戦場なんて貴重な体験のために、僕は今貴女のチームにいる」

なんだ、それ。なにを言っているんだ。

誰も彼もがどうにか毎日を生きている、みえない勝利を必死に手探りで探すこの架見崎で、彼は当たり前のように勝ち続けてきた。

「僕は負け戦を求めている。それを仕掛ける許可を、貴女にいただきたい」

無性に苛立《いらだ》っていた。

コロンにとって、エデンにとって、架見崎の大勢にとっての大切なものを、軽く足蹴《あしげ》にされたような気がして。胸の中の、張り詰めた糸の一本がぷつりと切れて、コロンは投げやりに答える。

「勝手にしていいから、もう死んでください」

ユーリイは楽しげに笑って頷く。

「ありがとう。ご期待に応えられるかはわからないが、貴女のエデンは必ず守ると約束しよう。同じチームの仲間として」

だがきっと、この男に仲間なんてものはいないのだ。

いつだってすべてを見下して、独りきりで立っている。

午前一一時一三分。ユーリイが戦場に、一歩を踏み出す。

第四話　いつだって彼は前提と戦う

I

意外に手間取った、というのがホミニニの感想だった。

メアリー・セレストは決して弱いチームではない。加えて、室内戦――というか、船中という狭苦しい空間での戦い方を熟知している。

射程は短いが威力が高い射撃《シュート》は、逃げ場の少ない通路ではそれなりに脅威だった。強化士《ブースター》は速度を捨てている代わりにいちいち硬く、ドラゴンやワダコも多少は手間取っていた。加えてホミニニは、このふたりの仲間を決して殺さないと決めていた。月生戦《げっしょう》で失った、グズリーと若竹《わかたけ》のことは忘れられない。

そこでホミニニは、多少の苦労を受け入れようと決めた。

つまり、しばらくのあいだは船酔いの吐き気と手を結ぶことにした。なんにせよここは間もなく沈む船だ。足元に吐瀉物《としゃぶつ》をまき散らそうが、片付ける手間もいらない。

そうと決めてしまえば、戦い方は簡単だ。

――環境に最適化した敵とやるなら、環境自体を変えてやればいい。

ホミニニはドラゴンとワダコに、船の壁や床を狙《ねら》わせた。逃げも隠れもしないそいつらを壊して回るのは、時間がかかることに目をつぶれば楽な作業だ。空間を広げていけば、向こうは自然と狭い方へと逃げていく。だが船のスペースには限りがある。追い込んだところをずどん。それでお終《しま》い。

その、最後のドアの前に、ホミニニは立っていた。

操舵室《そうだしつ》とプレートが出た鉄製のドアを、気軽に押し開けて入室する。

中にいたのは一四名で、真正面に目的の相手の顔がある。

メアリー・セレストを束ねる男、宵晴《よいはる》。彼だけが椅子《いす》に腰を下ろしている。その左右に計一三人。うち半分が端末をこちらに向けて射撃《シュート》を放つ。

ホミニニは動かなかった。いつの間にか目の前にドラゴンが立っていた。彼は先ほどホミニニが開いたばかりのドアをねじとって両手で持ち、射撃《シュート》の光を受け止める。どん、と音が鳴り、ドアに穴が空いた。

「正面からまともにやり合えば――」

ホミニニが口を開くと、ドラゴンが穴のあいたドアを投げ捨てる。

かまわずにホミニニは続けた。

「こっちが勝つのは、まあ当然だ。これ以上続ける意味があるかい？」

椅子の上の宵晴が、頬杖《ほおづえ》をついて答える。

「うちの陣営は、総勢で三二名です」

「そうかい。それが？」

「ここにいる一四を引いて、一八名」

「八人殺した。すまないと思っている」

「なら、一〇名。今に後ろから射撃《シュート》があります」

「いや。そいつは計算が合わない」

ホミニニは首を傾《かし》げてみせた。別に、挑発したいわけじゃない。だが宵晴を見下していたのも事実だ。この戦いの勝利はもう揺るがない。

「ちょうど一〇人、道中でこっちに投降した。全員から端末を預かって、窓から放り出しておいた。今ごろはうちのボートに拾われてるさ」

「なるほど」

「つまり、今のメアリー・セレストってのは、一四人のチームだよ。これで全部。おまけはねえ」

「私もそう思っていましたよ。でも、どうやら違うらしい」

宵晴が端末を叩《たた》く。

射撃《シュート》？　違う。強化《ブースト》？　違う。

直後、轟音《ごうおん》を立てて船が縦に揺れる。

――波を操るその他能力《オリジナル》。

だが、どうして？　メアリー・セレストの船はもうぼろぼろだ。ドローンの墜落で穴をあけた。そのドローンに積んだ一〇〇キロのガソリンに火をつけた。その炎はまだ燃え続けている。さらに内側から、ドラゴンとワダコが壁という壁を壊して回った。まだ浮かんでいるのが不思議なくらいだ。

時計の秒針に似た速度で、足元の床が傾く。船の片側が沈み、もう片側が持ち上がっている。斜めになった視界で宵晴をみつめて、ホミニニは尋ねる。

「船と一緒に沈むのが望みかい？」

宵晴は椅子から腰を上げる。その椅子が、床を滑って壁にぶつかる。

「いや。船の外に、用があったものですから」

たしかにメアリー・セレストの船は、エデンのホミニニ部隊がボートで囲んでいる。あの高波だ。彼らも無事ではないかもしれない。

「逃げ出す算段ってわけか」

「反対です。招き入れた」

がん、と背後で、硬く大きな音が聞こえた。

思わずホミニニは振り返る。通路の壁を、外側からなにかが突き破っている。何か――ボート？

――海に浮かんでいたボートを、波で持ち上げてこの船に突っ込ませた？

だが、それで、なにが。

答えはすぐにわかった。一筋の銀色が、ホミニニに向かって飛んできた。それをワダコが手の甲で弾《はじ》き飛ばす。ホミニニは舌打ちした。

「平穏か」

通路の向こうに、ふたりが立っている。

共に知った顔だった。月生戦では共闘した。男と女がひとりずつ——たしか登録名は、ニックと紫《むらさき》。共に悪くない強化士《ブースター》だ。

前に出たのは、紫だった。ホミニニは彼女に威嚇《いかく》の射撃《シュート》を放ちながら、大声で指示を出す。

「まず平穏から落とす。ドラゴン、お前は操舵室の連中をおさえておけ」

船の傾きで、通路はすべり台のようになっていた。ホミニニはどうにか踏ん張って耐えながら、突き飛ばすようにワダコの肩を押す。

——オレの願いはお前の願い、発動。

「合わせる。好きにやれ」

ささやくとワダコが、珍しくまともに答える。

「そうする」

背後から轟音が聞こえた。メアリー・セレストの連中が射撃《シュート》したのだろうが、ホミニニは振り向きもしなかった。後ろはドラゴンに任せている。いちいち仲間を疑うのは時間の浪費だ。

ワダコとふたりで、ニック、紫を落とす。

それで、この戦いはお終いだ。

＊

射撃《シュート》が右腕を掠《かす》めていた。

キドは手を開いて、閉じて、その傷を確認する。

戦えないほどではない。意図した通りに動く。ハンドガンだって握れる。だがそれなりに痛い。

藤永《ふじなが》が張り詰めた声を上げる。

「すみません。傷は？」

「問題ないよ。まずは、あちらから」

キドは、ロビンソンの三人を視線で指す。巨人の方は、いまだに片目を押さえてうずくまっている。それにあいつは距離を取れば攻撃してこない。

「ひとりでやる。君は、うちの連中の誘導を。巨人が暴れ出すと面倒だ」

「ですが、敵は――」

「うん。わかってる」

ここに現れたロビンソンの連中は計七人。姿を現した三人の他に、巨人の城の、左右の壁際《かべぎわ》にもうふたりずつ控えている。三人に気を取られたこちらを左右から攻撃する算段だろう。

藤永が、きゅっと唇に力を込める。

「わかりました」

「大丈夫だよ。心配いらない」

ずっと、予感していることがある。

——今日のオレは調子が良い。

はじめの五ページほどは仲間たちが戦ってくれた。それからの戦闘では、相手が巨人のような非現実的な相手ばかりだったため、いまいち実感に乏しかった。でも今日は身体《からだ》が良く動くような気がする。集中力が高まっている感じがする。実際、キド自身、どうして藤永を狙った射撃《シュート》に反応できたのかわからない。見えないものを見たような感覚だった。

ロビンソンの三人に向かって、跳ぶ。うちふたりは怯《おび》えている。真ん中のひとりはそうでもない。ポイント配分にばらつきがあるのだろう。

——ロビンソンは、パラミシワールドに多くのポイントを割り振っているはずだ。

だから彼らは、それほど強くはない。たぶん。

空中で射撃《シュート》した。三人の手前に炸裂弾《さくれつだん》。目隠しが目的だ。

キドは地面代わりの、妙に弾力がある雲に足を着き、一歩目で真横に跳ぶ。左右の城壁の影に身を隠していた伏兵が撃ったものだろう、二本の光線が交錯する。キドの目からみると、それはまったく過去の出来事のようだった。すでにキドは、ふたりずつに分れた伏兵のうちのひと組に向かって走っている。

伏兵はどうやら、強化士《ブースター》と射撃士《シューター》のコンビのようだ。射撃士《シューター》の方は、こちらの動きを理解できていない。視線の動きでキドを追い切れていないのがわかる。強化士《ブースター》の方はまだましだが、それでも軽く混乱している。

キドはノーマル弾で、射撃士《シューター》の手の端末を弾く。そのまま強化士《ブースター》に近づき、飛び越える。弾いた端末を空中でつかんだ。同時に、ほとんど真下に射撃《シュート》。こちらは反射弾。雲で跳ねた光線が強化士《ブースター》の顎《あご》を打ち上げる。着地して、倒れつつある強化士《ブースター》のポケットから二台目の端末を抜き取った。

なにもかもが、よく見えていた。

最初に現れていた三人の目隠しに撃った炸裂弾が晴れる。そちらの三人は、真ん中が射撃士《シューター》。あとのふたりが強化士《ブースター》。真ん中から射撃《シュート》が飛んでくる。だがキドは、もうそこにはいない。

やっぱり今日は調子が良い、と考えて、それから内心で首を振った。

――違うな。本当に強い人たちで、感覚が麻痺《まひ》していた。

月生と戦って。それからユーリィと戦って。圧倒的な格上との連戦で忘れていた。

二万ポイントを超える個人とは、通常の戦場では圧倒的なものなのだ。とくにポイントの多くを速度と感覚に割り振ったキドと、一般的な――ひとりあたりがせいぜい数千ポイントの彼らとでは、根本の性能が違う。自転車レースにひとりだけバイクで参加しているようなものだ。

強い人は。たとえば、月生や白猫《しろねこ》は。

――いつも、こんな風に戦っているのかな。

こちらとあちらで、まったく時間の流れ方が違うような戦場で。

なにもかもがイメージした通りに進行する戦場で。

これが強いということなのだろうか、と考えて、キドは笑う。強さの正解なんてわからない。でも、この全能感に似た感覚が不正解だということはわかる。

＊

藤永は狙撃銃のスコープを覗《のぞ》き込んだまま息を呑《の》んだ。

――キドさんが強い。

圧倒的に強い。

相手はたしかに、格下だ。当たり前に戦えば勝てる相手だ。でも、ここまでワンサイドな戦いになるだろうか。キドは七人の敵の集団をほとんど傷つけてさえいない。敵の肉体は健常なまま端末を奪う、なんて、通常の戦闘では考えられない方法であちらを圧倒している。そこまでの戦力差はないはずだ。

スコープ越しにみえる景色に、藤永は恐怖を感じていた。

キドが怖いわけじゃない。どれだけ強くなろうが、あの人は優しいままだろう。裏切られることも、見限られることもない。でも。

——これだけ戦える人に、私はなにができる？

エデンに移籍した今も、藤永はキネマ倶楽部《くらぶ》の一員のつもりだった。ルールでどう定義されていようと、キネマのリーダーはいつまでもキドなのだと思っていた。でも違うのかもしれない。あの人は、チームなんて必要とせず、ただひとりで戦うのがもっとも強いのかもしれない。

——だとしたら、私がここにいる理由はなんだ？

あの人の速度についていけず、スコープを覗き込んでいるだけの私が多くのポイントを持っている必要がどこにある？　戦力のすべてを彼に預けて、私はただ物陰で震えていればいいのではないか。

またひとり、スコープの向こうで敵が倒れた。

＊

トーマが信頼する検索士《サーチャー》、パラポネラが言った。

「ユーリイがひとりきり、ミケ帝国に踏み込みました」

その報告はトーマにとっても意外なことだった。

「エデンに変化は？」

「ありません。ユーリイが戦場に入っただけです」

ふ、と笑うようにトーマは息を吐く。

ユーリイの考えが読めない。現状で八万P持つ彼が脅威なのは間違いないが、ひとりでミケ帝国を落とす、というのは欲張り過ぎだ。とはいえあのユーリイが無策で戦いを挑んだとも思えない。いったい、なにを用意した？

――いや。考えても無駄か。

現状、平穏の検索《サーチ》にユーリイの手札はひっかかっていない。本来は凍結しているはずのドローンが未《いま》だに動いているのは知っているが、背景を追いきれない。あちらはイドというカードを握っているのだから、隠し事を暴《あば》こうとするのは時間の無駄だ。

「ミケの動きは？」

「白猫、黒猫《くろねこ》の二名で迎え撃つようです」

「月生さんは？」

「変わらず。弱小チームを巡りポイントを集めています」

「どれくらい？」

「戦闘開始からおよそ七〇〇〇Pの増幅です」

これは、判断が難しい。

ユーリイを警戒したいが、下手に動くと香屋《かや》を刺激する。中途半端な戦力をミケに出すのは愚策で、大きな戦力を投入すると、きっと香屋は月生を呼び戻す。その展開はトーマが望むものではなかった。

——迷うな。シンプルに割り切ろう。

今回の戦闘の主題は、香屋への負荷だ。それがもっとも高まることを優先する。だとすれば、選べる手はひとつしかない。

「ミケは放置する。ニック、紫が乗船。船の様子は？」

「ホミニニとの戦いが始まりました」

「どっちが優勢？」

「不明」

「了解。ウーノに通話を繋《つな》いで。ロビンソンの方から行く」

「すぐに動かしますか？」

「いや、レディで待たせて。ゴーはオレが出す。でも、その前に準備がある。三分以内に戦闘開始だと伝えておいて」

「わかりました」

方針に迷いはなかった。それでもユーリイに、薄気味の悪さを感じていた。

トーマは内心で笑う。

——嫌な予感、みたいなのに流されちゃダメだ。

それは香屋の専門分野だから。彼が隣にいるならまだしも、敵対しているのだから綺麗《きれい》に無視するのがいちばんだ。

席を立ったトーマに、パラポネラが声をかける。

「どちらに？」

「二階だよ。リリィに会う」

平穏の、最大戦力でロビンソンを狙う。そのロビンソンにはキドがいる。

——香屋。君は、どうする？

あらゆる危険を見逃さない彼は、自分の目の前に迫るユーリイと、キドが直面する危機とが並んだとき、どんな手順を選ぶだろう？

あいつの顔つきを間近でみられないことが、残念だった。

＊

香屋歩《あゆむ》はノートに向かい、シャープペンシルを走らせる。八つ当たりのように、力強く。芯《しん》が折れて飛び、ようやくその手を止める。

——ユーリイが、わからない。

彼はどうして、ひとりきりミケに踏み込んだ？　いったいなにを狙っている？

コゲが素早く報告する。

「ユーリイ、ゆっくりと歩く速度で白猫、黒猫に接近。距離は四〇〇メートル」

彼はあまりに目立つ。目立ちすぎる。なら本当の恐怖は、今はまだみえないところにあるはずだ。香屋は短く尋ねる。

「ぬいぐるみは？」

「まだです。動きは察知できません」

平穏は、今この瞬間はミケ側につくはずだ。ユーリイがミケを落とすことは許さないはずだ。当たり前のパワーバランスで考えればそうなる。だが、トーマはしばしば当たり前を嫌う。だいたい、後出しみたいなことが好きな奴《やつ》なんだ。静観がないわけではない。

――月生さんを戻すか？

いや。まだ、そうする根拠がない。

そもそもミケは充分に強い。そのはずだ。だから、ここで、過剰にミケに戦力を集めるのは違う。白猫と黒猫で充分にミケを守れるはずだ。だが、ならどうしてユーリイがやってくる？　おかしいだろ、こんなの。いったいなにを隠している？　彼は検索《サーチ》できない能力をどれほど持っている？

ふいにコゲが叫び声を上げる。

「リリィ、玩具《おもちゃ》の王国を発動しました。ぬいぐるみ、動きます」

きた、朗報だ。とその瞬間は思った。たしかに一瞬、胸が軽くなった。

白猫、黒猫とぬいぐるみでユーリイを落とし、その後にぬいぐるみを機能停止に追い込む。そのルートはすでに用意している。だが。

コゲが続けて叫ぶ。

「ぬいぐるみ、移動を開始しました。速い。行き先は、ロビンソン」

香屋は目の前のテーブルに拳《こぶし》を打ちつける。

――トーマ。あの、馬鹿《ばか》。

ここで、そんなギャンブルを打つのか？　そんな、ひとりミケに踏み込んだユーリイを放置するどころか、彼に手を貸すような。

香屋はコゲに叫び返す。

「検索《サーチ》。対象はリャマさん。通話と、端末のカメラの情報を」

「カメラ？」

「はやく」

ミケ帝国対ユーリイで、トーマはミケの勝ちに賭《か》けた。そのあいだに、おそらくミケ用に温存していたぬいぐるみでロビンソンを狙った。ユーリイとミケが疲弊し合えばトーマの思う儘《まま》だ。またあいつが、美味《おい》しいところをかっさらっていく。

――なら、信じてやるよ。

ユーリイの戦力でミケは落とせない。本当にまずいのはロビンソンの方だ。キドたちを守る必要がある。

コゲが検索《サーチ》のために目を閉じた。その横で香屋は、忙《せわ》しなく足を揺する。

――まずは、リャマさんと連絡。ロビンソンにいる彼らにこちらの勝利条件を伝える必要がある。次は？　月生さん？　いや、まだあの人の予定は変えられない。やっぱり秋穂《あきほ》からだ。早く。でも。

ユーリイがわからない。わからないことは、怖い。

本音じゃ白猫たちを、いますぐにでも戦場から逃がしたかった。

2

ミケ帝国の領土を、ひとりの男が歩いている。

ユーリイ。架見崎《かみさき》の勝者にもっとも近いとされる彼。

その姿を白猫は、集合団地の屋上から見下ろしていた。彼の歩き方は美しかった。背筋がぴんと伸び、歩幅が均一で、動作ひとつひとつに揺らぎがない。まったく同じ、完成された一歩を繰り返している。白猫が視線で合図を送ると、隣に立つ黒猫が端末に向かって指示を出す。

「撃て」

周囲に潜ませていた、五名の射撃士《シューター》からの一斉攻撃。彼らの仕事はこれでおしまいだ。あとは速やかに逃げろと伝えている。

五本の白い光線が交差する、その中心点に向かって白猫は跳ぶ。距離はおよそ一五〇メートル。ひと呼吸後には、射撃《シュート》を綺麗に回避したユーリイが目の前に立っている。白猫は素直に拳を突き出した。

――これは、止められる。

脳内に浮かんだイメージに、まもなく現実が追いつく。腹を殴ったはずだったが、その手前に彼の腕がある。白猫は身体ごと寄りかかるように、ユーリイの腕で止められた自身の拳をさらに押し出す。攻撃が目的ではなかった。もう少し彼に近づきたかった。その視界を奪いたかった。吐息がかかる位置に彼の笑みがある。その顔に影がかかる。

黒猫。彼女は真後ろから白猫を飛び越え、ユーリイの頭上に踵《かかと》を落とす。ユーリイは一歩後ろに下がろうとしたようだった。だが白猫は、それを許さない。拳を開いて彼の腕を摑《つか》む。強引に引き寄せる。

——まだ足りない。

結果はみえている。ユーリイはもう一方の腕を、陽射《ひざ》しを遮るように顔の前に掲げる。黒猫の踵はそれに止められる。だがこれで、ユーリイに両手を使わせた。そしてこちらは片腕が空いている。

——次は、当たる。

この男の動きがよくみえる。ひと呼吸先までみえている。私はそれなりに緊張しているようだ、と白猫は考える。ユーリイが充分に強いから、というよりは、黒猫と共に戦場に立っていることが理由だろう。一度、彼女を失った恐怖を覚えているから、あまり雑には戦えない。当たり前に集中力が増す。

イメージした通りに、白猫の肘《ひじ》がユーリイのみぞおちに突き刺さる。

深くはない。彼は咄嗟《とっさ》に上半身をのけぞらせ、衝撃を逃がしている。だが、まったくダメージがないわけでもない。少しずつ崩していけば良い。

いまだ空中にいる黒猫が、ユーリイの顔を叩く。手のひらで両目を覆《おお》うように。その、彼が視界を失った一瞬で、白猫はユーリイの腕をつかんでいた手を放して喉元《のどもと》に拳を突き出す。だがこちらは当たらない。ユーリイの反応が速い。彼はそのまま後ろに倒れ、地面に両手をついて跳ぶように距離を取る。

追撃を加えようとする黒猫に、白猫は「待て」とささやいた。開いた距離が、あちらに有利だ。直線的な動きでは捉《とら》えられる。

ユーリイは顔をしかめていた。

「どうしてだ？　白猫さん」

あ？　と一音だけで白猫は応《こた》える。

ユーリイは続けた。

「どうして貴女《あなた》にポイントを集めない？　射撃《シュート》も援護も、貴女には必要ないだろう。もしも貴女のポイントが一〇万を超えていたなら、今の僕では勝ち方がわからない」

現状、白猫の所持ポイントは七万ほどだ。代わりに黒猫が二万少々持っている。

本当は黒猫に、もっとポイントを回したかった。だがループを迎えるまでは能力の拡張ができないから、彼女にこれ以上のポイントを持たせても意味がない。代わりに他のチームメイトに、それなりのポイントを割り振った。さすがにユーリイを相手にしている最中に、他のエデンの兵に踏み込まれれば対応できない。仲間の強化、というより、白猫がこの戦闘に集中するためのポイント配分だった。

正面からユーリイをみつめる。睨《にら》んだわけではない。ただ彼の全身をまんべんなく観察して、次の動きを想像する。そうしながら尋ねた。

「まさか、お前、このままであれば私たちに勝てるつもりか？」

「まず負けないだろうね。今の貴女は、速いだけだ」

「便利なものだよ。速度というのは」

速ければ、こちらの攻撃が当たる。あちらの攻撃は避けられる。戦場での選択肢は速度に依存する。速ければ速いほどやり方にバリエーションが生まれる。

ユーリイは首を振った。

「わかるよ、白猫さん。でもね、人が短期間でもっとも対応できるのが、速度だ。速さというのは慣れちゃうんだよ」

彼が強がっている様子はなかった。

本当に勝ちを確信し、なぜだか、そのことを残念がっているようだった。

ユーリイが続ける。

「貴女にポイントを集める準備は、できているんだろうね？　少し追い込めばそうなるというなら、仕方ない。第一ラウンドは、僕の勝利で終わらせよう」

明らかな挑発に、白猫は笑う。

「ああ。私も、強い人間をみるのは好きだ」

この男が言うことは正しい。

たしかに今はまだ、ミケ帝国の全力というのは白猫のワントップだろう。

――でも、それを続けてなんになる？

なにもかもを背負い込み、敗北の恐怖に怯えながら勝ち続けるのは楽しくない。そんな強さは、好みじゃない。

白猫はいずれ、ミケ帝国最強の座を黒猫に譲り渡すつもりだった。

＊

喫茶店のドアが開いた。撫切《なでぎり》は、その来客があることを知っていた。

奇妙な二人組だ。一方はまだ若い男。二〇代の半ばといったところだろうか。細身の長身で、長い髪を首の後ろあたりで束ねている。もうひとりは、喪服のように黒いスーツを着た高齢の女性だ。ずいぶん小柄で、男の胸のあたりまでしか身長がない。歳《とし》はよくわからなかったが、顔には深い皺《しわ》が入っている。老人と呼んで差し支えないだろう。彼女は左手でウサギのぬいぐるみをつかんでいる。左右の耳のあいだをわしづかみだ。正直なところ、ずいぶんなミスマッチだなと感じた。

ロビンソンリーダー、パラミシが視線をふたりに向ける。

「なんだ？」

老婆《ろうば》の方が答える。

「平穏の使いだよ」

撫切は、彼女の名を知っていた。ウーノ。以前存在した、ブルドッグスというチームのリーダーだった女性だ。男の方は知らない。だが、平穏がたったふたりだけロビンソンに差し向けたうちの一方なのだから、それなりに有能なのだろう。

続けて、パラミシが言った。

「なんの用だ、と訊《き》いている」

答えるのは常にウーノの方だった。

「決まってんだろ。戦争だよ」

「今はエデンとやっている」

「ああ。だから横槍《よこやり》を入れにきた。うちの指揮官の話じゃあ、エデンが少し有利らしい。手を貸してやるよ」

「有難くもないな。エデンの次はうちだろう？」

「そうでもない。そっちの態度次第さ。すんなり縄張りを明け渡すなら、平穏の部隊リーダーをやるって話だよ」

それでパラミシは口をつぐんだ。彼にとって平穏の部隊リーダーは、交渉になるカードのようだ。

――まあ、なんでもいい。

ロビンソンが平穏と手を組んだところで、撫切の思惑《おもわく》はかわらない。ユーリイたちと、平穏の戦力に潰《つぶ》し合いをさせる。それがすべてだ。

ウーノがちらりと、こちらに目を向ける。

「あんたがやるかい？」

撫切は首を振る。撫切自身を含めたエデンの戦力は、極力温存したい。

ウーノには初めから、こちらへの興味はなかったようだ。

「まず、本の中から片付ける。それまでに身の振り方を考えておきな」

彼女はそう告げ、ワタツミと共にまっすぐにパラミシに近づく。一歩、二歩と進んで、七歩目でふいに消えた。

パラミシが首を傾げる。

「君が言った通りになったな。平穏の人間がふたり」

「ああ。それが？」

「どうしてわかった？」

答えるつもりはない、と言ってやりたかった。こちらの手札を、信用のおけない相手に開示したくはない。だがしばし悩んでから、パラミシの行動を縛る方を優先する。

撫切は右目を閉じた。それから、舌打ちをして答えた。

「私はすこしだけ、未来を眺める能力を持っている」

「へえ。それで？」

「このままであれば七時間後、ロビンソンはすでにない。エデンの――ユーリイのものになっている」

　というのは、嘘《うそ》だ。能力の方は本当。

　撫切は「スリーセブンの予言者」という名の能力を持っている。

　この能力を使用すると、左目に三秒間だけ「未来の自分がみているもの」が映る。その未来は、七秒後、七分後、七時間後からランダムに選ばれる。もちろん任意で選べる方が望ましいが、ポイントとの兼ね合いで運任せにせざるを得なかった。

　今回みえたのは七分後だ。七時間後のロビンソンのことなんかわからない。だが、もしもロビンソンが撫切の能力の詳細を検索《サーチ》したとしても、この嘘は見破れない。

　――パラミシは、こちらの言葉を信じるだろうか？

　彼は何度か、首を振った。

「先ほど、うちの七人が、本の中にいる君の仲間に無力化されたと連絡を受けた」

「彼らは仲間ではないよ。たまたま、ここまで並んで歩いてきただけだ」

「そうかい。ま、なんでもいい。奴らは強すぎる。平穏も、ＰＯＲＴも」

　撫切はようやく、パラミシの声が震えていることに気づいた。

　彼は端末を手に取り、それに向かって叫ぶように言う。

「おい、ヨキ。ヨキ。聞こえているな？」

　ヨキ。資料でみた。ロビンソンのメイン検索士《サーチャー》の名前だ。

　まもなく、端末から声が聞こえた。

「なんですか、リーダー。連絡はテキストのはずじゃ――」

その声を遮って、パラミシが告げる。

「うちはこの戦闘を放棄する。逃げろ、隠れろ。どこがやってこようと、徹頭徹尾やり過ごせ」

思わず、撫切は声を上げる。

「どこに逃げる？　ロビンソンが、潰れるぞ」

パラミシがこちらに、弱々しい視線を向ける。

「ああ。うちは潰れる。この戦いの勝者に呑み込まれて」

「チームを捨てるのか？」

「チームとは、名前じゃない。隣に仲間がいればいい」

撫切は苛立《いらだ》ちで顔を歪《ゆが》める。

――簡単に、言ってくれるじゃないか。

戦いを捨てて強者につくのは、一見すると正しいのだろう。追い込まれれば、それが賢い選択にみえるだろう。でも、そんなもの今だけだ。いずれ必ず後悔する。あのとき選んだ、安全にみえた道の先は、ただ緩慢な死なのだと気づくときがくる。気がつけばユーリイに乗っ取られていたエデンのように。

だが撫切は、パラミシを説得しようとは思わなかった。

こちらの言葉なんて、届くはずもないのだから。

だからみんな、下らない。彼らのことに関しては、能力の使用回数をひとつ無駄にしただけだ。

＊

秋穂栞《しおり》は教会の一室で、アップルティーを飲んでいた。

これでいいのか、という気もするけれど、「とりあえず待機」が香屋からの指示なので仕方がない。

今はアリスに通話を繋いでもらい、その香屋から状況を聞いている。

「トーマがずるい。僕の苦手分野で仕掛けてきた」

こいつの愚痴を聞くのも私の仕事だ、と割り切って秋穂は尋ねる。

「苦手分野というのは？」

「チキンレース」

「なるほど」

わかりやすく、香屋の弱点だ。彼には勇気がない。それがあるふりさえしない。

「そのレースのルールは？」

「ユーリイが踏み込んだミケを、トーマは放置した。代わりにロビンソンに集中した」

「ああ。的確ですね」

「どこがだよ」

トーマの意図すべてがわかるわけではない。でも秋穂だって、彼女の立場であれば同じようにするかもしれない。

今回の戦闘は構造が特殊だ。中堅チームと、平穏、エデンの三《み》つ巴《どもえ》が同時に三つ発生している形になる。ロビンソンと平穏、エデン。メアリー・セレストと平穏、エデン。ミケ帝国と平穏、エデン。この三つ。それぞれの戦場は多少影響し合いながら、でも基本的には独立している。

このとき、それぞれの中堅チームからみた最適な戦い方というのはひとつしかない。つまり自分以外の二チーム――平穏とエデンの部隊を上手《うま》くぶつけ合い、共倒れを狙う。上手くやれば自分たちの消耗を抑えて生き延びられる。

反対に、その構図に乗ってしまうと、平穏とエデンは被害ばかりが膨らむ。

なら、ミケの戦場を放置するというのは適切だ。白猫、黒猫に加え、香屋、月生が手を貸しているあのチームは、中堅の中では突出している。簡単には落ちないと踏んだのだろう。これでミケは、エデンと潰し合う形になる。平穏は、ふたつのチームが充分に疲弊してからゆっくりと駒《こま》をミケに進めればいい。ミケに回す予定だった戦力をロビンソンに向かわせたなら、そちらも平穏が有利だろう。

「月生さんに助けてもらいますか？」

と秋穂は尋ねる。

香屋が「チキンレース」と表現したのは、そこだ。

平穏が抜けた今、ミケは独力でエデンに――ユーリイに対処しなければいけない。なら戦力を増しておきたい。月生を手元まで引き寄せれば、多少は安心だ。一方で香屋には月生を引かせたくない理由がある。月生は今、弱小チームを回って「そちらを守る代わりにポイントを差し出しなさい」といった話をしているはずだ。弱体化したとはいえ八万Ｐの月生と戦える弱小なんてまずいない。有効な脅迫になる。

ミケの戦力を考えれば月生を戻したいけれど、月生を戻すと彼のポイントの上昇が止まる。今後の戦況に影響がでる。一方、香屋が我慢しすぎると、今度はトーマの方がじれ始めるのではないか？　本当にユーリイがミケを落としてしまう展開は、彼女も望まないはずだから。香屋もトーマも我慢すればするほど利益が大きいけれど、行き過ぎると欲しいものが手に入らない。

「月生さんは引かない。今は、まだ」

と香屋は言った。

それは、少し意外だ。

「今のミケで、ユーリイさんに勝てますか？」

「僕は知らない。トーマを信じる」

「ああ」

香屋とトーマ、どちらもユーリイにミケを落とさせたくないはずだ。つまりこのチキンレースは、ふたりが同じ車に乗り合わせて、壁に向かって進んでいる。ならより正確に状況を把握している方にブレーキを任せた方が良い。

――理屈で考えれば、そうなる。

でも。

「トーマなら、全速力で壁にぶつかっても不思議はありませんよ」

その先まで彼女は考えているかもしれない。ユーリイがミケを手に入れてから、そのユーリイを倒す展開をイメージしている可能性はある。

香屋だってもちろん、そのことを考えているだろう。彼は小さな舌打ちをもらして、独り言のようにつぶやいた。

「ユーリイがわからない。どれだけ考えても、ひとりでミケに来る理由がない。なにかを隠しているはずなんだ。必勝の手を。なのにトーマの動きからもそれが読めない」

秋穂の目からみても、ユーリイは不気味だ。PORTとの繋がりがある以上、なにを用意していても不思議はない。けれど相手がPORTであれば、情報戦でも勝ち目がない。

震える声で香屋は続けた。

「わからないから目を離せない。ユーリイをみつめたまま、やるべきことをやらないといけない。僕からみえる盤面じゃ、より危険なのはキドさんだ。ならそちらを解決する」

秋穂はなぜだか笑いそうになり、それを堪《こら》える。

香屋が追い込まれている。いつだって追い込まれているような奴ではあるけれど、でも普段以上に。

「では、月生さんはロビンソンに？」

「うん。あちらの状況が固まるまでは待機してもらう。君は──」

「わかっていますよ」

現在、平穏な国の最大戦力は、強化士《ブースター》でも射撃士《シューター》でもない。そもそも人間でさえない。一体の、ウサギのぬいぐるみだ。

それの無力化が、秋穂に与えられた役割のひとつだった。

よろしく、と告げて、香屋は通話を切った。

秋穂はそっと目を閉じる。求められているのは、演技力？　いや、素でいける。ただし言葉は適切なものを選ばなければいけない。想像しろ。これから、ロビンソンで起こることを。

じっと考え込んでいると、香屋との通話を繋いでいた検索士《サーチャー》──アリスに声をかけられた。

「あんまり、ヒーローっぽい声じゃないよね」

目を閉じたまま、秋穂は笑う。

「ええ。でも、すぐにわかります」

香屋はユーリイが読めないという。トーマだって、未だ隠されている彼女の切り札があるだろう。でも、それは香屋も同じだ。

今、この戦場の背景で動いている香屋の仕掛けは、きっと誰にとっても予想外だったはずだ。

3

メアリー・セレストの船は大きく傾き、すでに両足が踏みしめているのは壁だった。

ホミニニは唇から流れた血を親指で拭《ぬぐ》う。平穏の片方——紫に殴られてできた傷だ。

平穏のふたりとの戦いは、泥仕合と言ってよかった。純粋な戦力でみれば、平穏が有利。あちらのふたりはそれぞれ七万Pずつ持っている。対してこちらは、ホミニニが六万、ワダコが三万。足して引いてで五万Pの戦力差は、一般的な戦場であれば絶望的だ。

それでも一応、多少の贔屓目《ひいきめ》でみれば互角にやり合えているのは、つまり相性ということになる。

紫にはホミニニの能力、「野生の法則」が発動している。これは——正確なルールは意外にややこしいが——要するにホミニニとその相手の殴り合いに限っては、ダメージから能力の影響を消し去るというものだった。相手が強化士《ブースター》だった場合にしか役に立たない能力だが、おかげでホミニニひとりでも彼女を抑えられる。

残ったふたり、ワダコとニックの戦力は拮抗《きっこう》している。

ワダコの方は、ホミニニのもうひとつの能力、「オレの願いはお前の願い」で強化《ブースト》の効果が二倍に伸びている。実質的にはワダコ六万、ニック七万の戦いで、数字を比べ合えばまだあちらが有利だ。だがホミニニは心からワダコを信頼している。

ワダコはとにかく、回避が上手い。速いは速いがそれだけでもない。傍目には異様に反射神経が良くみえる。本人の話じゃあ、世界の方が遅いらしい。

——六万Pの強化《ブースト》の世界が遅くみえるってのは、いったいどんな脳みそだろうな？

わからないが、とにかく相手の攻撃を躱《かわ》すのだから疑いようもない。搦《から》め手のない強化士《ブースター》と一対一で戦うワダコは強い。

一方で、ホミニニの目の前の敵——紫の方も、相棒を信頼しているようだった。彼女はあくまでホミニニだけを睨みつけ、焦《あせ》りもせずに的確に拳を繰り出す。その拳はよくホミニニに当たる。「野生の法則」の効果はあくまでダメージにしか適用されず、彼女の速度は七万P強化士《ブースター》のままだ。ホミニニの方も六万持っているとはいえ、半分は「オレの願いはお前の願い」に使っているし、元々が射撃士《シューター》メインだからついていきようもない。殴られて、唇を切って、その痛みに耐えるしかない。

紫の拳が左のこめかみに入り、一瞬、飛びかけた意識をどうにか堪える。

——ああ。泥仕合なら、こっちの生業《なりわい》だ。

いつだって、泥を啜《すす》って生きてきた。だいたいが傷だらけで、血を流しながら、なんとか勝ち星を拾ってきた。綺麗に決着がつくのは、たいてい負けるときだった。だからこういう、じりじりと時間ばかりが経《た》っていく、我慢比べみたいな戦いはこっちの専門だ。

目の前の女を大雑把に狙《ねら》い、ホミニニは二発射撃《シュート》する。だがそれは射撃《シュート》用の銃を持った手ごと真横に弾かれ、狙いが逸《そ》れる。

——なんだったかな。風がなんたらって能力。

能力名なんてものは、まあどうでもいい。紫は三つ目の手のように、圧縮した空気の塊を操る。ぶつかっても痛くはないが、向こうの盾になったり、こちらの銃口を逸らしたりとなかなか便利だ。

——でも、その能力はもう知ってるよ。

弾かれるのはイメージ通りだ。だから反射弾を選んでみた。壁に当たって跳ね返るその弾の行き先は、ホミニだって知りはしない。銃口が何センチずれるのかもわからなかったから仕方がない。

二発撃った射撃《シュート》のうちの、一方は大外れだった。もともとは床だった面に当たり、あらぬ方へと飛んでいく。

もう一方は、まずまずの当たりといって良い。上手く二度反射して、紫の背後から足元のあたりを射抜く。命中ではないが、紫の意識がそちらに逸れた。

久しぶりの好機に、ホミニは射撃《シュート》より拳を選んだ。

素手同士の殴り合いなら——まあ、一般的には——女よりも男の方が強い。身体を低く沈めながら踏み込み、腹に向かって拳を振り上げる。

それは、深く入った。間違いなく。

だが紫は下がらなかった。よろめきもせず、悲鳴もあげず、冷たい瞳《ひとみ》でこちらを殴り返す。ホミニニの首が真横に向かって跳ね、脳が揺れる。

「いいね」

と思わず、ホミニニはつぶやいた。

もしも「好みの女は？」と訊かれたなら、ホミニニはいくつかの答えを用意している。酒が強い女。声が低い女。自分よりも背の高い女。自分よりも賢い女。バットのフルスイングが綺麗な女。飯を勢いよくかき込む女。でもいちばんは、殴られたときに躊躇《ためら》いなく殴り返す女。——表現を変えるなら、簡単には闘争心が消えない女。

紫は両手を拳にして構えていた。

ホミニニは一歩下がり、殴られたばかりの頬をなでて言った。

「お前、うちに入れよ」

紫は拳を構えたまま顔をしかめ、それから軽く咳《せ》き込む。腹を殴ったとき、詰まった息を堪えていたのだろう。

「どういう意味？」

「そのままだよ。気に入った。仲間になろう」

「そんな話をしている場合？」

「おいおい、ずいぶんつまらないことを言うじゃねぇか。手を取り合おうって相談に、時も場合も関係ねぇ」

「あるでしょう。戦場で、敵同士なんだから」

「それこそが最高だろ。この世界から、争いがひとつ減って友情がひとつ生まれる」

実際、こうやって仲間になった奴もいる。若竹。良い女だった。親友だった。でも月生に殺された。

紫は生真面目《きまじめ》なのだろう。ホミニニにとってはつまらないことを言い出す。

「貴方《あなた》の狙いはわかっている。時間を稼いで、そのあいだに、もうひとりにメアリー・セレストを落とさせる」

ホミニニの仲間のもうひとり。――ドラゴン。

あいつは今、操舵室でメアリー・セレストの面々を抑えているはずだ。

ホミニニは鼻で笑う。

「ドラゴンはそういうんじゃねぇよ。優しい男だから、誰も殺さねぇ」

「でも、貴方は殺すでしょう？」

「ああ。それが戦場だ」

「なら同じじゃない。貴方に手を貸しているなら、そのドラゴンって人だって」

「かもな。でも、そんな風に割り切れる話でもないだろ」

ドラゴンにはドラゴンの価値観がある。歪んでいて、ぐちゃぐちゃで、あちこち矛盾しているのかもしれない。でも、だからどうした。その切って揃《そろ》えられないものが人間だろう。あいつは優しいから、人を殺さない。あいつは仲間だから、オレを手伝ってくれる。

それのどこがいけない？

「気に入らねえなら仲間になれよ。それから、思い切りケンカすればいい」

「信じられない」

「なにが？」

「貴方の話、すべてが。増援のほかに、貴方が時間を稼ぐ理由がない」

こいつの話は、まったく違う。

根本で勘違いしている。

「オレは本気で勧誘してるんだがな」

もしもなにかを待っているとすれば、ワダコがあっちの男を倒すときだ。

＊

ロビンソンが差し向けた七人は、合計で三万ほどのポイントを持っていた。

とはいえ、ポイントの配分はずいぶん偏《かたよ》っている。全体を統率していたひとりが一万八〇〇〇Pほどで、キドにも「極力傷つけずに無力化」は難しかった。結局、右太ももを打ち抜き、今は気を失っている。

他の六人で、一万二〇〇〇P。キドは彼らにハンドガンを向け、うち八〇〇〇Pを差し出させた。彼らは代わりに、血を流して気を失ったひとりの治療を申し出、キドはそれを受け入れた。殺せば半分とはいえ、彼ひとりで九〇〇〇ものポイントになるため、あまり賢い判断ではない。

――なんにせよこれで、三万Ｐか。

対月生戦のときには、平穏からの融通で五万ものポイントを持っていた。あのときに比べれば見劣りするが、それでもずいぶんな躍進といえる。ほんの数ループ前まで、一万ポイントのアズチに絶望していたのが嘘のようだ。あとはあの巨人――今は距離を取ったため、城の中に引っ込んでいる――をなんとかすれば、このページもクリアだろう。

「怪我《けが》はいかがですか？」

そう藤永に声をかけられて、キドは笑みを向ける。

射撃《シュート》が掠めた腕をなでて、答えた。

「もうなんともない。大原《おおはら》のおかげだよ」

決してポイントが多いとはいえないが、大原は回復能力を持つ。以前、ニックがリーダーをやっていたトリコロールというチームと戦って大怪我を負ったとき、どうにかループまで命を繋げたのだって大原がいてくれたからだ。

本当にもう、腕の傷は痛みもしない。

なのに、「よかったです」と言った藤永の表情は暗い。

「大丈夫だよ。嘘じゃない」

「ええ。でも――」

藤永は、きゅっと眉《まゆ》を寄せて言葉を途切れさせる。

キドはいつまでだって、彼女の言葉の続きを待つつもりだった。でも、藤永が再び口を開くよりも先に、端末からリャマの声が聞こえた。

「新たなプレイヤーを検索《サーチ》しました。距離およそ八〇〇メートル、ふたりと一体——平穏の連中です」

ふ、とキドは息を吐き出す。

——来た。平穏。撫切さんは、どうした？

こちらの主力とも言える彼が外で待機しているのは、平穏からの横槍に備えるためだと思っていた。すでに敗れている？　でも、だとすればリャマから連絡があるはずだ。

リャマは速い口調で続ける。

「登録名、ウーノとワタツミ。ウーノが三万六〇〇〇P、ワタツミが三万三〇〇〇P程度でメインは射撃士《シューター》と強化士《ブースター》。詳細までは、もう少し。香屋を通じてミケのコゲが検索《サーチ》に協力しているので、いずれ抜けるはずです」

共に、三万越え。

「やばいね」

ポイントを獲得し、能力の凍結が一部解除されたとはいえ、キドはまだ三万P。藤永はそもそもすでに凍結された能力を持たないため、ポイントを回しても意味がない。一万七〇〇〇Pのままだ。素直にぶつかれば勝ち目はない。

だが、次のリャマの言葉は、より絶望的なものだった。

「あちらの最大戦力は、ウーノでもワタツミでもありません。リリィの能力で動くぬいぐるみ――詳細不明ですが、少なく見積もっても一〇万P強化士《ブースター》以上の性能です」

思わず、笑った。

――それはさすがに、次元が違う。

どうしようもない。戦い方なんてありはしない。

「じゃあ、逃げようか。できるだけ遠くまで」

それにリャマが答える。

「判断はお任せします。でも、香屋からの提案があります」

藤永が口を開いた。

「あいつになにができる？」

その言葉は、キドの耳にはネガティブには聞こえなかった。言葉のままの疑問みたいだった。

香屋歩。彼は、特別だ。立っている場所が違う。みている景色が違う。ポイントが多い少ないで一喜一憂している架見崎の戦いとはまったく別の場所で勝負を仕掛ける、誰にも似ていないプレイヤー。

藤永が、一段高くなった声を張り上げた。

「あいつはなんの戦力にもなりはしない。遠く離れた場所から、この戦場を覗《のぞ》いているだけだ。圧倒的に強い敵を相手に、いったいなにができる？」

リャマが言った。

「まずは、巨人を片付けてもらえますか？　こっちに戻ってきちゃったみたいだから」

キドの手元の端末に、藤永が叫ぶ。

「それで、なにが変わる？」

リャマの声は、半ば笑っているようだった。

「オレも前に出ます。ふたりはしっかり、オレを守ってください」

キドにもその言葉の意味が、上手く呑《の》み込めなかった。

検索士《サーチャー》を戦場に立たせて、なんの意味があるというのだろう。

＊

ユーリイは、人差し指で端末を叩《たた》く。

――ドミノの指先、起動。

この能力の効果はただ一行。「ユーリイが持つ、獲得に必要なポイントが一〇〇〇以下のその他能力《オリジナル》をすべて発動する」。これだけだ。

そしてユーリイは、「一〇〇〇P以下のその他能力《オリジナル》」を合計で一二〇種類ほど所持している。とはいえ今は、その六割を凍結していた。PORTを出るとき、所持ポイントの一部を返還したことが理由だった。

ポイントの返還は、ユーリイ自身が提案したことだった。

なぜなら、そのままでは強すぎるから。求めている苦戦に身を投じるのが困難だったたから。だから「ドミノの指先」で発動する能力の中の、より致命的なものは凍結するよう自身のポイントを調整した。

白猫がこちらに足を踏み出す。彼女の筋肉の動きでそれがわかる。だが、わかったときにはもう、白猫は目の前にいる。彼女はとても速い。

拳。目の前にある。ユーリイは首を回すようにしてそれを回避する。――いや。避けきれはしない。白い拳が、ちっと音をたてて頬を掠める。ユーリイは白猫の動きに合わせて左の拳を出していた。それは白猫の腹にぶつかるはずだったが、彼女の姿が目の前で消える。

――残念だ。まだ足りない。

とユーリイは、胸の中で顔をしかめる。

このあいだ、月生と戦った。彼はいくつか銃弾を浴びていて、ずいぶん動きが衰えていた。おそらく、この白猫よりも遅かったはずだ。でも彼の方が怖かった。

――やはり白猫でも、七万Pでは足りない。

こちらの心が震えない。

白猫が背後にいることはわかっていた。ユーリイは素直に、前に足を踏み出した。後ろから打撃。突き飛ばされるようだ。でも軽い。上半身の動きだけでその衝撃を受け流す。ところで、「ドミノの指先」で発動する能力の中には、こんなものがある。

――五番。ユーリイの背後を攻撃した場合、視界の左右が入れ替わる。

ユーリイは振り返りながら、右手の甲でそこにいる白猫を殴る。それが白猫には、左右反対にみえているはずだ。だから、当たる。向こうの動きが良ければ良いほど当たる。最小限の動きで攻撃を躱し、反撃に出ようとするはずだから。

なのにユーリイの右手は空を切った。

白猫が両膝《りょうひざ》をたたみ、低く身を落としている。その姿はたしかに猫に似ていた。

素晴らしい。が、それもまたドミノのひとつだ。

――九番。しゃがみ込んだ場合、その足を伸ばせなくなる。

効果は一瞬。その一瞬が、強化士《ブースター》同士の戦いでは致命傷にもなる。ユーリイは左足で、彼女の綺麗な横顔を蹴《け》りつける。なのに、それもまた外れた。

気がつけば白猫は、ユーリイの右足――軸にしていた方の足をつかみ、こちらのバランスを崩している。しゃがみ込んだまま動ける範囲なんてたかが知れている。足りないぶんの距離を、こちらを動かすことで補ったわけだ。

能力の効果が途切れ、白猫の両足が伸びる。真下からの掌打。速い。矢のようだ。銃弾のようだ。だがユーリイの方もそれを躱す。彼女の動きだしよりも先に、後ろに距離を取っていた。

間合いが開いて生まれた攻防の空白で、ユーリイは彼女に拍手を贈る。

「素晴らしいよ、白猫さん。貴女が、ただ速いだけだと言ったのは取り消そう」

戦ってみてよくわかった。

彼女のあまりに機能的な動きは、速度だけでは説明がつかない。

「僕の能力の効果を受けて、ほんのひと時も混乱しない相手に出会ったのは初めてだ。視界が狂えばそれを捨てて、両足が動かなければそれを受け入れて。すべての判断に迷いがなく的確だ」

頭が良い、というのもまた違う。思考の時間さえ必要としない、感性にすべてを委《ゆだ》ねられる精神が美しい。まるで人間ではないなにかのようだ。生き物でも、あるいは物質でさえもない、風や雷みたいに戦う女性だ。

「貴女は強いな。だからやっぱり、もったいない」

今日の戦いでは、ユーリイにひとつだけ誤りがあった。白猫のポイントが低すぎた。こちらを充分に警戒してもらえるよう、ドローンまで落としてみせたというのに。

PORTは、能力凍結のルールを一部変更する能力を持っている。通常、能力の凍結は、より新しく獲得したものから発生する。でもその順序を任意に選択できるようにする能力だ。

加えてユーリイは、通常の検索《サーチ》ではまずみつからない隠しポイントを持っている。これはイドの情報操作によるものだ。

でも、切り札みたいなものの準備はない。検索《サーチ》に引っかからない能力はあのドローンだけで、それはもう粉々に壊れた上に燃やされたはずだ。

ホミニニの要請でドローンを使ったのは、ミケ帝国へのメッセージのつもりだった。

――ほら。僕はいかにも、まだなにか隠していそうだろう？　全力でやらないと危ない感じがするだろう？

そう伝えたつもりだったのに、メッセージは上手く届かなかった。必死に書いたラブレターに返事をもらえなかったようなもので、とても悲しい気持ちになる。

でも、諦《あきら》めない。もう一度、心を込めてラブコールを贈る。

「僕は、もっと、圧倒的に強い貴女に会いたいよ」

なのにやっぱり、白猫はこちらを気にする様子もなかった。彼女は黒猫に向かって語りかける。

「みていたか？」

「はい。よく」

「もう一度、同じ手順で行く。上手く合わせろ」

ふたりのやり取りを聞いて、ユーリィは思わず吹き出す。

――なるほど。あちらも教育か。

黒猫を育てることに、この戦いを使うというのか。

だとすれば彼女とは、なかなか気が合うのかもしれない。思考の一部が重なり合っているように思う。だが決定的に違うところもある。

――私も、強い人間をみるのは好きだ。

と白猫は言った。けれどユーリィの方は、そうでもない。

強い人間が好きなのではない。強い敵と戦いたいわけじゃない。

ただ、効率的に、自分が育つ環境を求めているだけだ。

＊

弱小チームは、ＰＯＲＴの南側に沿う形で乱立している。つまり中堅チームたちが、ＰＯＲＴとの隣接を嫌って手が出せなかった土地、ということになる。

たいていの弱小は同じ弱小同士で戦い、統合と分裂を繰り返している。架見崎の大勢には影響しない、だいたいがその日暮らしの食糧を巡る戦いだ。

典型的な弱小チームのひとつ、ナツブランズのリーダー青山羊《あおやぎ》は、これまでにない緊張の中にあった。目の前にひとりの男が立っている。

――月生。

架見崎の、最強を示すアイコン。

彼の姿は異様だった。――いや、月生自身は、そうでもない。成績の良い営業のサラリーマンのように、スーツをきっちりと着こみ、口元に微笑を浮かべている。異様なのは彼の背後だ。青山羊もよく知っている、他の弱小チームの面々が、三チームぶん入り混じって立っている。まるで教師に引率される小学生みたいに。

月生は、軽く眼鏡を押し上げて言った。

「キネマ倶楽部の月生です。急な訪問で申し訳ありません。この度は青山羊さんに、ご提案があって参りました。内容はキネマ倶楽部とナッツブランズの協力です。貴方のチームが持つポイントの三割を私に預けていただければ、チームの皆さんの安全を保障する、というのが概要です」

彼の言葉を、上手く聞き取れない。眠りから覚めたばかりで、まどろんでいるように頭がふわふわとする。とにかく向こうは、ポイントの三割を寄越せと言っている。青山羊はどうにか尋ねた。

「もし払わなければ、どうなるんですか？」

敬語を使ったのなんて、いつ以来だろう？　思い出せないが、ナッツブランズを結成してからは初めてではないだろうか。

月生は、軽く首を傾《かし》げてみせる。

「現状では、リーダーからの指示がありません。ですからこれは、私の個人的な見解なのですが、三割という数字に多少の意味があるのではないでしょうか」

「三割」

「はい。つまり、こちらとしては貴方を殺した方が効率的だ、という意味です。そうすれば五割のポイントが手に入るわけですから」

青山羊は音をたてて唾《つば》を呑み込む。なんて、わかりやすい脅迫。

今すぐにでも頷《うなず》きたかったが、それをどうにか堪えた。

――こんなので、いいのかよ？

ただ、声をかけられただけで屈して。

なら初めから大手に逃げ込んでいればよかった。ＰＯＲＴだとか、平穏だとかに取り込まれていればよかった。それが嫌だから意地を張ってきたんじゃないのか。ろくに食うものもない環境で、賞味期限が切れた弁当だとかを取り合って、命懸けで戦ってきたんじゃないのか。弱小には弱小のプライドがある。

なのに、声が出なかった。

月生は青山羊から目を離し、端末を覗き込む。

「誠に申し訳ありません。リーダーから次の指示があったものですから、早急にお返事をいただけますでしょうか」

「早急に」

「はい。できれば、一分ほどで。そのあいだ、ご提案のデモンストレーションをおみせいたします」

月生が、端末から顔を上げた。

それはわかった。わかったのはそれだけだった。

気がつけば、目の前に拳《こぶし》があった。両目をふさぐほどの位置だった。風圧が顔の左右を走り去っていく。青山羊は、一歩後ろによろめいて、両足から力が抜けてその場に座り込む。

――オレは、死んだのか？

その馬鹿《ばか》げた疑問を本気で抱いていた。なんだか視界がふらふらする。上手く頭に血が回っていない。止まっているように静かだった心臓が、激しく脈打ちはじめる。

月生が拳を引く。

「これが、攻撃のデモンストレーション。次は防御の方をお見せいたします。できれば、ご協力を――」

やはり月生の声は、上手く聞き取れない。

「もう、いい。わかった」

と、どうにか青山羊は答える。死の恐怖が胸の中に居座っている。それはどんどん巨大に膨らんでいく。これまでずっと強がってきた。架見崎で、この死にやすい世界で意地を張って生きてきた。でもその意地は偽物《にせもの》だった。本物の死の実感は、人間の心で支えられるような重さじゃない。

「わかりました。ポイントの、三割。お渡しします」

「ありがとうございます。皆さんを丁重にお守りするよう、リーダーから厳命されていますのでご安心ください」

月生は身を屈《かが》め、手のひらをこちらに差し出す。

それをつかんで立ち上がり、青山羊は尋ねた。

「リーダーというのは、どういう人なんですか？」

キネマ倶楽部リーダー、香屋歩。

青山羊は、つい先ほどまでその名前を知らなかった。開戦前に流れたアナウンスで初めてキネマ倶楽部のリーダーが変わっていたことを認識した。その声は、なんだか頼りない印象の、まだ幼い少年のものだった。

月生は、口元の笑みを楽しげなものに変化させた。

「怪物ですよ。この架見崎を呑み込もうとする」

月生という怪物が、怪物と呼ぶ相手は想像できない。

「そんなにすごい能力を持っているんですか？」

あのアナウンスで言っていた。

――僕は架見崎中の、すべてのチームとすべての人間を守る能力を持っています。

まったく、馬鹿げた話だ。そんなものがあるとは思えなかった。でも彼は、月生を従えている。

「どんな？」

「私が知る限り、その使い方も含めて、誰ひとりとして思いつきもしなかった能力です」

「お話は、あとで。次のスケジュールがあるものですから」

月生は再び端末に目を向けて、続ける。

「私はこれから、ロビンソンに向かいます。皆さんはどうなさいますか？　ご一緒するならお守りしますし、そうでなければミケ帝国に避難することをご提案いたします」

いつから、こんなにも、架見崎の時間は速く流れるようになったのだろう？

状況についていけなくて、青山羊は顔をしかめていた。

4

コゲが言った。

「検索《サーチ》、来ました。対象は貴方です」

香屋歩は笑わない。あくまで震えた声で尋ねる。

「どこから？」

「まずメアリー・セレスト。続いてロビンソン。ほぼ同時です」

ようやくだ。ようやく、香屋の戦いが動き出した。

くだらない殴り合いじゃない、架見崎を相手にした本当の戦いが。

「コゲさんは、ロビンソンに集中してください。秋穂から連絡があれば開始します」

「了解」

意識は目の前の戦いに向いている。ミケもロビンソンも安心できる状況ではない。

でも、ほんの一瞬、トーマの顔を思い浮かべる。

――僕の手口は晒《さら》したぞ。君は、どうする？

彼女はこちらを、止めようとするだろうか。同じアニメ・ヒーローを信じているはずなのに、背を向け合って進むというのだろうか。

今もまだ、香屋はこの手をトーマにとって欲しいと願っている。

＊

たとえばメアリー・セレストの射撃士《シューター》、ノイジィは傾いた操舵室にいた。

操舵室にはチームのメンバーが一四人も集まっている。対して、敵はひとりだけだ。エデンの、身長が二メートルに迫る大男――登録名、ドラゴン。

検索士《サーチャー》の話では、その大男はひとりで三万ものポイントを持つらしい。もちろん、膨大なポイントだ。だがこちらは一四人いる。純粋にポイントを比べればこちらが有利だろう。

ノイジィは経験豊富な射撃士《シューター》だから、戦場のルールは知っている。

――まず、オレが撃つべきなんだ。

敵の眉間《みけん》を狙って一発、ずどん。当たろうが当たるまいが関係ない。相手がただひとりの強化士《ブースター》なのだから、先陣を切るのは射撃士《シューター》の役割だ。

わかっていても、それができなかった。

目の前のドラゴンを倒すあいだに、いったいうちは何人死ぬ？　この、広くもない部屋でやり合うのだから、四人か五人。いや、もっとだろうか。その被害に、オレも含まれるだろうか。

そうやって、命懸けで戦って、上手く勝てたとしてなんになる？

部屋の外ではエデンと平穏のふたりずつが戦っている。エデンの方はふたり合わせて九万。平穏の方は一四万ものポイントらしい。どうにかドラゴンを倒したところで、外の連中には勝ち目がない。けっきょく、エデンか平穏か、外の二対二の勝者に踏みつぶされてお終《しま》いだ。そうとわかっているから、引き金が動かない。

――ああ、どうして。

こんな戦いが始まってしまったんだろう。

どうしてなんの根拠もなく、自分たちのチームに未来があると信じていたんだろう。

思わず視線を落としたそのとき、チームの検索士《サーチャー》が肩を叩いた。

そちらに目を向けると、彼は端末を差し出す。

そこに表示された一文があまりに場違いで、ノイジィは思わず、「え」と小さな声を漏らした。

＊

たとえばロビンソンの検索士《サーチャー》、ヨキはパラミシワールドの一四ページ目にいた。そこは「ヘンゼルとグレーテル」の世界だった。つまり、お菓子の家に住む魔女に近づかなければ安全な世界、ということになる。

このページには、ロビンソンのメンバー二一人が待機している。ここから、必要に応じて外にいるパラミシが別のページに人員を送り込む予定だった。なのに。

――うちはこの戦闘を放棄する。

とパラミシが言った。
それは、誤解のしようもない敗北宣言だった。でもヨキには上手く実感できなかった。敗北が、軽すぎるような気がした。それに至るまでのリアルなもの――苦境だとか痛みだとか必死の抵抗の熱量だとかが、丸々抜け落ちている。

頭では、わかるのだ。今日の戦いは初めから異質だった。これまでロビンソンが体験してきたものとはまったく雰囲気が違った。敵はパラミシワールドのページを想定外の速度で軽やかに進み、こちらから出した七人は瞬《また》く間に敗れ去った。ひとりの死者もでないまま無力化され、ポイントだけを奪われた。パラミシワールドを知り尽くしたロビンソンの戦士が、まったく相手にならなかった。

さらにそれから、平穏のふたりが現れた。ふたり合わせて七万P近い戦力の追加は、たしかに絶望的だと言える。ここで引くのが、もっともダメージが少ない。でも、奴《やつ》らはまだパラミシワールドに踏み込んだだけだ。戦ってさえいないのだから、諦めるには早すぎるのではないか。敗北というのは、こんなにも軽く、薄いものなのだろうか。

いや。おそらく違うのだろう。

本当は重たいものを、まだ理解できていないだけなのだろう。

ヨキは長いあいだ、ロビンソンのメイン検索士《サーチャー》を務めていた。戦況の分析について自分は一流なのだと信じていた。でも、その自負が崩れつつある。

——オレは架見崎というものについて、ほんの一部しか知らないんだ。

これまで身近にあった戦いしか知らない。それはつまり、弱小や中堅の戦いだ。その外側に、どんなプレイヤーがいるのか理解していなかった。

ああ、そうか。と、ヨキは胸の中で苦笑する。

きっと、今日の敗北が、早すぎるんじゃない。むしろ反対だ。

——オレたちは、遅すぎた。

PORTや平穏に狙われたなら、勝ち目がないことはわかっていた。それなりに経験を積んだ検索士《サーチャー》として、誰に尋ねられても「ロビンソンは負けます」と答えたはずだ。なのにそのわかりきった事実から目を逸らしていた。無根拠に、愚かしく、それでもなんとかなるんじゃないかという気持ちが胸の片隅にあった。

ロビンソンはどこで間違えたのだろう？

そう振り返ってみて、気づく。おそらく中堅と呼ばれたチームの中で、もっとも現実を見据えて戦っていたのはブルドッグスなのだろう。あの、あっさりと平穏に呑み込まれることを選んだチームなのだろう。あそこだけは、実体のない夢を早々に投げ捨てた。そしてリーダーのウーノは今、圧倒的な強者側——平穏のひとりとしてロビンソンの前に立ちふさがっている。

ロビンソンはこれから、彼女のように戦うのだろうか。

勝てないことを認めて、自分たちがいつでもあっさりと敗れ去る存在なのだと受け入れて、それでも現実的に生きるための道を探すのだろうか。まだ、上手く想像ができない。まるで逃避のように、ふとヨキの脳裏に浮かんだのは、この戦いの宣戦布告直後に流れた、キネマ倶楽部リーダー香屋歩のアナウンスだった。

――僕は架見崎中の、すべてのチームとすべての人間を守る能力を持っています。

あのときは鼻で笑っていた。でも、今はその言葉を、できるなら信じたかった。

パラミシに向けて、メッセージを送る。

――香屋歩への検索《サーチ》の許可を。

なにか、すがれる希望のようなものを探している自分に気づき、ヨキはようやく、この戦いの敗北を受け入れた。

＊

たとえばエデンリーダー、コロンは検索士《サーチャー》からの報告を聞いていた。

平穏な国と張り合いながらロビンソン、メアリー・セレスト、そしてミケ帝国を攻めるこの大規模な戦いは、すでにエデンのものではない。どの戦場でも率先して戦っているのは、ほんの一〇日前まではこのチームにいなかった面々だ。

ため息をこぼして、また考える。

――私のチームは、もうどこにもないんだ。

だからこの戦いの勝敗に、なんの興味も持てないでいた。気になるのは仲間たち――これまで共に架見崎を生き抜いてきた、本当の意味での仲間たち——の安否だけだった。できるならコロンはその全員に対して、今すぐ「逃げ出せ」と指示を出したかった。

検索士《サーチャー》が言う。

「月生が、ロビンソンに踏み込みました。彼に検索《サーチ》を集中しますか？」

ほんの短い時間、コロンは悩む。

実のところ、先ほどから、何度も同じ言葉を口にしようとしてそれを呑み込んでいた。

——キネマ倶楽部リーダー、香屋歩に検索《サーチ》を。

彼が言う、「すべてのチームとすべての人間を守る能力」とはいったいどういうものだろう。それを知りたかった。

でも今すべきなのは、実体のわからない希望にすがることではない。コロンは検索士《サーチャー》に尋ねる。

「メアリー・セレストは？」

「戦況は流動的です。ホミニニは現在——」

「いえ。そちらではありません。ホミニニに同行したうちのチームの人間は？」

「よくはありません。ボートでの待機中、高波にのまれて身動きが取れない状況です。行方不明者二名、軽傷者四名。死者はまだ確認されていません」

「まずは、行方不明の二名を検索《サーチ》してください。それから」

と、そこで言葉を切って、覚悟を決めて指示を出す。

「行方不明者の救助を優先し、その後、全員に撤退の指示を。――いえ、すでに船に乗り込んでいるホミニニ以下三名を除く全員に、です」

ですが、と検索士《サーチャー》がささやく。

彼の言葉の続きは考えるまでもなかった。ホミニニたちを残して他の人員を引かせる、というのは、PORT――ユーリィに対する裏切りだ。でも、だからどうしたというんだ。

コロンは自分自身、まったく信じられない言葉で応《こた》える。

「これはエデンの戦いです。エデンを指揮するのは私です。誰が私に、意見できるっていうんですか」

初めから、こうしていればよかった。

――私はあくまで、エデンとして戦おう。

PORTの利益も、ユーリィの目的も知ったことではない。

全力で、エデンを守るためだけに戦おう。

そう決意したときにまた、ふっと香屋歩の能力のことを考えた。

＊

トーマの隣で、パラポネラが言った。

「メアリー・セレスト、ロビンソンの双方が、香屋歩に検索《サーチ》を向けています。続いて弱小チームからもひとつ」

トーマは目を閉じて、深く息を吐き出した。

――なるほどね。

と、胸の中でささやく。

戦況は、おおよそトーマがイメージした通りに推移している。中堅としては強すぎるミケ帝国は例外だが、あとのふたつ――メアリー・セレストとロビンソンはすでに敵ではなく、戦場に過ぎない。きっちりと平穏な国対エデンの構図に収まっている。

そしておそらく同じ景色を、香屋も思い描いていたはずだ。細部の違いはあるにせよ、大枠では「平穏とエデンが戦い、中堅チームはその戦いに手出しできない」ということの状況を想像し、それに合わせて動いていた。

トーマと香屋の違いは、焦点の在《あ》り処《か》だった。

――私は、エデンに対して効果的に駒《こま》を配置することに気を取られていた。

ロビンソンではあちらをポイントで圧倒的に上回り、メアリー・セレストには時間稼ぎに最適な人員を送り込んだ。まともに勝つつもりならホミニニに強化士《ブースター》をぶつけるのは愚策だが、足止めに集中するならむしろ強化士《ブースター》の方が安全だと判断した。そこに誤りはなかったはずだ。

でも、香屋は根本が違う。きっと彼がみていたのは中堅チームなのだろう。この戦いの中心にはなり得ない、まるで背景みたいなメアリー・セレストとロビンソンだ。

今、その二チームには奇妙な空白が生まれている。

自分たちの領土で戦闘が起こって、危機は間近に迫っていて、だが平穏とエデンの戦いに手を出せないでいる。そして香屋歩は、今まさに発生している、彼らの空白を見越してアナウンスを流していた。

——僕は架見崎中の、すべてのチームとすべての人間を守る能力を持っています。

充分に追い込まれて、なのに必死に戦っているわけでもない。彼らにしてみれば不思議と停滞した時間の中で、香屋の言葉は時限爆弾のように機能する。

ふと、未来のことを考えて。これからの身の振り方に思い悩んで。

——ぜひ、僕の端末に検索《サーチ》を。

彼の言葉を思い出して、それを試してみるのは自然な流れだ。

もちろんトーマは、香屋から目を離したことなんてなかった。だから彼の端末にある情報が、架見崎にとってどんな意味を持つのか知っている。

香屋の「キュー・アンド・エー」は、運営から強引に回答を引き出す能力だ。

それにはいくつかのルールがある。質問の機会が与えられるのは月に一度——ループのタイミングのみ。そのたびに質問の候補を五つまで選び、それらに対して返答に必要なポイントを運営が設定する。必要ポイントは、架見崎中にある全ポイントの合計を上回ってはならない。

この能力を知ったとき、トーマだってあれこれと香屋の思惑を想像した。

私なら運営に、どんな質問をするだろう？　どんな情報が、いちばん効率的だろう？

ずいぶん頭を悩ませて、「これは良い」というアイデアもいくつか浮かんだ。でも、香屋の思考には届かなかった。

質問候補は、端末に入力する形になっている。

彼の能力の詳細ページに五つのボックスがあり、そこに質問文を書き込む。

香屋歩はすでに、そのボックスをひとつだけ埋めている。

シンプルな質問だ。振り返ってみれば、香屋であればまず考えそうな質問だ。そして架見崎の前提を覆《くつがえ》す質問だ。

架見崎を平和な世界として存続させる方法は？

この質問文の報告を検索士《サーチャー》から受けたときは、一瞬、意味がわからなかった。ずいぶん愚かな質問に思えた。だって、どう考えても高すぎる。香屋が持つポイントで買えるわけがない。平穏の全ポイントを集めても足りないかもしれない。

でも間もなく香屋の意図に気づいて、思わず笑った。あんまりずるくって。

香屋歩は、発想の根本が違う。

あいつはこの質問を、買うつもりがない。いや、いつかは買うのだろうけれど、この質問の本当の目的は、そのずっと手前にある。

運営が香屋の質問に必要ポイントを設定した瞬間、架見崎のルールが変わる。

勝利条件が捻《ね》じ曲げられる。

これまで架見崎の勝者は、全土を支配したひとりだとされてきた。強い者しか勝てないゲームだった。なのに、あのたった一行の質問は、それを根底から覆す。一〇〇万ポイントでも、二〇〇万ポイントでもいい。とにかく設定されるポイントを集めたなら、運営が架見崎の攻略法を教えてくれる。

ならそのポイントを集めること自体が、架見崎の新たなクリア条件になる。戦うのではなくて、殺し合うのではなくて、「協力し合ってポイントを集めたらみんなの勝ち」なんて素敵なルールが生まれる。

――なにかあるとは、思っていたんだ。

香屋の「キュー・アンド・エー」の本当の効果を知ったとき。運営への質問というのは効果の半分で、もう半分は大量のポイントを捨て去るためのものだとわかったとき。香屋であればすでに、その先の展開まで想定しているはずだと思った。戦って奪い取るんじゃない、もっと効率的な方法でポイントを集める手段まで思い描いていると確信していた。でも、その内容が、こんなのなんて思わなかった。

あいつは、たった一行の質問文を公開するだけで、大勢から自主的にポイントを差し出させようとしている。全員の生存を報酬にして。

――なんて美しい、架見崎という問題への解答だろう。

これだから、香屋歩は愛《いと》おしい。誰よりも格好いい。

パラポネラに尋ねてみる。

「これから、架見崎になにが起こると思う？」

彼女は気難しげに眉間に皺《しわ》を寄せる。

「大きな変化があるとは思えません。今は、まだ」

「うん。まだだね」

だが時間が経つほどに――これから先、架見崎が終わりに向かい、戦いが激化するほどに香屋歩の意味が増すだろう。誰だって、心の底から平和を願うのは、戦いの中に決まっている。

小さな声で、パラポネラはささやく。

「個人的な、感情では。運営があの質問になんと答えるのか、興味があります」

「誰だってそうだよ。誰だって」

もう架見崎は、香屋歩を無視できない。

誰もの頭に、新たな細胞が生まれたように。いつまでだって香屋歩が選択肢として残り続ける。追い込まれるほどにそれが輝かしいものにみえる。

「これが、香屋だ」

ルールの中で戦うのではない。

そのルールを管理する、運営に対して戦いを挑むのでもない。

その運営さえ強引に自身のルールに引き込んで、便利な道具のひとつにする。

いつだって彼が戦うのは、物事の前提だ。震えながら世界を変えてしまうような、臆病《おくびょう》な怪物が香屋歩だ。

――私はそれを、ヒーローと呼ぼう。

劇的ではない。力強くもない。

でも強い意志で我儘《わがまま》を押し通そうとするあれが、誰よりもヒーローだ。

――ああ、香屋。今はまだ負けてやらないよ。

彼の一手は美しい意志に溢《あふ》れているけれど、盤面ではまだこちらが有利だ。

「そろそろオレも、戦場に出る」

今度はこちらが、香屋を驚かせる番だ。

第五話　誰もが何処《どこ》かで敗北している

1

そして香屋歩《かやあゆむ》は、いつものように震えていた。

これまで何人、死んだだろう？　これから何人、死ぬだろう？

今回の戦いは、香屋の想定よりは被害が小さい。エデンの仕掛けが、突出した有力プレイヤーに戦場を預ける方針で、平穏もそれに乗ったことが理由だ。結果、大人数での戦闘が発生しづらい戦況になっていて、それで被害が抑えられている。けれどメアリー・セレストでは大勢が死んだと聞いた。ロビンソンもミケ帝国も、今後の展開次第ではひと息に被害が膨れ上がってもおかしくない。

――今、いちばん死にやすいのは。

パラミシワールド内にいる、元キネマの面々だ。あそこだけが少数の強者対強者の構図から外れている。打てる手は打ったつもりだが、まだ足りないのではないか？　そもそも香屋が用意した、なけなしの作戦だって、ある程度の元キネマの面々の被害を織り込んでいる。それが負傷で止《とど》まるのか、死亡までいくのかはわからない。

考えるべきことは無数にあるはずだった。

でも、思考が分散する。

――PORTが僕に掛けた賞金の影響は？

今後、月生《げっしょう》が「説得」した大勢がミケ帝国に流れ込んでくる予定だ。その中の何人がPORTにすり寄ろうとする？　月生に従うふりをして、安全にミケまでやってきて、それから香屋を狙《ねら》う連中が現れるのは充分に想定しておかなければならない。

――平穏の、秋穂《あきほ》の状況は？

実のところ、今回の戦いの中心にいるのは秋穂だ。トーマだってその構図に気づいているだろう。トーマだけならかまわないけれど、他の平穏の人間にまでそのことがばれると厄介だ。本当は、秋穂を守る盾を用意したかった。でも平穏内にいる彼女に対して香屋ができることはあまりに少ない。計画が充分でないまま、秋穂に多くを委《ゆだ》ねている。

――ユーリイの狙いは？

やっぱり、彼がいちばん、わからない。ひとりきりで白猫《しろねこ》、黒猫《くろねこ》を相手にする必要がどこにある？　ユーリイだけはまったくの想定外で、そのせいで盤面を見通せない。理性はしばらく静観すべきだという。感情はできる限り早く手を打てという。ふたつがちょうど拮抗《きっこう》し、答えがでないままぐるぐると同じ思考を繰り返している。

秋穂に、隣にいて欲しかった。

彼女に話しかけているあいだだけは、多少は冷静でいられるから。今すべきことを見失わないでいられるから。まずはロビンソンの状況に集中しろ、と香屋は自分に言い聞かせる。この、自分を説得する時間が無駄だ。無駄なことに時間を使うのは怖《おそ》ろしい。

コゲが言った。

「キドが、雲の巨人を撃破。パラミシワールドのページの移動により、平穏の二名と接触しました」

香屋は口元に力を込める。

――力加減を間違えてはいけない。

まずはロビンソンの戦場で、平穏の最大戦力を無力化する。

そのために、元キネマの面々を傷つけなければならない。だから、顔をしかめながら。

「月生さんに、待機しろと伝えてください」

彼らを殺さないために、彼らが死ぬかもしれない指示を出した。

2

パラミシワールドの記念すべき一〇ページ目は、いったいなんの物語だろう？

なんだか空気が埃《ほこり》っぽい。よく乾燥していて、風が吹くと灰のように細かな砂が舞うのが理由だった。周囲にはぽつりぽつりと白い家屋が建っている。材質はおそらく石膏《せっこう》だろう。その景色はキドに、アジアの西方をイメージさせた。いかにもそこの角から、ターバンを巻いた頭がぬっと現れそうな雰囲気ではあるけれど、人の気配はない。キドたちと、目の前に立つふたり以外は。

どうやらパラミシワールドは、ページごとにある程度の「初期位置」が決まっているようだ。そしてページをクリアすると、そのページにいた全員が次のページに送られる。だから、キドからみれば唐突に、そのふたりは姿を現した。

元ブルドッグスリーダー、ウーノ。合計ポイント三万六〇〇〇。

平穏な国第七部隊リーダー、ワタツミ。合計ポイント三万三〇〇〇。

ウーノの方が、胸を反り返らせてこちらを見上げる。

「あんたとの決着が、こんな形になるとは思わなかったよ」

キネマ倶楽部《くらぶ》とブルドッグスには、多少の因縁がある。かつて、銀縁《ぎんぶち》を失い、ニックがメンバーの半数を連れてチームを出たころのキネマを、ブルドッグスが狙った。

戦力の差は歴然だった。だがキネマは、ブルドッグスの攻撃を二度続けて耐え抜いた。当時、所持ポイントが一万程度だったウーノを退けたのはキドだ。それでキドは、天才と呼ばれたりもした。

決着、とウーノの言葉を胸の中で反芻《はんすう》し、キドは首を振る。

「まだ、ここでお終《しま》いなのかはわからないよ」

互いが生き延びれば、これからも戦場で顔を合わせることがあるだろう。キドはエデンに入り、ウーノは平穏にいる。当たり前に戦況が進むなら、これっきりだと考える方が不思議だ。

「あのころあんたは、たかだか五〇〇〇Pのガキだった」

「歳《とし》は今も、それほど変わらないと思うけど」

「ああ。そんなのはどうでもいい。今は、三万？　ずいぶん育ったもんだね」

「貴女《あなた》も」

「そうだよ。まだ、私の方が少し上だ。なんにせよ、殺して半額でも一万五〇〇〇。その寝ぼけた首に、ずいぶんな値段がついたもんだ」

「まだ、死ぬつもりはありません」

「私もあんたを殺すつもりはない。差が六〇〇〇ってのは、充分じゃない」

キドが知るウーノは、非常に注意深いプレイヤーだ。だからこそ、キドはウーノを二度追い返すことができた。彼女が安全な範疇《はんちゅう》でしか戦わなかったから。きっとあちらが、多少のリスクを背負って攻め込んでいたなら、キネマはもう存在しなかった。

強さには色々な種類がある。勝ち切る強さがあり、大きくは負けない強さがある。今、平穏な国で優遇されているウーノは、間違いなく強者のひとりだろう。

彼女はつまらなそうに鼻を鳴らした。

「あんたはなかなか強かった。だから、こんな形の決着ってのは残念だ。私はただみているだけで、勝手にあんたが死んじまうのは」

キドはウーノの斜め後方に立つ、ワタツミに目を向ける。

――こっちが主力？

違う。すでに、リャマから報告を受けている。

ウーノはウサギのぬいぐるみをわしづかみにしていた。それを、乱雑に放り投げる。リリィの能力で動く、命を持たないそれ。通常の戦力に換算して、少なく見積もっても一〇万Ｐ強化士《ブースター》、という話だった。

その一体が、キドとウーノの、ちょうど中間に立つ。

「みていてやるよ。綺麗《きれい》に死にな」

とウーノが、ぼやくように吐き捨てる。

――たしかに、勝ち目がない。

このウサギが、リャマの報告の通りの力を持つのなら。だから、なんとか時間を稼いで仲間を逃がそう。でもいったい、どこに逃がせば良いだろう？　そもそも、時間稼ぎだってできるのかわからない。キドは一〇万Ｐものプレイヤーと正面から戦った経験がない。例外は月生だが、あの戦いは特殊すぎた。月生にはこちらを殺すつもりがなく、キドには銀縁が操る瞬間移動というサポートがあった。

――オレは、ここで死ぬのか？

本当に？　まだ、実感がない。だがそうなるほかない状況だ。

ウーノへの――そして、キドの胸の内への反論は、後ろから聞こえた。

「なめるなよ。キドさんは、キネマ倶楽部の土台を支えてきたプレイヤーだ」

藤永《ふじなが》。彼女は狙撃銃《そげきじゅう》の銃口を、まっすぐにウーノに合わせていた。だが、それをあっけなく手放す。狙撃銃が乾燥した地面にぶつかり埃を立てる。

代わりに彼女がつかんだのは、端末だった。

「悔しいです。やっぱり、キドさんにお任せする形になり、申し訳ありません」

直後、キドからみえる世界が変わる。

なにが、というわけではない。なにもかもが。視界がよりクリーンに晴れた。聴覚がより繊細に聞こえた。匂《にお》いまで澄んでいて、思考がぴんと張り、時間の流れが遅くなる。

――凍結された能力の解除。

藤永がポイントをこちらに譲り渡したのだ、とすぐに気づく。それで、すでに起動していた強化《ブースト》の性能が跳ね上がった。

キネマの面々が声を上げる。

「ああ、そうだな。まったく悔しい」

「今はまだ、キドさんと一緒に戦えない」

「そのうち強くなりますよ。だから、ここはオレらを守ってください」

また一段、世界が変わる。彼らがこちらにポイントを預けている。

合計ポイントで五万。極端に強化《ブースト》の速度と感覚を伸ばした、格上の前に立つことに特化した射撃士《シューター》。

キドの目には、人体とは異なる構造を持つぬいぐるみの、予兆がないような攻撃の予兆までみえていた。

＊

もともと決めていたことだ、と藤永は胸の中で苦笑する。

まずはキドを休ませ、他のキネマのメンバーでパラミシワールドを攻略する。藤永たちが能力の使用回数をだいたい使い切ったところで、ポイントをキドに集める。これがもっとも効率的な戦い方だ。

けれど、まだまだ弾数を残したまま狙撃銃を放り出すのは少し悔しかった。充分に働いた、という満足感もないまま、キドの隣に立つことを諦《あきら》めるのは心底悔しかった。

――私たちは、まだ弱い。

けっきょく、キネマ倶楽部というのはキドに寄りかかって生き延びてきたチームだ。データ上の所属先が変わったところで、根っこは今も同じままだ。

純粋な数字をみれば、キドにどれだけポイントを集めたところで、最大値は五万。あのぬいぐるみは倍もある。でも藤永に不安はなかった。キドが負ける姿というものを想像できなかった。今までも、これからも。本気で戦場に立つキドは、キネマ倶楽部の象徴であり続ける。そう信じていた。なのに。

ポイントを放棄した藤永には、なにが起こったのかわからなかった。

なにか大きな音が聞こえた気がする。先ほどまでキドが立っていたところに、今はウサギのぬいぐるみが立っている。キドはその足元に倒れている。

「まったく、愚策だね。現実がみえていない」

と、吐き捨てるようにウーノが言った。

＊

長い戦いだった。

メアリー・セレストの、沈みかけの船のあちこちが破壊された通路で、今もニックはホミニニの配下の小柄な男――ワダコとやり合っている。

ニックは何度目かの舌打ちを漏らす。

舐《な》めていた。この、ワダコというプレイヤーを。

事前に聞いた情報じゃ、強化士《ブースター》メインで合計ポイントが三万。ホミニニの「オレの願いはお前の願い」は対象にしたプレイヤーの能力を倍にするから、実質は六万。もちろん破格に強いプレイヤーだ。それでも、現在のニックのポイントに比べれば一万も下回っている。

実際、目の前に立ってみても、ニックはこの男になにひとつとして負けているとは思えなかった。速度も、威力も、技術も。みんなこちらが優勢だ。なのに。

ワダコがわずかに膝《ひざ》を折り曲げ、まっすぐにこちらへと駆けてくる。ニックにはその動きがよくみえている。息遣いも聞こえている。本来であれば、刺さる、と確信できるタイミングで右手のナイフを突き出す。ワダコの足運びは緩慢にさえみえた。ぬるりと滑るように、刃をぎりぎりのところで回避している。そんなわけもないのに、ニックはナイフの方がワダコを避けたように感じる。

その違和感に、ニックは何度も顔をしかめた。

でもようやくひとつの答えに辿《たど》り着き、納得した。

——強いんだ。こいつは。

これまで出会った誰とも違う強さだ。月生のように絶対的でもない。ユーリイのように機能的でもない。キドのようにトリッキーで上手《うま》いわけでもない。

なのに、強い。夏の夜のうざったい蚊《か》が、たいして速く飛んでいるようにもみえないのになかなか捕まらないのに似ている。当たる、と信じた瞬間、意識のブランクのようなタイミングでいる場所を変えている。

ワダコが緩く握った拳《こぶし》をこちらに突き出す。それもまた、リズムが独特だ。殴るというより触れるのに似ていて、躱《かわ》しづらいが受けてもたいしたダメージはない。とはいえ、命中は命中だ。

こちらの攻撃はすべて外れ、向こうの攻撃はまずまず当たる。

ひとつひとつはささやかなダメージが、一方的に、こちらにばかり蓄積する。

――つまり、こいつは、目的が違う。

ワダコはニックを、目の前の敵を倒そうとしていない。長い時間をかけて、こちらを疲弊させることに集中している。

それはニックの常識では、あり得ない戦い方だった。

命のやり取りをする戦場で、こちらは一撃必殺のナイフを握っている。急所に刺さればまず確実に死ぬ状況で、どうして戦いの終わりに誘惑されない？　どうして、一撃の効果をここまで蔑《ないがし》ろにできる？

一瞬の気も抜けないはずの、息を止め続けているような戦いに、だらだらといつまでも身を置ける精神が強い。異常だ。だから、こちらばかりが焦《じ》れる。

技術ではなくて、速度ではなくて、より根本の心構えでこいつに負けている。

――なら、答えは簡単だろ。

基礎性能はすべて上回っていて、気持ちだけで負けているなら、そこを揃《そろ》えてやればいい。いつまでだって息を止めて、こいつと一緒に海の底まで沈めばいい。

ふっと息を吐いて、ニックは両手のナイフを、太ももにつけた鞘《さや》に戻した。ナイフという、わかりやすい形をした殺意が、この戦場に似合わないような気がしたのだ。

今度はこちらから、ワダコとの距離を詰めて、いち、に、さん。ぺちんと音がするような軽い拳を放つ。ワダコはふたつを避け、みっつ目を手のひらで受ける。

――これを、当たりにカウントするのがコツだ。

綺麗に受け止められた拳を。そうすれば、少なくとも、こちらの攻撃は一発も当たらないなんてつまらない思い込みからは逃れられる。

どうやらワダコは、戦いながら独り言をつぶやく癖があるようだ。

「生まれたての知性が、たったひとつだけ知っていることだよ」

その、わけのわからない言葉に、ニックは苦笑して応《こた》える。

「いったい、なにを知ってんだ？」

「みんな好奇心と名づけられる前の好奇心から始まる」

「ああ。つまり、学べってことか？」

「本能にも知性はある」

嚙《か》み合っているような、いないような会話。

でもまあ、なんでもいい。こちらがすべきことは単純だ。

相手を打ち負かすことを考えるな。この苦しみから解放されたいと願うな。終わりを捨てて、今このときだけ、最適に身体《からだ》が動けばいい。その最適を永遠に繰り返せ。

ワダコの動きは、未《いま》だに奇妙なままだった。

緩慢なのに当たらない。無駄が多いのに的確だ。その様はふわふわと風に舞う花びらにも似ている。でも、ニックの方には明白な変化があった。

――なるほど。考えることが減る。

相手を倒そうとしなければ、思考のステップをひとつ飛ばせる感じがする。

それはまだ、完璧《かんぺき》ではなかった。何度も意識が太もものナイフに向いた。今、それを握っていたなら、決定的な一撃を与えられたかもしれない。――なんてことを考えるのはノイズだと、自分に言い聞かせる。言い聞かせているあいだに腹を殴られる。

小さく呟《せ》き込みながら考えた。

――オレはまだ、どこにも立ってねぇだろ。

たまたま、平穏な国――ウォーターから与えられたポイントを持っているだけだ。実績でいえば、ホミニニの下で戦い続けてきたこの小男の足元にも及ばないはずだ。

――だから、勝つことくらい忘れられるだろ。

もともと、ウォーターからの指示は「時間を稼げ」だ。

腹立たしいことではあるけれど、七万ものポイントを預けられていながら、メアリー・セレストを落とすところまでは期待されていない。

――終わりのみえない戦いを受け入れろ。

もう一度、胸の中でささやいたとき、まっ白な光がニックの右足を貫いた。

＊

当たる、と予感して突き出した拳が外れた。

それで白猫は、ユーリイへの評価を上方に修正した。これで三度目だ。

――でも、だいたいわかった。

ユーリイの「現在の強さ」を読み解こうとするのが間違いで、本当に理解すべきなのはこの男の対応力なのだと気づいた。こいつの反応速度はどこまでも高まり続ける。彼自身の速度は変わらないが、こちらの動きを読む精度が研ぎ澄まされていく。

それがわかったからと言って、戦いの中身が変化するわけではなかった。

必勝の道筋はみえない。負けてやるつもりもない。

それでも、ユーリイという男への興味が生まれて、口元で笑う。

――ああ。私は、強い人間が好きだ。

それは美しいから。白猫は、絵にも音楽にもそれほどの興味がない。けれど戦う人間は美しくみえる。きっとそれは、芸術を愛《め》でる気持ちとそう違わないのだろう。

ユーリイは強い。まず能力が興味深い。

彼が身を沈めるようにしながら、白猫の左手に回り込む。白猫は視線で彼の動きを追いかける。

――すると、右足に力が入らなくなる。

知っている。すでに体験した。だから白猫は、初めから右足を捨てていた。

必然的に左を軸足にすることになるが、ユーリイがその足を払う。跳んで避けるか、受けて流すか。白猫はどちらも選ばなかった。片足の力で強引に彼に肉薄する。彼の胸を狙って拳を突き出す。白猫の拳とユーリイの足払い、どちらもがヒットする。

――と、左目がみえなくなる。

ぶれるような違和感と共に視界が狭まる。さらにあちらの足払いは、白猫の体勢を大きく崩していた。白猫は素直に転倒し、迫るアスファルトを左手で突き飛ばすようにして飛び退《の》く。

直後、激痛が走った。

――右腕？　攻撃を受けた？

違う。白猫は自分の強さに、それなりの自信を持っている。敵からの攻撃を見逃したというのは可能性が低い。あの、足から力が抜けたり、目がみえなくなったりする能力の続きなのだろう。

それでも一瞬、右側を警戒した。ユーリイの攻撃か、伏兵か、罠《わな》か。そういったものの存在を疑った。注意が右に向いた瞬間に、ユーリイの姿が消えている。おそらく、失った左目の視界に潜り込まれている。

――ああ。やはり、興味深い能力だ。

こちらの一手ずつをトリガーに発動する、小さな嫌がらせの繰り返しのような能力。

そこにユーリイ自身の強さ――異様な速度で精度を増す、こちらの動きを読む力が合わさると、手足がもぎ取られていく感覚になる。少し前まで、白猫にとって戦場は自由だった。なにをしても、どこに立っていてもよかった。でも、今はもう違う。ユーリイが用意したチャート表を、数少ない選択肢を選んで進んでいくようだ。

初めに受けた能力の効果――右足の脱力はすでに消えていた。今、奪われているのは左目の視界。加えて、右腕に激痛。そしてユーリィを見失っている。

間もなく次の攻撃がある。左側から、というのが自然な予測だ。ユーリィはなにを狙うだろう？　打撃であれば、上段か、中段か、下段か。掴《つか》んで投げ飛ばされるかもしれないし、まったく別の攻撃かもしれない。あちらには選択権があり、こちらが取れる行動は限られている。

そこで白猫は、守備を捨てることにした。

純粋に、もともと想定していた戦い方に従った結果だった。

消えたユーリィに向かって拳を突き出す。白猫自身、まったくの勘のつもりだが、実際のところは違うのだろう。左目を失っても、音は聞こえている。肌に感じる空気もある。きっとここだろう、と想像しているユーリィの立ち位置は、まずまず正確なはずだ。

腕が伸び切り、左目の視界が戻った。ユーリィはイメージ通りの場所に、イメージ通りの体勢で立っていた。彼はじっとこちらを待ち構えている。

――うん。だろうな。

ユーリィの読みは鋭い。白猫の、視界外への攻撃だって読み切る。

ぎりぎりのところで拳は躱され、綺麗なカウンターが腹に入る。

しっかりと、芯《しん》まで打撃を受けるのは、いつ以来だろう？

息が詰まり、身体が吹き飛ぶ。衝撃はシンプルに自由を奪う。ほんの一瞬の硬直でも、ユーリィはその一瞬を見逃しはしない。

——まあ、ここまでは予定通りだ。

白猫を殴りつけたユーリイの頬を、別の拳が弾《はじ》き飛ばす。

黒猫。架見崎《かみさき》で白猫自身のほかに、彼女の強さを知る者はいないだろう。実際、黒猫の戦闘能力は、突出しているわけではなかった。純粋な速度も判断も白猫より遅く、戦い方にも幅がない。安定して強い一流の強化士《ブースター》ではあるけれど、それ以上ではない。

——今はまだ、黒猫はその程度だ。

白猫は自分に、それなりの才能があると思っている。戦いにおいて、黒猫がひと月かけて学ぶことを白猫であれば三日で学ぶ。黒猫が一年かけて学ぶことをひと月で学ぶ。身体を動かすことに関しては、なんだってすぐにできるようになる。それでも。

——きっと、上限だけを比べれば、黒猫の方が上だ。

あるときから白猫は、自分の成長を実感できなくなった。もうほとんど限界まで育ち切ったのだろうという気がした。架見崎では、ポイントさえ集めれば見かけ上は強くなるだろうが、そんなものに興味はない。白猫が求めているのは、あくまで能力で底上げされる前の肉体の強さだ。

一方で黒猫は今も成長し続けている。一戦ごとに強くなる。あるいは、戦闘中にさえ。この戦いが始まったときにはできなかったことが、今はもうできるようになっている。

——だからあいつはいずれ、私よりも強くなる。

それは、なんだか寂しくもあるけれど、どちらかといえば楽しみだ。

ユーリィの頬を殴りつけた黒猫が、鋭く踏み込み追撃する。距離を取ろうとするユーリィの足の甲を踏み抜き、そのまま横腹をめがけて一撃。悪くはないが、意表をつける動きではない。彼女の拳はユーリィの肘《ひじ》で止まっていた。

そのときにはもう、白猫も体勢を立て直している。腹を殴られた影響で呼吸が乱れているが、息を止めて強引に身体の自由を取り戻す。ユーリィは大きな身体を器用に回し、黒猫の側頭部に蹴《け》りを放つ。黒猫がしゃがみ込んでそれを回避した。だが、しゃがむとユーリィの能力が発動する。両膝が固定される。

ユーリィが右手の拳を引いた。それが伸びる前に、白猫は彼に接近していた。ユーリィの顔をめがけた軽い直突き。こちらに意識を向けることが目的だったが、初めからあちらの狙いは白猫だったようだ。彼は右拳を引いたまま、左肘をこちらに突き出す。白猫はその肘を躱して、さらに踏み込む。胸元をつかみ、彼を投げ飛ばすつもりだった。

だが、その、胸元をつかんだ右手が動かない。

――空中に、固まった？

手首の先だけ、まるで見えないセメントで固められたように、ぴくりとも動かない。なにか能力の発動条件を踏んだのだろう。まったく、厄介な能力だ。

白猫はその、固定された右手に力を込めた。本来は支点になるはずもない空中を支点にして、跳ぶ。片足をユーリィの首に回す。それ自体は攻撃にはならなかった。だが、どうしたところで右手は動かないわけだから、白猫の身体が鎖となり、彼に首輪をつけた格好になる。そろそろ黒猫が両足の自由を取り戻すはずだ。

次の攻防は、白猫の背後で起こった。

だからみえはしなかったが、おおよそ展開は理解できた。

黒猫が吹き飛ぶ。この体勢から、ユーリイが有効打を打てたなら足技だろう。彼は自身を捕らえる白猫を綺麗に無視して、攻撃対象を黒猫に切り替えた。――いや、切り替えたとすれば速すぎる。初めからこちらの意図を理解し、次の手を決めていた。

――なかなか、よいアイデアだと思ったけれど。

空中に固定された手を利用して、通常では成立しない方法でユーリイの身体の自由を奪う。そこまで読み切っていたなら、この男は怪物だ。こちらの想定を超えた読みをみせる、という予測は立っていたから、意外でもないけれど。

右手の固定が解かれるのと同時に、白猫は顔からアスファルトへと墜落する。ユーリイが力強くこちらの後頭部を押している。逃れようもありはしない。それでも多少はダメージを軽減するため、左手をアスファルトに突いた。指先から順に、腕をしならせるように折り曲げて力を逃がす。肉体の強靭度《きょうじんど》は重視していないが、現在の白猫は七万P持つ強化士《ブースター》だ。アスファルトはそれほど威力のある武器でもない。

接地までもうあと一〇センチ、というところで、後頭部からユーリイの手が離れた。瞬間、この戦いで初めて、白猫は恐怖を覚えた。

――ここまで、囮《おとり》か。

顔面をアスファルトに思い切りぶつける、なんて一般的な戦いでは致命的な攻撃まで。でもユーリイにしてみれば、当たり前の選択なのだろう。このレベルの強化士《ブースター》の戦いでは、アスファルトよりも自らの肉体の方が硬いと知っているから。防御のためにこちらが片腕を使ったなら、もう充分なのだろう。

ローキックが、横顔に飛んでくる。躱しようがない。ユーリイは完璧な手順でこちらを詰め切ったのだ。素晴らしい。

その一撃で、白猫は一瞬、意識を飛ばした。身体が宙に浮き再びアスファルトに落ちるあいだの、一秒にみたない時間だった。

気がついて、みえた青空に混乱する。脳が揺れて思考がまとまらない。だが身体は自然と動いていた。逆立ちするように跳ね起きて足を伸ばす。どうして？　白猫自身、その行動の意味がわからなかった。でもなんにせよ、足先に衝撃があった。そこにユーリイがいる。彼は白猫の足で蹴り飛ばされて後退する。

立ち上がった白猫を、三つの激痛が襲った。蹴られた側頭部と両腕だ。両腕はユーリイの能力の影響だろう。どうやら、地に手を突くと痛くなるようだ。

それよりも問題なのは、蹴りつけられた頭だ。気を抜くと視界がぐらんと揺らぐ。今、この身体の性能はどれくらい落ちている？　回復には少しかかるはずだ。

ともかくユーリイの追撃に備えて、白猫は痛みの残る両腕を持ち上げる。

だが、彼は動かなかった。なんだか寂しげな苦笑を浮かべて、こちらをみつめていた。

「可愛《かわい》らしいな、白猫さん。貴女はまるで、空想の王子様に恋する少女のようだ」

白猫は顔をしかめる。

言葉の意味がわからない、というのもあった。でもそれよりも、明らかに押されている状況であちらが無駄に時間を作るのは、手を抜かれているようで不快だった。

ユーリイが続ける。

「僕もこれまで、出会ったことがあるけどね。天才のうちの何人かは、他者を過剰に評価する。多少みどころがある相手を勘違いして持ち上げる。まあ、成り立ちのようなものは想像がつくよ。つまり孤高であることが寂しいんだ。つい、並び立てる才能の持ち主がいるはずだと、夢をみてしまうんだ」

腕の痛みはもう引いていた。

ユーリイの蹴りで切れたのだろう、こめかみのあたりから頬へと血が流れていた。

白猫は両手の拳を解き、胸の前で腕を組む。

「黒猫のことを言っているのか？」

「他にはいないでしょう。白猫というのは、今の僕が二発もまともな攻撃を当てられる相手ではないんだ。たかだか七万Pしか持っていなくても、貴女はもっと遠い存在だ。なのに、無意味に黒猫との共闘にこだわる。しかも強い貴女が囮役をやっている。所持ポイントも充分ではなく、さらに弱点まで連れてきてくれたのだから、これでは僕の圧勝だ」

ユーリイの話を、無視できなかったわけではない。

でも苛立《いらだ》ちを覚えたのも事実で、彼をにらみつける。

ユーリイは黒猫を指さして、さらに言った。

「この子は少し、素直過ぎる。ポイントも全然足りないのに、当たり前に戦ってどうするんだ。だいたい動きが貴女に似すぎている。似ていて、すべて下回っている。僕からすればちぐはぐなんだよ。白猫さんでスリリングな応用問題をやったあと、黒猫さんであくびが出る基礎問題を解かされる」

なんだか不思議で、白猫は首を傾《かし》げる。

「お前は、なにを怒っているんだ？」

噴き出すように、ユーリイは笑った。

「怒ってはいない。挑発している」

「そうか。なら、必要ないよ。お前には殴りつける価値がある」

充分強いし、なんだかむかつく。白猫は珍しく、負けてたまるかという気持ちになっている。つまり、ある程度は負けることを想像している、という意味だ。

ユーリイは呆《あき》れた風に両手を広げた。

「真面目《まじめ》に話を聞いてくれよ。どう考えても、僕が挑発しているのは貴女じゃなくて黒猫さんの方だろう？」

「言われてみればたしかにそうだな」

白猫は視線を黒猫に向ける。彼女は荒々しい目つきでユーリイを睨《にら》みつけている。攻撃的なのはけっこうだが、今はただの強がりにみえた。感情的でなければならない場面だからそうしている、という感じだ。

「睨んでも仕方ないぞ。こいつが嫌いなら殴りつけろ」

そう声をかけると、黒猫は顔をしかめた。

「ええ。ですが――」

「死にはしないよ。私が守る」

「そこまで言われてしまうと、さすがにプライドが折れそうです」

「冷静になれよ。純粋にポイントの差だ」

今、ユーリイは八万P。白猫は七万P。だが黒猫は、たかだか二万三〇〇〇P程度しか持っていない。ユーリイが相手であれば死にはしないだろうと思ったから、格上との戦いを経験させているだけだ。

「心配するな。こいつの攻撃は軽い。お前でも一撃は耐えられる」

あのトリッキーな能力にポイントを割り振っている影響で、強化《ブースト》の性能だけをみれば六万半ば。読みの鋭さとあの嫌らしい能力のせいで隙《すき》なく強いが、時間をかけて敵の自由を奪うタイプで、一撃必殺の強さはない。

「自力で一発は当ててろよ。それでいい。あとは綺麗に負けておけ」

白猫の言葉に、黒猫が頷《うなず》く。

――問題は。

白猫自身のダメージが深く、この無駄話では改善の様子がないことだ。

そろそろ強がるのも限界で、白猫は右手で顔をおおった。

3

霞《かす》んだ視界で見上げると、目の位置についたボタンがこちらを見下ろしていた。キドに、ぬいぐるみの攻撃がみえなかったわけではない。でも反応できなかった。ぴくりとも身体が動かないうちに、ぬいぐるみの丸っこい手がみぞおちに突き刺さり、両足からすとんと力が抜けた。

架見崎の戦闘にはこれがある。

覆《くつがえ》しようのない性能差というものがある。

本能も理性も、共に同時に理解する。——オレは、こいつには勝てない。

物語の中の、乾いた地面に手を突いて、どうにか立ち上がろうとする。でもそれは上手くいかなかった。ダメージが深すぎて、手足が言うことをきかない。

ウサギのぬいぐるみの顔を、白く輝く光線が照らした。仲間の——キネマの誰かが射撃《シュート》したのだろう。ポイントの大半をキドに差し出したあとの、残り少ない戦力で。

光線は命中し、ボタンの目が眩《まぶ》しく輝く。それだけだ。ダメージがあるようにはみえない。ぬいぐるみは眩しがりもしない。

逃げろ。と、叫びたかったが言葉にならない。

ぬいぐるみが視界から消える。次の標的に向かったのだ。

――オレは、強くなりたかった。

本当は力なんていらない。

でも、この、純粋な戦闘力なんて不条理なものから傍にいる誰かを守れるだけの強さが欲しかった。誰だってそうだろう。誰だって。一方的に、ただ打ち負かされたいわけがないだろう。日常を踏みにじられたいわけがないだろう。でも足りない。どうしても足りない。この世界はゲームとしてバランスが壊れている。

苛立っていた。あのぬいぐるみにではない。自分自身の弱さにでもない。なにか、もっと大きく戦いようのない、世界みたいなものに。

その怒りで顔をしかめる。動かない、と一度は諦めた手足に力を込める。指先が乾いた砂を掻《か》いた。指が動くなら、肘だって動く。肘が動くなら、肩だって動く。足も、腰も、心も。まだひとつも諦めるには足りない。

――そうか。オレは。

死にたくないんだ。この怒りが向く先のものを打ち倒し、ぼろぼろに引き裂いて足蹴にするまでは、死んでやるつもりはないんだ。

身体を支えようとした腕から力が抜け、再び頰に地面がぶつかる。それで身体の向きが変わり、首に力を込めると背後がみえた。

そこに、五人が倒れていた。

藤永はうつ伏せに倒れ、顔をこちらに向けている。彼女の口元から、血が一筋流れているのがみえる。大原《おおはら》と加古川《かこがわ》は重なって倒れている。大原はよくみえないが、加古川は右腕があり得ない方向に曲がっている。ピッカラは眠るように仰向けに倒れ、空をみあげていた。いったい、どんな攻撃を受けたのだろう、彼の肩から多くの血が流れ、乾いた地面を濡《ぬ》らしていた。ポケットソングはその中ではいちばん後ろにいた。ぬいぐるみの足元に転がって、最後に抵抗したのが彼だとわかった。

立っているのはひとりだけだ。

リャマ。ほとんど初期値のままの強化《ブースト》を持ってはいるけれど、基本的には戦場に立つべきではない検索士《サーチャー》。

彼は引きつった表情で、まっすぐに端末をぬいぐるみに向けている。

――抵抗するな。逃げろ。

と叫びたかったが声にならない。

倒れた五人の姿が凄惨《せいさん》で、一瞬、意識が身体から離れる。だからその一撃を放ったのは意志でも感情でもなく、肉体の反射のようなものだったのだろう。

一筋の射撃《シュート》が、キドの手元からぬいぐるみに伸びる。

無茶苦茶な体勢で引き金を絞ったそれは、まっすぐにぬいぐるみの後頭部にぶつかる。

ダメージは、あるようにはみえなかった。

ぬいぐるみが、そっと振り向いて、次の瞬間にはもう目の前にいた。

――オレは、こいつを。

打ち倒す。

そう誓ったキドの目に、こちらに迫りくるぬいぐるみの右手がみえた。

＊

――ああ。そんな顔、しないでくれよ。

リャマは泣きたいような気持ちになり、口の両端に力を込める。

かつての銀縁がそうだったように、キドはキネマ倶楽部の象徴だ。いつだって真面目なのかふざけているのかわからない雰囲気で、柔らかなのに根っこのところが冷めていて、ヒーローみたいに強く、優しく、チームの全員を愛している。キドさえ笑っていればキネマ倶楽部というチームには未来があるのだと信じられる。

――だから、それは違うだろ。

今、地面に倒れ込んだキドはどうにか顔を上げ、震える手でハンドガンをこちらに――

リャマの目の前に立つウサギのぬいぐるみに向けている。その顔つきは、リャマがみたことのないものだった。弱々しく引きつった顔は絶望をみつめているようだった。瞳《ひとみ》には、はっきりと攻撃的な衝動が、それは殺意のようなものが浮かんでいた。追い詰められて、理性を失って、これから人を殺しに行くような顔だった。

――やめてくれよ、キドさん。あんたにそんな顔をさせるために、オレたちは戦ってきたわけじゃないだろ。そこに、五人が倒れているわけじゃないだろ。

でも、仕方がないことなのだろう。

今、ここで起こっていることの本当の意味を、キドはまだ知らない。藤永だって加古川だってピッカラだって、ほかの誰だって知らない。リャマ自身もすべてを理解しているわけではない。だが、これが香屋の思い描いた景色なのだということはわかる。

――リアリティが欲しいから、真相は秘密に。

なんて、冗談みたいなことをあいつは言った。

だから香屋歩は、やっぱり異常だ。守るために、守る相手を平気で傷つける。なんの夢もみさせてくれない。

キドのハンドガンが射撃《シュート》を放つ。

それはまっすぐ、ぬいぐるみの後頭部にぶつかる。そいつがこちらに背を向けたから、リャマにもわかった。まったくのノーダメージだ。布が破れてもいない。

――おい。リーダー。

キネマ倶楽部の新リーダー。

――キドさんにあんな顔をさせたことは許してやる。

だから、さっさとあの人を守ってみせろ。

目の前からぬいぐるみが消えて、いつの間にかキドの前に立っている。

ぬいぐるみは拳をキドに打ち下ろして、まるでふいにゼンマイが切れたみたいに、その途中で動きを止めた。

＊

秋穂栞《しおり》は自分自身が運んだそれが、どんな種類の凶器なのかを正しく理解しているつもりだった。つまり、香屋歩の狙いを自分だけは正しく読み解いているのだ、と自信を持っていたのだけど、どうやら少し間違えていたようだ。

リリィが、アリスの端末を覗《のぞ》き込んでいる。

そこに映っているのは、リャマの端末のカメラの映像だ。カメラはすべての端末の標準装備で、資料などを写しておく用途が一般的だ。端末に保存しなければ、ループのタイミングであらゆる情報が消えてしまうのだから。でも、美味《おい》しい料理の写真を撮ってもかまわないし、検索《サーチ》能力の応用で、他の端末が映す映像を盗み見ることだってできる。

――リリィの能力には、わかりやすい弱点がある。

と香屋は言った。

――それは、あくまでリリィの能力だということだ。

なんだか名言を狙って失敗した、みたいな言い回しではあるけれど、秋穂にもだいたい意味はわかった。「玩具《おもちゃ》の王国」の内容は、以前の戦いでおおよそ判明している。

それは香屋の説明では、「物体に仮想の人格を与え、自律的に行動させせる能力」だ。その行動原理は対象となる物体の過去に由来する——なんて風に説明すると妙にややこしいけれど、要するに愛情を注いだ玩具が友達になり、能力者の幸せのためにあれこれと頑張ってくれる能力、ということになる。

ウサギのぬいぐるみは、どうやらずいぶん強いらしい。トーマとしても、人を戦場に送り出すよりはぬいぐるみに任せてしまった方が気楽なのだろう。平穏が持つポイントで過剰に強化されたぬいぐるみの攻略は困難だが、その起点となっているのは、あくまで心優しい少女リリィだ。彼女の感情を——その幸せを書き換えてしまえば、ぬいぐるみの方だって行動が変わる。

——つまり戦場を知らないお姫様に、悲惨な戦いをみせつけてやりましょう、ということですね。

と秋穂はまとめた。

リリィはシモンによって、チームの奥深くで丁重に守られてきた。長いあいだ彼女は、平穏な国はどことも交戦していないと聞かされてきたそうだ。なら、まあ、戦場を具体的に想像できなくても仕方がない。

自身の能力で動くぬいぐるみが大勢を傷つける場面に、きっとリリィは心を痛めるだろう。充分に悲しんで、ぬいぐるみに戦うことを止めさせるだろう。それが香屋の狙いなのだ、と秋穂は理解していた。

でも、違ったようだ。

リリィはアリスの端末から目を離さなかった。瞬《まばた》きさえせずに、じっとそれをみつめていた。

端末にはウサギのぬいぐるみと、地面に倒れた元キネマの面々が映っている。中には明らかに大怪我《おおけが》を負っている人もいた。誰ひとり、命を落とすことなくこの戦いを終えられるだろうか。秋穂は顔をしかめてリリィに目を向ける。それで、気づいた。彼女の視線が動かない。画面の中のただひとりだけをじっとみつめている。

キド。彼は地に倒れたまま顔をこちらに向けていた。ハンドガンを構え、顔を引きつらせている。でも、瞳は強い。秋穂がこれまで、ただの一度も見たことのない――人生で出会ったこともない険しい目つきでこちらを睨んでいる。お前を殺す、と言葉にしているような目だ。

それはきっと、画面越しに、リリィに向けられた殺意だった。だから、リリィは悲しんではいなかった。ただ怯《おび》えていた。目を見開いて恐怖で震えていた。

秋穂はふっと息を吐き出す。胸の中で、納得していた。

――たしかに、そうだ。こちらの方が、正常だ。

香屋が武器にするものとして、キネマの人たちの命をかけるものとして。

あいつは、リリィの悲しみよりも――それはつまり優しさみたいなものよりも、彼女の恐怖と保身を利用する。こうなるだろう、と香屋であれば推測する。戦場を悲しめるのは傍観者の視点だ。リリィに当事者の意識があるのなら、まず恐怖が浮き彫りになるのが正しい順序だ。

なんにせよ秋穂は、予定していた言葉を口にした。

「今ならまだ、引き返せます。致命的な失敗を犯していないから。でも、ひとりでも本当に死に至ったなら、もう取り返しがつきません」

リリィが顔をこちらに向ける。

可哀《かわい》そうに、彼女の目には涙が溜《た》まっている。

香屋はこうなることを知っていたのだ。みんな知っていて、共に生活を送ったキネマ倶楽部の面々の肉体が傷つくことも、リリィの心が傷つくことも知っていて作戦を立てた。より多くが生き残る確率を少しでも高めるために、あいつは血を流させ、痛みをまき散らしながら進む。

——でも、それは私も同じだ。

香屋ほど極端でなくても、優先順位に大きな違いはない。知っている人たちの命を守れるなら、リリィの心の傷からは目を逸《そ》らすべきだ。そう理性で判断して、この可哀そうな少女を睨みつけて、予定外の言葉を口にした。

「それとも貴女は安全なところに隠れたまま、気に入らない人たちをみんな殺せば満足ですか？」

崩れ落ちるように、リリィが両膝を床につく。ぽろぽろと涙が落ちていく。

なんて悲しい姿だろう。年下の女の子が泣いているのは。そんなの、どんな理由で泣いていたって悲しいんだ。ゲームの中で育てていたキャラクターが死んだ、みたいな理由だって。でも、今のリリィの涙は、もっと重い。本当に、本物の、人の命に関わる問題の、しかも加害者としての涙だ。秋穂が知る日常ではまず誰も体験しないような、本来であれば同情さえ難しい涙だ。

端末の画面の中では、ウサギのぬいぐるみがその動きを止めていた。

「香屋。聞こえてますね？」

声をかけると、端末が答える。

「うん。上手くいってよかった」

――よかった？

久しぶりに、苛立つ。香屋に、というより、彼との距離感みたいなものに。

秋穂は基本的に香屋を信頼している。その大半を肯定し、彼の在り方みたいなものを愛している。

香屋にとってはこんなもの、みんな想定通りなのだろう。みるべき現実がみえていなかった少女が、ようやく自分のしていることを自覚したのだ。それは確かな前進で、間違いが正されただけで、恥じるべきもののないことなのだろう。秋穂にだって香屋の理屈はわかる。でも、彼は鈍すぎる。生きるために、痛みや苦しみを受け入れることを当たり前にしすぎている。

「映像を切ってください」

「いや。もう少し」

「どうして？」

「まだ平穏のふたりがいる。ウーノとワタツミ。上手くやれば、ぬいぐるみにあのふたりを止めさせられる」

ぬいぐるみを無力化したとはいえ、元キネマの面々は重傷を負っている。リリィの幸せに尽くすぬいぐるみは、相手を殺しはしないだろう、という見通しだったけれど、それもどうだかわからない。死者が出ていてもおかしくはない。

キドたちはすでに全滅したといえる。なら、ロビンソンでこの次に起こることは目にみえている。ぼろぼろになった元キネマのメンバーに対する、平穏のふたりによる蹂躙《じゅうりん》。その様をリリィにみせつければ、たしかにぬいぐるみがキドたちを守ってくれるかもしれない。

ふ、と秋穂は息を吐き出す。

――香屋の判断は正常だ。

かかっているものがキドたちの命なのだから、そちらを優先するのは当然だ。リリィにどれだけ負担がかかろうが、泣き崩れる彼女がどれほど傷つこうが、命に比べればたいした問題ではない。香屋であれば、そんな風に割り切れる。

――でも、私は違う。

こいつほどは、極端に振り切れない。もっと根っこが弱く、甘い。

「ここでリリィを使い潰《つぶ》すつもりなら、それでかまいません」

「うん？」

「ですが、このあと彼女と協力関係を築きたいのなら、今は休ませるべきです」

短い時間、香屋が沈黙する。きっとこちらの感情なんて知りもせず、知ろうともせず、この先の戦場を想像している。

やがて、短く彼は言った。

「わかった。ありがとう」

端末の向こうで、香屋がコゲに、映像を切るよう指示する声が聞こえる。

秋穂はリリィに目を向ける。彼女はまだ、床に座り込んで泣いている。

――別に、この子を守りたいわけじゃない。

年下の女の子が泣いているのは胸が痛い。もちろん正常に、そう感じる。でも、どちらかといえば香屋を止めたかった。あいつは怪物ではなくヒーローでなければいけない。

アリスが小さな声でささやく。

「リリィが傷つくのは、私が望むことではない」

うん。もちろんだ。

「きちんとウォーターを失脚させてあげますよ。そのコストだと思ってください」

「どうやって？」

と、そう言った声は、アリスのものではなかった。

ロビンソンの映像が切れたばかりの、彼女の端末から聞こえた、なんだか場違いに楽しげな声。でも、少しだけ寂しそうな声。

――トーマ。

聞いていたのか。いつから？　どうして？

でも、このぬいぐるみの止め方は、彼女であれば気づいていても不思議ではない。香屋の思考を読み切れる人間なんていない、と信じているけれど、トーマであれば肉薄する。

なんにせよ、ちょうどよかった。

秋穂の方も、トーマと話をしたいと思っていたから。

「リリィの能力。貴女《あなた》の美学に反しないんですか？」

「とっても反する。リリィが悲しむと、胸が痛くなる」

「そのリリィが泣いています。ここに来て、慰めなさい」

「残念だけど、すぐにはいけない。ちょっと教会を離れているものだから」

「どこにいるんですか？」

トーマは、この教会の別室で戦闘の指揮を執っているものだと思っていた。

「ミケ帝国」

と彼女は言った。

ミケ。白猫、黒猫とユーリイの戦いの舞台。

トーマが続ける。

「リリィは秋穂に任せるよ。自分でできることを他人に押しつけるのが、君の悪い癖だ」

トーマの狙《ねら》いを読み切れない。こちらをリリィに近づけたのは、明らかに悪手だ。そのおかげで、ぬいぐるみの動きを封じることだってできた。

「貴女は私を、どうしたいんですか？」

「もちろん、リリィの友達にしたい」

「どうして？」

「友達は多い方がいいでしょう？　前に、私が香屋の前から消えたとき、あいつの隣に君がいたように」

それじゃあリリィをよろしく、と言い残して、トーマは通話を切った。

＊

とても困ったことになった。

香屋は教室の机に両肘をついて頭を抱える。

ぬいぐるみが止まるだけでは、ロビンソンの戦況は覆らない。キドたちを助けようとすれば、もう一枚カードを切ることになる。香屋に残された、たった一枚の切り札を。その切り札の名前を月生という。

――すると、ミケを守るためのカードが一枚もなくなる。

つまり香屋自身を守る盾を失う。そんなのまともな判断でできることじゃない。

でもリリィを失うわけにはいかないし、秋穂の判断に疑問を挟んでいるような余裕だってない。信じるべきものは信じる。赤子は母親を信じて泣き声を上げる。それが、生きる術《すべ》というものだ。

「月生さんに連絡をお願いします。パラミシワールドに踏み込んで、できるだけ早く攻略して欲しい、と」

端末を手にしたコゲが頷く。

「今の声、そのまま月生さんに届けています」

「仕事が早いな」

「ええ。待ち望んでいたものですから」

コゲがするりと、端末を白衣のポケットにしまう。視線をこちらに向けて、同時にポケットに入れたばかりの手を抜き出す。そこには、拳銃《けんじゅう》が握られている。

「これで、チェックメイトです。念のために貴方が月生さんを手放すまで様子をみろ、というのがリーダーからの指示だったものですから」

がたん、と音が聞こえた。香屋は気がつけば椅子《いす》から転がり落ちていた。あの銃口から少しでも距離を取りたくて、倒れた椅子を握りしめる。

――コゲの裏切りは、想定しなかったわけじゃない。

だいたい、香屋が心から信じているのは秋穂とトーマだけだ。トーマの方は信頼の種類が違うから、仲間だと信じられるのは秋穂だけだ。ぎりぎりまで範囲を広げて、キドさんとか藤永さんとか。あとはどこに敵がいてもおかしくないと思っていた。

――でも、このタイミングは想定外だ。

ユーリイに攻め込まれている今、こちらを裏切ってなんになる？　いや、もっと前提で勘違いしていた。なにか、基本の部分で。コゲの、白猫への忠誠を疑うのは徒労だと思っていた。なのにこのやり方は、あまりに白猫的ではない。

心臓がどくどくと跳ねる。身体が震えて、歯がかちかちとうるさくぶつかる。震えてる手で椅子のパイプを握りしめて、その陰で身を縮めて香屋は尋ねる。

「リーダーって、誰ですか？」

「だいたいおわかりでしょう？」

「トーマ」

口にしてから、ウォーターと言わなければ通じないかと思ったけれど、コゲは簡単に頷いた。

「これまで、気取られなくてよかった。私は大丈夫だろうと思っていたのですが、ウォーターがずいぶん不安がっていましたよ」

「さすがに、手がかりがなさすぎる」

トーマとコゲの繋《つな》がりなんて、妄想の範疇《はんちゅう》だ。思考で届く距離じゃない。

けれどコゲは首を振る。

「上手《うま》く貴方を騙《だま》し討ちできた場合、ウォーターから伝言を頼まれています」

「どんな？」

「もうちょっと私をみてよ、だそうです。解説が必要ですか？」

「できれば」

「二ループ前、白猫が高路木《こうろぎ》を討ち取ったことで、平穏は月生がいた駅に隣接する領土をミケに奪われています。でも、そのあともウォーターは、平然と月生さんを訪ねている。それができた理由を想像すれば、情報を握っているミケのメイン検索士《サーチャー》――つまり、私がウォーターと繋がっている、と読み解けても不思議はない」

香屋はそのことを知らなかった。

高路木が倒されたあとはミケに捕らえられていたし、その後キネマに戻ってからも、あのチームでは得られる情報に限りがあった。でもトーマの動向を追い切れなかったのは、落ち度ではある。もしも月生に対して、「ウォーターに会いませんでしたか？」と尋ねていれば、手に入った情報だ。

「それで？」

「うん？」

「僕に銃口を向ける意味はなんですか？」

なんだってする。こんなに綺麗《きれい》に追い込まれたなら、いくらでも白旗を振る。

トーマは一方的なこの勝利で、なにを求めている？

コゲは言った。

「たいしたことではありません。今回の戦いは、ここで下りてもらいます」

「下りる？」

「ウォーターの狙いは白猫の獲得です。そのためにユーリイを、共通の敵にしようとしています。でも貴方がいると、ミケ単独でユーリイを撃退してしまうかもしれないので、この辺りで戦いに口を挟むのはやめて欲しいそうです」

ああ、そんなのまったくかまわない。

生き残れるならなんでもいい。

「わかりました。全部、言う通りにします」

この戦いは完敗だ。まだ鼓動が激しく跳ねている。

トーマはやっぱり、怖《おそ》ろしい。

4

戦う上でもっとも重要なのは事前準備だ、とホミニニは考えている。

相手の倍の戦力を揃《そろ》えられればまず負けはない。だから現実的な戦いというのは、やり合う前にだいたい決着がついている。それでも、もしもある程度釣り合った戦力同士で、どちらが勝つのかわからないまま開戦のゴングが鳴ったなら、次に重要なのはタイミングだ。とくに、戦いのリズムを変えるタイミングが重要になる。

平穏がメアリー・セレストに派遣したふたりは優秀だった。

ニックと紫《むらさき》。個々の戦闘力が高く、それなりの経験があり、心も強い。こちらが意図的に長引かせている戦いを受け入れる豪胆さを持っている。でも少し真面目過ぎる。

――戦場に、ルールがあると思ったかい？

紫がホミニニに夢中になり、ニックがワダコに夢中になる。二対二の戦いを、一対一がふた組だと思い込むその瞬間。

ホミニニは躊躇《ためら》わず、ニックの足を撃ち抜いた。代償は、たいしたもんじゃない。紫に良い一撃をもらった。拳《こぶし》が見事に、眉間《みけん》にぶつかる。鼻孔の奥から血が垂れてくる、気持ちの悪い感触がある。だが、致命傷には程遠い。「野生の法則」の影響下では、強化士《ブースター》の拳は覚悟ひとつで受けられる。

――勝った。

と確信した次の瞬間、ホミニニは自身の勘違いに気づいた。

肩に激痛が走る。――ナイフ。深く刺さっている。ニックが足を打ちぬかれながら投擲《とうてき》した？　こちらの意識が攻撃に向く瞬間を、向こうも待ち構えていたのか。それともただ反射でそうしたのか。どちらであれ驚異的だ。

目の前の紫は強い瞳でこちらを睨みつけている。二発目の拳がホミニニの頬を打つ。顔が跳ね上がる――いや、動かない。後頭部が柔らかなもので固定されている。――風のなんたらって紫の能力。こんな使い方もあるのか。これじゃ、タコ殴りだ。衝撃を逃がす先もない。次の拳が、その次の拳がまたホミニニを打つ。

――でも、勝ちは勝ちだ。

朦朧《もうろう》とする意識でホミニニは、射撃《シュート》を放つ。だだだだだん、とひたすらな連射だ。狙いなんてもんはない。どう撃っても外れはしない。どこが床でどこが壁だかもわからなくなった船を、光線が打ち抜いていく。

――さあ。オレの仕事は、これで終わりだ。

船がまた、大きく揺れた。次に感じたのは浮遊感だった。立っていた床――もともとは壁だった――がさらに九〇度ほど傾いたような気がする。正確なところはわからない。脳が揺れて感覚がいかれているだけかもしれない。それでも、響いた轟音《ごうおん》で確信する。

船が、折れた。

この船はもともと、大穴が空いた片側が沈み、もう片側が持ち上がっていた。でも船なんてもんは、海上に茶柱みたいに、まっすぐ立つことは想定されていない。どっかで限界が来る。真っ二つに折れる。その背中を、今、ぽんと押してやった。

船が大破する――つまり、足場ってもんのルールが大胆に変わる、その直前にニックの足を打ちぬいてやった。この環境で、あいつはもうワダコについていけない。

目の前で、紫の拳が空を切る。

ホミニニが回避したわけではなかった。もう足にきていて、動けやしない。身体《からだ》がどこか、元々は通路だった場所の向こうの方に、勝手に落下しただけだ。

こういう、泥まみれのやり合いは得意なんだよ。

「オレの、勝ちだ」

そうささやいた直後、ホミニニの背中が、浸水してきた海にぶつかった。

＊

右足を貫いた激痛に合わせて、反射的に、ニックはナイフを投げていた。

その行方は知らない。ホミニニの方を確認する余裕もない。ワダコの動きが変質する。

速い——違う、速度は変わらない。だが、ふくらはぎをえぐられた右足じゃ追いかけようもない。置いて行かれ、回り込まれ、側面から脇腹《わきばら》に一撃を受ける。

——だが、まだだ。

ナイフはもう一本。初めて明確な攻撃の意志が生まれた相手に、それを放つ。

当たった、と信じていた。ナイフはワダコの胸を捉《とら》えたはずだった。

なのに、そのナイフが、ワダコの目の前で消える。直後、左腕に痛みが走る。

——なんだ？

やられた。誰に？　ニックの腕を掠《かす》めて、ひと筋のナイフが飛んでいく。それはたしかに、たった今ニックが放ったナイフだった。瞬間的に位置を変えた？　ワダコの胸にぶつかるはずだったのに、ニックの背後に現れた。——なんらかの、その他能力《オリジナル》。

それ自体は不思議じゃない。何万ものポイントを持つプレイヤーは、たいていがその他《オリジナル》のひとつくらい持っている。月生や白猫みたいな、ただ圧倒的に強い連中でなければ、どこかで工夫したくなる。だが。

――それを、今まで隠してたってのかよ?

あの長く苦しい戦いで、ワダコはただの一度もその能力を使わなかった。悩む素振りさえみせなかった。こっちが格上のはずなのに。より多くのポイントを持っているはずなのに。なんて、感情のない戦い方。

ワダコは冷たい瞳でこちらをみていた。

目の前のニックに、なんの興味もなさそうだった。

――くそ。勝てないのかよ。

七万ものポイントを持っていても、こいつらには勝てないのか。

そのとき、声が聞こえた。

「お疲れ様。ニック、紫。目標は達成した」

端末からの声――ウォーターだ。

どん、と巨大な音が聞こえる。その音は連続し、ドラムロールのように連なる。音に合わせて足場が揺れて傾く。この船はいよいよ沈む。

その中でウォーターの声だけが、静かに、冷静に続ける。

「外のボートは一掃している。ホミニニがメアリー・セレストを落としても、その船から岸まで戻る手段がない。足止めは完全な成功だ。あとは君たちが逃げ出せば、メアリー・

セレストでは勝ち切ったようなものだ」

ウォーターには、メアリー・セレストを取るつもりがない。エデンの主力のひとり、ホミニと彼の配下たちをこの船に縛りつけておくのがニックと紫の役割だ、と初めから聞いていた。

いつからだろう、ともかくずいぶん以前から、ウォーターにはこの展開がみえていたのだと思う。勝ち切ることが難しい代わりに簡単には敗れもしないニック、紫を差し向けたのも、メアリー・セレストと手を組み「船の外側」からこの戦場を支配したのも、すべてホミニを海上に縛るための手順だったのだろう。

――ああ。あんたはそれで、満足だろうさ。

みんな狙い通りに進んで、部下が期待通りの働きをして。

――でもオレは、その期待を超えてやるつもりだった。

ホミニたちに勝つ気でいた。メアリー・セレストを落としてやるつもりでいた。

船が大きく傾いていく。足場を失ったニックは、とにかくなにかをつかもうと手を伸ばしたが、その手にはなににも触れなかった。さっきのナイフの傷で、ずきんと痛みが跳ねただけだった。

身体が落下していく。ワダコは窓枠につかまり、こちらを見下ろしている。

――けっきょく、負けか。

諦《あきら》めて、そう息を吐いたとき、首筋を誰かにひっつかまれる。――紫。

「さあ、逃げましょう」

彼女の顔にはいくつもの痣《あざ》が出来ていた。口元からは、一筋の血が流れていた。そのほかは普段と変わらない、綺麗な彼女のままだった。

紫はニックをつかんだまま、壁に空いた巨大な穴から船外へと飛び出す。

青い、凪《な》いだ、どこまでも広い海がみえる。いくつかのボートが転覆している。まともに海に浮かんでいるボートもある。まともな方に乗っているのは、平穏でみたことのある顔だった。きっとウォーターが想像した通りの景色。

ニックはぼやく。

「お前は、これでいいのかよ」

命懸けで戦う目的が、つまらない足止めで。

クールな声で紫が答える。

「私、戦うの嫌いだもの」

これから次のループまで、また化粧に時間がかかる、と彼女はぼやいた。

＊

紫から脱出完了の連絡を受けて、トーマは息を吐いて笑う。

ふたりとも死ななかった。なら、それでいい。

パラポネラが告げる。

「月生、パラミシワールドに踏み込みました」

「ウーノたちに、抵抗するなと伝えておいて」

これでおそらく、ロビンソンも決着だろう。月生の立ち回り次第だが、あのチームを取るのは、キネマ倶楽部になるだろうか。それはそれで、別にかまわない。もともとトーマが欲しいのはミケ帝国だけだ。白猫が手に入るなら、今回はそれで充分だ。

気になるのはリリィだった。可哀そうなあの子は、まだ泣いているだろうか。秋穂はきちんと、あの子を慰められるだろうか。

――私は、嫌われちゃったかな。

あの子に「玩具の王国」を使わせたのはトーマだから。多少の葛藤《かっとう》はあった。いつかあの子が傷つくことはわかっていた。でも、放置するにはあまりに魅力的な能力だった。戦うのがぬいぐるみであれば、こちらの人間はひとりも死なない。

「白猫とユーリイまで、五〇〇メートル」

とパラポネラが告げる。

トーマたちは今、軽自動車に乗ってミケ帝国内を進んでいる。あちらの検索士《サーチャー》、コゲに協力してもらっているから、ミケにばれる心配もない。

「ここでいい」

トーマが告げると、軽自動車が静かに停まる。

メアリー・セレストとロビンソンの戦いは、すでにほぼ片付いている。メアリーの方はホミニニが取り、ロビンソンはもうチームリーダーに戦う意志がない。平穏の人間も引き揚げさせるつもりだから、大きな戦いは起こらない。

残るのは、ミケだけだ。

ユーリイがいる戦場から上手く白猫を掠め取れれば、それでこの戦いは決着だ。

5

黒猫の身体が、真下に崩れるように倒れる。完全に意識を失っている。

白猫は、吐き気を堪《こら》えて額を押さえ、ささやく。

「さすがに、一発入れろというのは無茶だったか」

今の黒猫には、ユーリイは強すぎる。

だが彼は、頬をなでて答える。

「そうでもない。拳が掠めた」

「有効打しかカウントしないよ」

「意外に厳しいな、白猫さん」

「悪くはなかった。黒猫は丁寧だった」

勝ち目のない相手の前に立っても、捨て身で、という感じではなかった。最後まで綺麗な一発を入れようとしていた。だから、今のところはそれでいい。

ユーリイがこちらに向き直る。

「体調はどうだい？」

「ああ、最悪だ。平衡感覚が戻らない」

「でも黒猫さんとの約束があるだろう？　貴女は、この子を守らなければいけない」

「少し強がった。でも、できるだけやってみよう」

まずは、あいつの立ち位置が良くない。倒れた黒猫のすぐ傍というのが危険だ。引き離す必要がある。

ふっと息を吐く。足の裏で地を蹴《け》る。身体は？　大丈夫、動く。なら思考はいらない。本能と手足の動きを直結させる。白猫は跳んだ。

もう目の前にユーリイがいる。その頭に右手を添えて、膝《ひざ》を眉間に叩《たた》き込む。今の白猫の最速。ユーリイは顔と膝とのあいだに片腕を滑り込ませている。それは別に、かまわない。腕を折るつもりで膝を振り切ると、彼は後ろに跳んで衝撃を逃がす。

白猫の意識には、まだ霞《かすみ》がかかっていた。

なんだか寝ぼけているような気持ちで、この戦闘も他人事《ひとごと》みたいに感じていた。

それでも身体は勝手に動く。地に足を着き、追撃で打ち出した拳を、ユーリイが流すように弾《はじ》く。もう一発、もう一発。すべてはじかれる。彼はまるで、こちらの動きを知っているようだ。でもそれは白猫の方も同じだ。

脳がなにを、どう処理しているのかわからない。もしかしたら、頭ではないどこかで理解しているのかもしれない。ともかく白猫には一瞬先の戦場がみえる。たぶん相手のわずかな筋肉の動きだとか、目線だとか呼吸だとかで理解しているのだと思うけれど、成り立ちに興味はない。

受け流されることを前提とした、でもきちんと殺意を込めた拳を七発。続けて打ち込み、八発目で狙いを変えた。彼の手で弾かれる直前で拳を止めて、その手首をつかむ。そのままユーリイとすれ違うと、彼の身体が回転しながら宙を舞った。投げ技の一種だが、彼自身が跳んだのだ。そうしなければ手首が折れてしまう。

白猫はユーリイの手を放し、空中にいる彼の背中に肘《ひじ》をぶつける。上手く鋭く突き刺せば、背面からだって内臓を打てる。だが彼の背中は、思ったよりも硬い。

――よく鍛えているな。

肉体と肉体がぶつかり合ったにしては硬質な、大きな音が鳴った。まったくノーダメージではないだろうが、まだ弱い。もう少し身体の柔らかな場所を狙った方が良い。

彼の能力の影響で、白猫は左目の視力を失い、さらに視界の左右が反転していた。だから白猫は目を閉じて戦う。着地したユーリイの足元を払おうとしたが、それは脛《すね》で受けられて彼の身体を揺らしもしない。一撃の威力が足りない。

より速く。より鋭く。

白猫が突き出した指先が、ユーリイの頬に触れた。

その爪《つめ》が頬を裂《さ》く。直後、一瞬、寒気のような不快感が全身を襲った。

ユーリィの能力の、未知の効果。それが白猫の身体を硬直させる。いや、動くは動くがひどく鈍い。彼はもちろん、こちらの状態を正確に理解しているのだろう。大ぶりな蹴りが横から飛んでくる。防御は間に合った。けれど、一撃の威力はあちらの方が上なのだから、本当は回避したかった。

衝撃で身体が宙を舞う。どうにかバランスを取って着地する。

目を開くと、ユーリィはまた倒れた黒猫の頭の先に立っていた。

「強いな、白猫さん。でも足りない」

彼の瞳は寂しげで、なんだか、主人の帰りを待つ犬のようでもある。

＊

ユーリィは、知らないものがふたつあった。

一方は怒りだ。

ずっと昔、幼いころは知っていたような気がする。でも、もう思い出せない。

思い出せないのなら僕には必要のないものなのだろう、とユーリィは考えていた。だいたい、怒りというのは成り立ちがわからない。理屈で想像することはできても、なんだか馬鹿《ばか》げていて納得が伴わない。

たとえば人は、見下されたときに怒るらしい。でも他人からの評価みたいなものに、ユーリィは興味を持てない。自分のことをもっとも理解しているのは自分なのだから、他者からの評価なんてものは当たっている、外れているの二通りしかなく、どれほど的外れでもああこいつは知性が足りないのだなと感じるだけだ。

たとえば人は、不条理な苦しみに怒るらしい。でも、そもそもユーリイは、物事を不条理だと感じることがない。現実のなにもかもが生まれ落ちたこの世界のフェアなルールの中で進行している。生きることには、条理しかない。理解できない理屈を不条理だと名づけて怒るより、その理屈を理解する努力を重ねるべきだ。

たとえば人は、裏切られたときに怒るらしい。でも裏切りが発生するのは、こちらの方が充分な価値を提示できなかったからだろう。報酬が足りないとか、魅力がないとか、まあなんでもいいけれど足りないものがあった自分の責任だ。実際、ユーリイは、タリホーに裏切られたときにさえ怒りは感じなかった。面白みがもっとも強く、加えてささやかな寂しさがあるだけだった。

今のところユーリイは、怒りには興味がない。もしかしたら怒りというものは、人生を豊かにするのかもしれない。ホミニニなんかをみていると、そう感じることもある。だから怒りを無駄だとはいわないが、でもユーリイには適性がないようなので諦めている。

ユーリイは自身が持つ様々な才能への評価が極めて高い――というか、それがフェアな評価だと思っている――けれど、なにもかもすべてが手に入ると信じられるほど傲慢《ごうまん》でもない。なにに対しても怒れないのは、紅茶を淹《い》れる技術ではタリホーには敵《かな》わないのと同じく、諦めて受け入れるべき事実なのだろう。

問題は、もう一方だった。

ユーリイが知らないもののふたつ目は、恐怖だった。

だがこちらに関しては、認識が間違っていたのではないか、と最近感じた。

これまでユーリイは、自分自身の命にそれほど高い値段をつけてはいなかった。まあ、たいていの問題なら解決できる。たいていの敵には負けない。架見崎という奇妙なゲームを勝ち切る自信だってある。でも、なにか見落としがあって、うっかり死ぬことになったなら、それはそれで仕方がない。ユーリイからみたユーリイは、面白みのない人間だ。頭が良く、才能に満ちていて、ただ強いだけの人間だ。たいていの日常にはもう飽きているし、これといった望みもない。だから、いつ死んでもかまわない。

そのつもりだったのに、違った。

このあいだの戦いで、目の前に月生が立ったとき、ユーリイはたしかに怯えていた。ぼろぼろの、血まみれの彼が怖ろしくって、しっかりと胸が跳ねた。

――あの戦いに、敗れた理由はそれだった。

もういつ以来だかもわからない、恐怖心を持て余した。

だから決着のとき、ニックという名の平穏の強化士《ブースター》の刃《やいば》が背に突き刺さる直前、ユーリイは月生から目を離せなかった。最強と言われたプレイヤーは、ただ瞳ひとつで、こちらの動きを縛りつけた。

月生の言葉を思い出す。

──貴方は強い。でも、戦場を知らない。

きっと彼が言う戦場とは、つまり恐怖なのだろう。だから今日は、その恐怖というやつを学びにきた。あれをもう一度体験し、やり過ごす術だとか、力に変える術だとかを学びにきた。

けれどこの白猫ではまだ足りない。彼女は強いけれど、なんだか強いだけで、月生に感じた恐怖がない。今のユーリイだって平然と戦っていられる。

──こんなものではないはずなんだ。

白猫というのは、もっと怖ろしいものであるはずだ。傍からみていただけではあるけれど、以前、平穏な国に踏み込んだときの彼女には月生に似た凄《すご》みがあった。

だからユーリイは、あのときを再現することにした。

足元に転がる黒猫の頭に足を乗せる。

白猫が言った。

「意外だな。敗者を足蹴にするのが趣味か？」

ユーリイは首を振る。できれば紳士的でありたいと思っているものだから、こんなことはしたくないのだが、運営が許可を出したトリガーがこれだったから仕方がない。

「僕の能力は、『ドミノの指先』という名前で登録されている」

正確には、「ドミノの指先」はユーリイが持ついくつものその他能力《オリジナル》を同時に発動する能力だ。でもその辺りの説明は省略する。

「その中に、こんなものがある。僕が頭を踏んだ相手は呼吸ができなくなる。効果時間は三〇分間。あるいは僕が、命を落とすまで」

というのは、少し嘘《うそ》だ。本当はユーリィが手を叩いても解除できる。でも、ユーリィが死んでも能力の効果は消えるから、まったくの大嘘というわけでもない。

ユーリィは軽く、両手を広げてみせた。

「さて。この子が呼吸を止めて生きていられるのは、あとどれくらいだろうね？」

白猫は、とくに表情もなく、ただぼんやりとこちらをみているようにみえた。

でもそれは間違いだった。

気がつくと目の前に彼女の拳があり、その次には、ユーリィの身体が吹き飛んでいた。

――なにが、起きた？

目で追えなかった。感情ひとつで、こんなにも肉体の性能が変わるのか？

違う。そうではないはずだ。なにか理屈がある。いや、そんなことを考えるな。追撃がある。必ず。読み解け。

足の裏に地面が触れる。ユーリィはどうにか転倒を免れて両足で立つ。白猫が狙うのは一撃必殺。そう確信し、顔の前で両腕を交差させる。直後、そこに衝撃があった。重い。これまでとは質が違う。次は？　腹。殴られる。間に合わない。

肝臓の辺りに受けた一撃で、一瞬、視界が白く染まる。

まだ硬く交差した腕のあいだから、白猫の顔がみえる。射抜くような冷たい瞳《ひとみ》。その温度に背中が震える。これだ。

——たしかに僕は今、恐怖している。

これを、待っていた。

改めて眺めると、白猫の姿には違和感があった。右腕をだらりと垂らしたその立ち方はこれまでの彼女の構えとは違う。

「手首を、折ったのか?」

自分の一撃で。

白猫の強化《ブースト》は、バランスが無茶苦茶だ。彼女みたいに肉体の強靭度を無視して速度ばかりを追い求めたなら、普通は自らの動きで身体が自壊する。でも白猫は高度な格闘技術で極端な強化《ブースト》を使いこなしている、とされていた。

——その技術を、自ら放棄したのか。

彼女は今、自壊を受け入れて身体を動かしているのか。人はそこまで、防衛本能を無視できるのか。

白猫が静かに片足を引く。攻撃が来る。どこに? 白猫の一手目は意外に綺麗で基本に忠実だ。トリッキーに変化するのは二手目以降。なら、こちらがガードを上げている限り腹から狙う。——だが、本当に?

迷いは判断を鈍らせる。それは肉体を鈍らせるということだ。

想像以上に速い、とわかっていても、白猫の動きは追いきれなかった。折れているはずの、彼女の右手がユーリィの腹に突き刺さっていた。

――そうだよ。これだ。

この、理性を邪魔する感情。これを学びにきた。

折れた腕では、さすがに威力が落ちるのだろう。ユーリィは息を詰まらせながらもその場に踏みとどまる。だが、続いて彼女の左手が飛んでくる。二発目に力を込めるため、一発目に折れた手を使ったのは明らかだ。

ユーリィはガードを下ろした。彼女の拳は上に来た。顎を叩かれ、脳が揺れる。

――なにをやっているんだ、僕は。

今の一撃は止められた。本能は顔への攻撃を怖れ、理性も顔への攻撃を予想していた。なのに、これだ。本能に抗《あらが》うことに夢中になり、理性の判断まで切り捨ててしまった。こうじゃない。もっと。もっと別の。

考えながら、殴り返す。ユーリィの格闘における強みは精密さにある。攻めるにしても守るにしても、まったく同じ動作を、一〇〇回も一〇〇〇回も繰り返せる。なのに今回は失敗した。拳を握った瞬間、それがわかった。力が入り過ぎている。

――ああ。不思議なものだな。恐怖というのは。

こんなにも、肉体が狂うか。こんなにも、死の肉薄は怖ろしいか。

――いいさ。なら、好きなだけ怖れろ。

ユーリィは恐怖心に身体を明け渡すことを決めた。

＊

右手は充分に壊れたが、左手はそうでもなかった。

つまり左手の方は、イメージほど速度が乗り切らなかった、ということだ。

白猫は考える。

――限界まで私の身体を壊して、有効打はあと何発だろう？

左手と両足、頭とカウントして計四発。それで落とせなければ？　次に壊す部位をみつけださなければならない。あるいは、壊れた手で、全力で殴る方法を。

――なんとかなるような気はするんだけどな。

なにがあったのだろう？　ユーリイが急に鈍った。先ほどまでの異様な先読みの能力が消え失せ、身体の動きも硬い。だがこちらも余裕がない。さっさとあいつを殺し切らなければならない。黒猫が死ぬ前に。

――ああ。怖いな。

もう一度、黒猫を失うのは。それを想像するのは。

だからこの身体は、いくらだって速く動くはずだ。背中に迫る、恐怖心から逃げ出すためであれば、いくらだって。

左手で、ガードを固めたユーリイの腕を強引に摑《つか》む。右足で地を蹴り、左膝を彼の腹に突き立てる。しゅっ、とユーリイの喉《のど》から息が漏れる音がした。こちらの膝は？　痛いは痛いが、それほどでもない。骨折まではいっていない。ひびが入った程度だろう。

その足で着地し、今度は右足——身体を回して速度を乗せて、彼の首筋を狙う。打つ、というより斬《き》るように。喉は急所のひとつだ。しっかりと切り裂けば命を奪える。だがそれは彼の腕に阻《はば》まれる。ガードを下げなかったか。その判断は正しい。

ユーリイが、あまりに大きく振りかぶった拳を突き下ろしてくる。動きが悪い。躱《かわ》すことはたやすい。でも白猫は、伸びきる前の拳に自身の額をぶつけることを選んだ。みしりとその拳が軋《きし》んだ。ユーリイは止まらない。そのまま腕を振り下ろす。まるでこちらを押しのけようとするようなその拳を、身体を回していなし、回転の勢いのまま踵《かかと》で彼のこめかみを狙う。

——これで、落ちる。

自信があった。それだけの速度が乗っている。

だが、その足は空を切った。

——読まれた？

違う。ユーリイは逃げ出そうとしていた。こちらを突き飛ばして。その動きがたまたま回避に繋がっただけだ。

——どうした？　ずいぶん、弱腰じゃないか。

さっきまでの余裕はどこにいった？　白猫の目からみても美しかった、あの完成された戦い方はどこに消えた？

ユーリイはこちらに背を向けて駆け出す。罠《わな》？　まさか、本当に逃げるつもりなのか？　それは困る。黒猫が死ぬ。白猫はまっすぐその背を追いかける。

――こちらの方が、速い。

ほら、もう追いつく。握った左手の拳を、彼の後頭部にぶつけようとした、そのとき。

ユーリイはふいに立ち止まった。振り返る動作で白猫の拳を躱し、そのまま鋭いジャブを打ち込む。白猫は咄嗟《とっさ》に顔を背けたが、拳が肩に当たり、身体が押し戻される。

じんわりと痛みが広がっていた。

足を止めたユーリイが、場違いに健やかな笑みを浮かべる。

「うん。わかった。もう慣れた」

なにが？　まあ、なんでもいい。

次の攻撃のために、白猫はまた拳を握った。

＊

わかった。慣れた。コツをつかんだ。

ユーリイは息を吐く。それは、安堵《あんど》に似ていた。

恐怖というのは不思議な性質がある。基本的にはそれは、バッドステータスだ。判断を鈍らせ、身体の動きを阻害する。

でもまったくの悪影響ばかりということもないようだ。ところどころで、恐怖心が語る声は理性による判断を上回る。これまで以上の力が出せるタイミングがある。

少なくとも集中力において、恐怖心は有用だ。すべての瞬間が、理性でみつめるより恐怖でみつめた方が長く感じる。一方で視界が狭まる。実際の視界も、思考もだ。高速で同じことをぐるぐると繰り返し考える無意味な思考に、自分自身で笑ってしまった。でもこれは非常に有用な発見だ。つまり、怯《おび》えた目で理性的に考える視点を持てばいい。恐怖心の集中力を手にしたまま、平常心で視界を広げてやれば効率的だ。その方法を――つまり心の在り方みたいなものを、だいたいもう理解した。

――それなりの苦労をして、白猫の前に立ってよかった。

あの血だらけの月生と向かい合うのが、今の自分であれば、背後から刺されるようなことはない。その確信が手に入っただけで大きな成長だ。

とはいえ、問題もある。白猫が強すぎる。

まったく意外な出来事だが、七万Ｐの彼女の前に立つには、八万Ｐでは足りなかったようだ。純粋に強化《ブースト》八万であればどうにかなるように思うが、一万五〇〇〇Ｐほどは別の能力に使っている。その一万五〇〇〇Ｐの多くを占める「ドミノの指先」の効果が白猫には薄くて困ってしまう。というか、白猫に有効な部分のドミノが、ポイントの減少により凍結しているため、能力獲得時に意図した通りに効果が繋がらない。

――まあ、この問題は、想定済みだ。

だいたい、本気でやっても勝てないくらいの白猫とやり合わなければ恐怖心も生まれなかっただろうから、必要なコストだと割り切るしかない。相手が強いのは予定通りで、七万Pの白猫でもこれほど強い、という点のみが想定外だ。そこは素直に反省しよう。

白猫が続けざまに拳を突き出す。三つ回避し、四つ目が顎にぶつかる。

それでまた、脳が揺れた。もしかしたら顎の骨にひびくらいは入ったかもしれない。なかなか、満身創痍《まんしんそうい》と言ってよい状況だ。

――でも、僕はまだもう少し成長する。

集中力が高まり続ける。

顎を殴られるのと同時に、ユーリイの拳が白猫の腹に突き刺さっている。この一発ずつの交換に限れば、おそらく白猫のダメージの方が大きい。あとはバランスを崩さないように、これを繰り返していけばいい。速度はあちら、威力はこちら。なら、同じだけ被弾し合えばこちらが勝つ。

そのとき、白い光がユーリイに射した。

――射撃《シュート》？

第三者の介入。まあ、それも別にかまわない。

正しい恐怖心で戦場をみつめるユーリイは、もちろん、その一撃も回避した。

＊

彼の斜め後方から伸びた、ひと筋の射撃《シュート》を回避した、ユーリイの動きは白猫の目からみても美しかった。まったく無駄がなく、身体のバランスを崩しもせず、こちらに隙《すき》のない警戒を向けたまま最小の足運びでやり遂げた。白猫はさっさとこの男を殺してしまいたかったのだけど、攻め込むタイミングをみつけられなかった。

続いて、叫ぶような声が聞こえる。射撃《シュート》を放った主の声だ。

「白猫さん。急いで攻めすぎですよ。貴女はもっと強い」

ウォーター。白猫だって知っている強者のひとり。

でも、そんなことを言われても困ってしまう。早くしないと、黒猫が死んでしまうかもしれないのだから、まっすぐ戦うほかにどうしろというんだ。

とりあえずウォーターは放っておいてユーリイを殴ろう、と決めたのだけど、次の彼女の言葉は無視できなかった。

「オレの能力であれば、黒猫さんを助けられます。貴女が焦《あせ》る必要はない」

「本当に？」

尋ね返すと、遠方にみえるウォーターが頷《うなず》く。

彼女はとくに警戒心のない、平気な足取りでこちらに近づいてくる。

白猫はユーリイを睨《にら》みつけたまま、ウォーターとの会話を続ける。

「条件はなんだ？」

「とくにありません」

「ない？」

「というか、実はもう治してきました。手遅れになるといけないから」

それはありがたい。でも、意図が読めない。

「お前、そんなに良い奴だったか？」

無条件でこちらを手助けしてくれる理由がない。裏になにか思惑があるのだろう。

ウォーターは答える。

「交渉は、これからです。ユーリイをやっつけるのに手を貸すから、オレの友達になってください」

「平穏に入れということか？」

「それは、これから考えます。互いに不満がないよう、じっくりお話ししましょう。ともかく仲良くできると嬉《うれ》しい」

「わかった。だが、私は気まぐれだぞ」

黒猫を助けてもらったのなら、ある程度の我儘は聞き入れる。でも、白猫自身の本質的な生き方までは変えられない。

「はい。それで問題ありません。交渉は成立ですね」

「黒猫の話が嘘なら殺す」

「もちろん。そんなに危険な嘘はつかない」

ウォーターが立ち止まり、視線をユーリイに向ける。

こちらの話を黙って聞いていたユーリイは、噴き出すように笑った。

「ウォーター。貴女《あなた》は、いつだって王者のようだ」

ウォーターの方も笑う。

「王者っていうのは、ユーリィさんの代名詞だと聞いていましたが」

「僕なんてまだまだだよ。努力したぶんの成果しか得られない。でも貴女は、最後にひょっこり現れて、成果の上澄みだけをかっさらっていく」

「そうみえるだけです。オレも、裏であれこれ頑張ってます」

その辺りの話に興味はなかった。

白猫は自身の肉体をひとつずつ点検する。右手は手首が折れている。左足の膝と右足のくるぶし辺りに痛みが居座り動きを阻害する。まともに動くのは左手くらいだが、なによりも吐き気がひどい。脳や内臓に負ったダメージのせいだ。意志の力だけで立っている、みたいな表現は嫌いだが――どれだけ意志が強かろうが、本当に壊れた肉体では立っていられない――集中力が切れたとたんに倒れ込んでもおかしくない。

そして、その集中力はすでに途切れつつあった。

黒猫を守るためにユーリィを殺す、という目的が根底から覆《くつがえ》ったのだから仕方がない。

「やるなら、さっさとやろう」

と白猫は声をかける。

どちらに、というわけでもない。ユーリィとウォーター、両方に対して。

ユーリィが首を傾《かし》げる。

「ちなみに、僕が逃げ出す、というのはありかな？」

「さあ」

白猫としては、どうでもよかった。ユーリイを殴ってやりたかったのは事実だが、すでに何発かは良いのを入れられたし、黒猫の命が天秤《てんびん》に乗っていないならユーリイの命もどうでもいい。基本的には、ウォーターの判断に従う。

ウォーターは優等生が浮かべる品の良い困り顔みたいな、チャーミングな表情で眉を寄せて、つぶやく。

「本音では、ユーリイさんをここで倒しておけると、後がずいぶん楽になりますが――」

「なら、やるか」

二対一、というのは、好きではないが嫌いでもない。ごく当たり前に、日常的に起こる状況だ。なんとなく白猫とユーリイで互角、くらいの印象だから、ウォーターがこちらに乗るなら勝てる可能性が高いだろう。

だがウォーターは首を振った。

「いえ。そろそろ、月生さんが来ちゃうから。さすがにあの人まで相手にするのは無理です」

「キネマとは、一応の同盟関係にある」

「そのキネマが怒ることをしちゃったんですよね」

「なにをした？」

「香屋を人質に取っています」

なるほど。それは愉快だ。

白猫はどちらかというとあの少年が好きではない。はっきり嫌っているわけではないけれど、笑っているより困っている方がみていて楽しい。

「あちらのリーダーを取ったなら、いっそう有利じゃないのか？」

「そうでもないんですよ。オレには香屋を殺すつもりはないし、あっちもそれを知ってるから。さっさと逃げ出さないと、オレが月生さんにつかまっちゃうとすごく面倒」

「月生のポイントは？」

「途中から追っていなかったからわかりませんが、想定では一八万」

「ずいぶん伸びたな」

「ロビンソンで荒稼ぎしたはずなので」

それは、勝てない。

白猫にもウォーターを守ってやるとは言えない。

「なら僕は逃げるよ。僕だって月生さんには会いたくない」

一方的に宣言して、ユーリイが背を向ける。

あいつだってずいぶんなダメージを負っているはずなのに、歩き方が平然としていていらっとする。やはり、もう一発くらい殴っておけばよかった。

小さくなっていく彼の背を目で追いながら、白猫はその場に座り込んだ。

――けっきょく、ユーリイはなにをしに来たんだ？　平気な顔でやってきて、互いがぼろぼろになるまで戦って、あっけなく帰っていく。わけがわからない奴だ。

「大丈夫ですか？」

とウォーターに声をかけられる。

「大丈夫じゃない。限界だ」

そう答えて、白猫は目を閉じた。

6

ユーリイは歩く。一歩、一歩、まったく同じ動作を繰り返して。ユーリイの頭の中にある美しい歩行をそのまま肉体で再現して。

それは強がりだった。いますぐにでも倒れ込みたかった。でも、どこかからこちらをみつめている観客に向かって意地を張って、顔つきは平然と歩く。彼は演技だと見破るだろうが、それでも演じ続けられる人間なのだというのはみせておく。

端末から、彼の声が聞こえた。

「お疲れ様でした。成果はいかがでしたか？」

イド。

ユーリイは歩行を止めずに答える。

「ああ。充分だよ。狙《ねら》い通りの収穫があった」

知らない、と長いあいだ思い込んでいた恐怖心を、実は知っていたのだと確信した。それを受け入れ、乗りこなす術《すべ》がだいたいわかった。でも恐怖の自覚はそれ以上に大きな意味がある。恐怖を持てるということは、自分を愛しているということなのだから。ユーリイは自分自身にたいした興味もないつもりだったが、それが薄っぺらな嘘だとわかった。だから、愉快な気持ちだ。自分を愛せないより愛せた方が良い。もちろん。

端末の向こうでイドが笑う。

「では、修行はお終《しま》いですか？」

「うん。そのつもりだ」

「ＰＯＲＴにはいつ、お戻りに？」

「さあ。他の状況は？」

ＰＯＲＴには、エデンを使って中堅チームをみっつ落としてくると言っている。もともと守るつもりもないような約束だったけれど、ＰＯＲＴでの立場を考えれば、一応は守っておいた方がよい。

「メアリー・セレストはホミニニが取りました」

「彼はよく働くな」

「ロビンソンは停滞。撫切は、貴方に従うつもりがありません」

「なるほど。月生は？」

「パラミシワールドのすべてのページを攻略し、すでにロビンソンを離れています」

「早いな」

「月生ですから」

「では、これから僕はロビンソンに向かう。おそらく交渉だけで取れるだろう」

これで二チーム。ロビンソンは月生にポイントを絞り取られているだろうが、かまわない。ＰＯＲＴとの約束はあくまでチームの数だけで、ポイントの話はしていない。

残り一チームをどうするのか、ではあるけれど、さすがにミケを落とすのはつらい。

「キネマは中堅に加えて問題ないだろうね」

「はい。ポイントでみれば充分」

「あれをもらえないかな。君、良いアイデアはない？」

リーダーの香屋歩はユニークな少年だ。彼は利害が一致すれば、キネマくらい簡単に差し出すだろう。とはいえ、今はウォーターの人質になっているそうだから、少し厄介な状況ではある。順当にいけば、キネマは平穏のものになる。

「なかなか、難しいでしょう。月生が育ち過ぎました」

「そう。残念だ」

エデンの総力で殴りかかっても、一八万まで伸びた月生を倒すのは難しい。ならやっぱり、中堅三つというのは達成できない。

——ま、どうでもいいことだ。

ユーリイは目を細めて、端末に告げる。

「では、また後で」

「はい。ところで——」

「僕からもみえているよ。だから、後で」

「失礼いたしました」

イドが通話を切る。

前方から、ひとりの男が歩いてくる。

——月生。

これは、困った。殺されてしまうかもしれない。

ユーリイは足を止める。月生は歩き続ける。どくん、と心臓が跳ねる。恐怖——さすがに今日は、もういらない。端末を叩いて強化《ブースト》を起動するこちらに、彼は歩みを止めないまま目を向ける。

「戦闘の意志はありません。うちのリーダーは、貴方を傷つけるつもりがない」

「どうして？」

「架見崎のバランスを崩さないために。ウォーターには敵が必要だ」

息を吐いて、ユーリイは笑う。

助かった。安心した。でも、こんな風に蔑《ないがし》ろにされるのは、少し寂しくもある。

その寂しさを怒りと名づけてみようかと、ほんの一瞬考えたけれど、やっぱりしっくりこなくて諦めた。

＊

意識を失った白猫を黒猫に預けて、トーマ自身は学校に向かう。

本当は白猫も、黒猫と同じように回復させられればよかったのだけれど、能力の使用回数がもうない。白猫は、一般的な補助《サポート》能力で回復ができるメンバーに任せるしかないだろう。

学校には、人質になっている香屋がいる。とりあえず彼とお茶でもしながら時間を潰《つぶ》して、白猫が意識を取り戻したならこれからのことを話し合うつもりだ。白猫の性格を考えると、口約束が破られることもないだろう。今後、彼女と仲良くやっていけるなら、トーマの戦力がずいぶん整う。そろそろ計画を次の段階に進めても良い。

戦況は、おおよそ予定通りに進んだといえた。

白猫に比べれば、ロビンソンにもメアリー・セレストにもたいした価値はない。仲間が死なないことの方が重要で、それは綺麗《きれい》に達成できた。強いていうなら、月生が育ちすぎたのが怖いけれど、避けようのないことでもあった。なにより反則のような手だったとしても、香屋の不意を打てたのが良い。その点に関しては気持ちが良い。

――完勝、ではあるんだけどね。

気がかりなのは、リリィのことだった。

彼女を傷つけたのは私なのだと、トーマは思う。なら、本当は今、彼女の隣にいて責任を取らなければならなかった。そこを秋穂に明け渡したのは、甘えみたいなものだ。やるべきことをやり切れなかった。香屋に八つ当たりして慰めてもらおう。

この胸の中の不満も、初めからわかっていたことだ。

リリィの隣に秋穂を置こう、と決めたときから、予想がついていた。

だからみんなまとめて狙った通り、圧勝でなくてもきっちりと勝ち切った。――トーマはそう思っていた。

でも、それは間違いだった。

想定外のアナウンスが流れたのは、その直後のことだった。

第六話　彼女には何人もの友達がいる

1

教会の二階の最奥《さいおう》にあるリリィの私室で、秋穂《あきほ》はじっと彼女をみつめていた。

リリィは長いあいだうずくまって泣いていたけれど、やがて静かに立ち上がりベッドまで歩いた。その足取りは、いつか映画でみた夢遊病患者に似てみえた。

彼女は倒れ込むようにベッドにうつ伏せになり、少し眠った。ほんの短い時間だ。わざわざ時計は確認しなかったけれど、おそらく二、三分だっただろう。そのあいだにアリスには退室してもらい、秋穂は椅子《いす》を移動させて、眠るリリィの隣に座った。やがてリリィが目を開き、小さな声でささやく。

「でていって」

その言葉は、聞こえなかったことにする。

秋穂にも迷いはあった。どんな風に話しかければ良いのかわからなかった。わからないから、言いたいことを言っておくことにした。

「私は、ウォーターと香屋《かや》の友達なんですよ。ずいぶん長いあいだ」

小学二年生のころからだから、もう九年ほども。あの特別なふたりを、すぐ傍からみつめてきた。

「学校の成績なら、私の方が良かったんですよ。知識の量とか計算とか、そういうのでは負けません。でも、私はあのふたりが羨《うらや》ましかった。もう少しはっきりした言葉を選ぶなら、劣等感を覚えていました。だって、いちばん大事な能力では、あのふたりには敵《かな》わないから。それがなんだかわかりますか？」

しばらく待ってみたけれど、リリィは答えなかった。

でもこちらの言葉をまったく無視しているわけでもないはずだ。根拠はないけれど、彼女の困ったような顔をみていると、そんな気がした。秋穂は続ける。

「それはつまり、想像力です。今みえているものや、これまで経験したことから、まだみえていないものや経験のないことを理解する力です」

リリィがきゅっと眉《まゆ》を寄せて、小さな声で言った。

「私は、あれを知っていてもよかった」

「ええ」

戦場を。血が流れ、人が倒れる場所を。

もちろんリリィはそれを知っていてもよかった。実際にみたことがなくても、この綺麗《きれい》な部屋に閉じこもったままでも、いくらだって想像できた。みたくないものから目を逸《そ》らさなければ、みえていたはずのものだった。

「ま、でも、たいていの人はそんなもんですよ」

簡単に想像できるはずのことを、なのに想像しないから、あれこれとつまらない問題が生まれる。ここにくる前に秋穂が暮らしていた世界だって、いじめだとか犯罪だとか戦争だとか、想像力の欠如が生むものはいくらでもあった。

「でも」

と言って、それだけでリリィは言葉を途切れさせる。

秋穂はしっかりと頷《うなず》いてみせる。

「うん。そんなものだから仕方がないって、割り切れる話じゃないのはわかります。だから貴女《あなた》は、悲しんだり、悔しがったり、後悔したりすれば良い」

リリィは――「玩具《おもちゃ》の王国」はこれまで、どれだけの人を傷つけただろう？　いったい何人、殺しただろう？　秋穂にはわからないが、ゼロではない。以前、平穏な国とミケ帝国が戦ったとき、ミケ側は七人の死者を出した。はっきり確認されているだけでも、その中の五人は「玩具の王国」による被害だった。

それは、やっぱりリリィが殺したのだ。ナイフで刺すようにその手に感触が残らなかったとしても、流れた血が目に映らないほど遠く離れていたとしても、この子が背負うべき罪ではあるのだ。心の底からこの子を恨んでいる人間が、架見崎《かみさき》のどこかにはいる。

「だから、貴女は落ち込んだままでかまいません。別に泣いていようが、ふさぎ込んでいようが、八つ当たりで枕《まくら》を殴っていようがかまいません。でも、もう少しだけ、私の話を聞いてください」

リリィは架見崎に似合わない。当たり前に優しい少女だから、どうしたって架見崎に似合わない。だってこの世界は、戦うことを前提としているから。

今、架見崎で、その前提に抗《あらが》おうとしているのはひとりだけだろう。

つまりリリィのヒーローになれるのは、香屋歩《あゆむ》だけだろう。

「香屋は運営に質問し、その質問に答えさせる能力を持っています」

「質問？」

「質問ごとに運営が設定するポイントを支払えれば、運営は嘘《うそ》なく回答する、という感じです。詳細は、まあどうでもいいから省きます。ともかくあいつは次のループで、こう質問する予定です。――架見崎を平和な世界として存続させる方法は？」

ひゅ、とリリィが、息を吐く音が聞こえた。

「それは、返事をもらえるの？」

「ルール上、香屋に必要なポイントを集めれば」

香屋はおそらく、初めからこの質問を想定していた。だからいくつかの細かなルールを追加した。たとえば「管理者が要求するポイントは架見崎中にあるポイントの合計をこえてはならない」という縛りで、運営はこの質問に実現可能なポイントを設定しなければならない。「この能力は、能力者と管理者が互いに誠意をもって、フェアに運用する」という縛りで、彼らは適当な嘘でこの質問をはぐらかせない。

もちろん運営がルールを守る確信はない。香屋にだってないだろう。

でも彼らが誠実であったなら、香屋の狙《ねら》いが破綻《はたん》する返答はひとつだけだ。

――そんなものは、存在しない。

架見崎を平和な世界として存続させる方法なんてない。

――でも、ないはずがない。

だって、実際、ここで暮らすプレイヤーたちが知っている知識だけでも、それは可能なのだから。能力はあまりに便利だ。あれを戦うことに使わず、平和な生活の維持に利用すれば、秋穂が知る「現実」をはるかに超える医療機関も保安機関も作れる。さらにループは、人々の健康や食料の問題も解決する。当たり前に考えて、架見崎は楽園に生まれ変わる素質を持っている。

「いかにも香屋らしいやり方ですよ。架見崎において最強なのは、PORTでも月生《げっしょう》さんでもない。どう考えても、運営です。あいつは質問ひとつで運営を自分のフィールドに引き込もうとしています」

敵が巨大なチームであれば、ただ強いプレイヤーがヒーローになり得るかもしれない。

敵がただ強いプレイヤーであれば、チームだとか、友情だとかがヒーローになり得るかもしれない。でも、香屋が戦っているものはそうではない。

ルールが戦いを強要するなら、ルールそのものと戦う。きっとこれまで、その視点で架見崎を眺めてきたのは香屋ひとりで、だから本当に戦いが嫌いな人間にとって、ヒーローになり得るのは香屋歩しかいない。

「すごい」

とリリィがささやく。

彼女の瞳《ひとみ》の涙は、もう乾いている。

――けっきょく、落ち込んでいる子を励ます最適な方法は、これなんだ。

どんな形でもいい。それっぽい希望を提示するしかない。だから、香屋の計画を推し進めるため、というよりは、リリィを慰めるために秋穂は言った。

「香屋がいちばん欲しがっている協力者は、貴女です」

リリィ。平穏な国の、弱々しいのに強固な象徴。アリスに言わせれば、愛だとか希望だとかの素敵なものを信じさせてくれる偶像。

以前、平穏な国に捕らえられていたとき、香屋はリリィに名前を憶《おぼ》えてもらうことを狙って行動していたらしい。それはあいつが、気持ちよく眠るためのカードらしい。あのときは意味がわからなかったけれど、今なら理解できる。

「リリィ。もしも貴女が香屋につけば、あいつはずいぶん目標に近づきます」

平穏な国。PORTに対抗できる、架見崎で唯一《ゆいいつ》のチーム。リリィへの愛なんて不確かなものを根底にして膨れ上がった奇妙なチーム。

平穏な国は、秋穂の目からみれば異常だ。リリィというただの少女を奉《たてまつ》って偶像に仕立て上げ、自分たちの心の平穏を保つ道具にしてきた。でもその異常を生んだのは、ある種の正常な感情なのだろう。アリスはこんな風に言った。「つらいでしょう。架見崎で生きるのは」。人間が殺し合う現実から目を背けたくて、このチームの人々はリリィにすがるのではないか。彼らがただの心優しい少女を崇《あが》めるのは、根っこのところで争いは愚かで悲惨だと知っているからではないか。

だから香屋は、平穏な国を狙う。このチームを呑《の》み込もうとする。

そしてリリィであれば、一存でこのチームの指針を決定できる。もし平穏が香屋を支持すれば、多くの弱者がこちらに流れるだろう。PORT以外の全チームが——いや、PORT内でもトップ争いに食い込めない連中は、香屋が語る未来の方に希望を見出《みいだ》しても不思議はない。

リリィがきゅっと眉を寄せる。

「私は、どうすればいいの？」

その質問を、秋穂は愚かだとは思わない。無責任だとも。

ただ、あまりに思い通りに誘導できそうで、不安になる。どうして香屋の能力を、トーマがリリィに隠したのか、この子はまったく考えてもいないようで。

香屋歩は、たしかに弱者に希望を示すだろう。

でも、弱者に希望を掲げること自体が、どうしたって危険を孕《はら》む。本来なら諦《あきら》められたはずの人たちから、諦めを奪うことになりかねない。諦めなければ人が死ぬ。希望の旗を掲げるために、屍《しかばね》をふみつけてはいけない。

――だから、これ以上は、私には踏み込めない。

香屋に手を貸したいとは思っているけれど、リリィが心底落ち込んで、簡単にこちらの話を呑み込んでしまいそうなときに、最後まで説得することはできない。けっきょく、秋穂には香屋やトーマほどの覚悟がない。

言い訳みたいに秋穂は答える。

「香屋の考えにも、問題はあります。時間をかけて、落ち着いて考えましょう」

「そう」

「でも。貴女には、今日の戦いを終わらせられる力があります」

落ち込んでいる子の慰め方の、ふたつ目のステップだ。

希望にみえるものを示したなら、次はそちらに、一歩目を踏み出させる。その背中を軽く押す。

「どうやら私、そのうち語り係という役職になる予定みたいなんですが」

「ええ。うん」

「その語り係っていうの、もうなくしちゃいませんか？」

リリィの声で終戦を語ったなら、平穏の人たちはそれに従わざるを得ないだろう。

そして今日架見崎で起こっているのは、実質的には平穏とエデンの戦いだ。平穏が手を引けば、戦いは終息する。

＊

その日、口を開かないことが役割だった少女が声を上げた。

架見崎の大勢は――平穏な国に所属する者たちも含めた大勢は、初めて彼女の声を聞いた。

端末から一斉に流れたその声は幼く、緊迫感というよりは必死さに満ちていて、だから嘘や誤魔化しを感じさせないものだった。


初めまして。私はリリィといいます。

平穏な国、というチームのリーダーをしています。

今回の交戦において、平穏な国はすべての戦闘を放棄します。

勝ち負けが大切なら、みんなうちの負けでいい。

私のチームの人はみんな、今すぐ戦いをやめて、うちの領土に戻ってください。

ウォーター、聞こえていますね？　貴女が、そうするように指揮してください。

私は本当に、戦いのない、平穏な架見崎を望んでいます。

だから、キネマ倶楽部《くらぶ》リーダー、香屋歩の能力にとても期待しています。

その検証を終えるまで、平穏な国は一切の宣戦布告を行わず、防衛だけに努めることを誓います。

もしも彼の能力が、この世界から戦いを消し去れるなら、平穏な国は喜んで彼と手を取り合うことを誓います。

だから、お願いです。

皆さん——うちのチームの人たちだけでなく、架見崎の皆さん、お願いです。

生き延びることだけを考えて、この戦いを終えてもらえませんか？

戦って、相手を殺してでも欲しいものがある人って、そんなに大勢いるんでしょうか？

この世界が平和になるなら、所属しているチームなんて、どこでもいい。

もちろん、うち——平穏な国でなくても。

だから、お願いです。

戦うことが嫌いな人は、みんな、今日は私と一緒に負けてもらえませんか？

2

トーマが教室に現れたとき、香屋はロープで縛られて、床に転がっていた。

彼女はひと言、「ここはもう良いよ」と告げ、コゲが軽く頭を下げて退室する。

廊下の窓から射《さ》し込む逆光のせいで、トーマの表情がわかったのは、ずいぶんこちらに近づいてからだった。彼女はなんだか気弱げに微笑《ほほえ》んでいる。

「今回は、私の完勝だと思ったんだけどね」

「君次第じゃ、まだそうなる」

もしもトーマにこちらを殺すつもりがあるのなら、彼女の勝ちは揺るがない。

「それはさすがにできないよ。なんたって親友なんだから」

「なら、珍しいね。君が最後の最後に、いちばん良いところをかっさらわれるのは」

この戦いは、リリィの勝ちだ。

あの少女のアナウンスを、香屋も聞いていた。

リリィはきっと、戦場がどんな風に動いていたのかなんて、ちっとも理解していないのだろう。みんな結果論みたいなものだったんだろう。それでも彼女が「敗北」を宣言したタイミングは完璧《かんぺき》だった。今日の戦いは、もうほとんど決着していた。あとは事後処理のような作業が残っているだけだった。リリィは――平穏な国はあの宣言で、なにひとつとして失ったものがない。ただ、手に入れただけだ。架見崎で最強のチーム、ＰＯＲＴに対抗する手段を。つまり、弱者の味方をするという立場を明確にしただけだ。

トーマが椅子をひき、そこに腰を下ろす。

「ちょっと後悔してるよ。秋穂を自由にさせ過ぎた」

「うん。実際のところはわからないけど、半分くらいはあいつの狙いだと思う」

「だろうね。あの子は優しいくせにクレバーだから」

秋穂は、中庸みたいなものをみつけるのが上手《うま》い。

トーマは一点読みみたいなやり方を好むし、香屋も自己評価では同じ傾向がある。でも秋穂はもう少し優しい着地点をみつける。トーマの感覚的な美学ともまた違って、繊細に理屈と感情を融合させる。

　足を組んで、トーマが小さなため息をついた。

「リリィがあんな風に強くなるのは、嬉《うれ》しいことだよ。本当に。だから今日のところは、彼女たちに負けておいていい。白猫《しろねこ》さんも友達になってくれそうだから、私にとっても利益がなかったわけじゃない」

「でも、リリィがこっちにつくなら、僕が有利だ」

「かもね。君の能力は想像を超えていた」

「別に。自然に考えると、こうなるだけだ」

　運営――あのカエルたちに初めて会ったとき、能力のリストをみた。誰がどうみても戦わせたがっているのが明確なリストだった。だから、戦いを回避できる能力を考えた。

　まずゴールとして設定したのは、架見崎中のすべてのポイントの放棄だ。だから、多くのポイントをまとめて消し去れる能力、というのは必須《ひっす》だった。

　次に重要なのは、どうやって他者からポイントを獲得するのか。戦って奪い取るなんて怖《おそ》ろしいことはしたくなかったから、相手の方から率先してポイントを差し出してくれそうな能力を選んだ。思いついたのは、ひとつだけだった。

　――架見崎から戦いがなくなると、誰もが信じられる能力。

戦争なんて、自衛から生まれるものだ。なにかを奪い取りたいからではなく、なにも奪われたくないから戦う。一〇〇〇年も前の人類が野蛮だった時代ならわからないけれど、平和の価値が認められている現代では、たいていの人がそう考えているはずだ。だから安全を保障してやれば、多くの人が戦いを止める。

なら、どうすれば架見崎から戦いがなくなると証明できる？

その方法は、ひとつだけしか思いつかなかった。

運営に明言させればいいのだ。こうすれば架見崎は平和になりますよ、と。

だから、それができる能力を選んだ。「キュー・アンド・エー」。香屋の目的に叶《かな》う能力は、これしかない。

トーマが頷く。

「答えがわかってみれば、いかにも君が考えそうなことだよ。それに気づかなかったのは私の見落としだ。君はただ、いつも通りに素敵なだけだ」

どうやら褒められているようだけど、素直には喜べない。

「見落としは僕にもあった」

「コゲさんのこと？」

「それもある」

でも、いちばんは違う。もっと根本的に、震えあがらなければならないことに気づけなかった。コゲはその一端でしかない。

「私の方が、二年も長く架見崎にいるんだからね。ある程度の用意はある」

「うん。わかってるつもりだったんだけどね」

トーマの強みだとか、やり口だとかは熟知しているつもりでいた。こいつは、矛にも盾にも人間関係を使う。すぐに多くの友達を作る。だから端末に表示される「チーム」なんてものはトーマの本質ではなくて、目に見えない、彼女の交友関係にもっと注意を払うべきだった。

「トーマには、あとどれくらいの友達がいるの？」

「それなりにたくさん」

「PORTと戦えるくらい？」

「白猫さんを取れば、互角以上っていうのが私の目算だよ」

なんて、怖ろしい。

やっぱり二年もビハインドを背負って、同じ盤面でトーマと戦うのはハードルが高すぎる。ちょっとバランスがおかしい。

「僕の、いちばんの見落としは、秋穂が機能し過ぎたことだった」

トーマであれば、もっと上手に秋穂の邪魔をできたはずだ。

こんなにも簡単に、秋穂がリリィに近づけたことに危機感を持つべきだった。

でも、そこに注意を払えなかった。気になることが多すぎた。目先の恐怖に囚《とら》われて、本当に怖れるべきことを怖れられなかった。だから、くやしい。

トーマのことを知っているんだから、思い当たってもよかった。この子は。

「君は、平穏な国を出るつもりなの？」

もうほとんど、それしかない。

架見崎にはすでに大勢の、トーマの友達がいる。コゲのように、いろんなチームに散らばっているんだろう。そして、準備が整えば——充分にPORTに対抗できるだけの「友達」を集められれば、平穏な国を出て自分のチームを作る。

そもそも平穏にいたのだって、友達作りと、その友達にポイントを集めるのが目的なんだろう。だから彼女はシモンの失脚を狙っていた。平穏で権力者になって、思い通りに人員にポイントを割り振って、多くのポイントを友達に与えて、みんな引き連れて平穏を出るつもりなんだ。

彼女の友達作りの、最後のピースが白猫だった。

白猫が手に入る目算がついたなら、トーマはもう、いつ平穏を離れてもいい。

このことに香屋は、気がつけたはずだった。少なくとも想像しておくべきだった。秋穂があんなに簡単にリリィに近づけたのだから、その裏側のトーマの考えに思いを至らせなければならなかった。

——トーマは、平穏を出る前に、リリィに自分の代わりを用意したんだ。

なんの準備もなくトーマがいなくなれば、リリィはひどく落ち込むだろうから、彼女の心をケアするために、秋穂を使うことにした。トーマはそういう奴《やつ》なんだ。目先の有利不利なんてほったらかしにして、美学みたいな身勝手なものに身を委《ゆだ》ねる奴なんだ。

彼女は微笑んだまま視線を落とす。

「友達にさよならを言うために、別の友達を紹介する、なんて、本当は好みじゃないんだけどね」

「うん」

「でも、なにもないよりは良いと思った。秋穂を寄越してくれてよかったよ。あの子は、優しいから」

「そうだね。リリィの友達には似合う」

「私がいなくなったあと、秋穂が上手くリリィを支えてくれるなら、多少の不利益は仕方ない。これで安心して平穏を抜けられる」

これから架見崎には、瞬《また》く間に巨大なチームが生まれるのだろう。トーマがリーダーを務める、彼女の仲間たちのチームが。そのチームにこちらは、どれだけついていけるだろう？　いったいどれほどの人が正常に戦いを怖れてくれるだろう？

その意味で、リリィのアナウンスには途方もない価値があった。

あの子が今、このタイミングで態度を明確にしてくれたから、多少はトーマとの距離を縮められたはずだ。

「ところで、これから僕はどうなるんだろう？」

「私はまだ平穏の人間だから、リリィの判断に従うよ」

「君は、甘いな」

もう捨て去るチームに――いや、違うか。たったひとりの少女のために、トーマはどれほどのコストを支払うのだろう。この先、おそらく敵になる少女に、どれだけ優しくするのだろう。

「いいかい、歩。友達の扱いというのは、立場で決めるものじゃない。全員にできる限りの愛を注ぐから、大勢がついてきてくれるんだ」

「それはね、トーマ。君だから言えることだ」

普通はそうじゃないだろう。友情なんて重たいものを、守り抜くのは大変だろう。だから香屋が、できるだけ守ろうと決めている友情はふたつだけだ。トーマのぶんと、秋穂のぶんだけだ。

トーマが机で頬杖《ほおづえ》をつき、こちらをみつめる。

「さて。縛られて転がっている親友を眺めているのも悪くないけれど、そろそろ移動しようか」

「どこにいくの？」

「もちろん、平穏。秋穂にイチゴのパフェをおごる約束がある」

「僕のぶんは？」

「貸しにしておくよ」

トーマが椅子から立ち上がり、後ろに回って膝《ひざ》をつく。ロープの結び目をほどこうとしているようで、柔らかな肌が手に触れる。

彼女の顔がみえないまま、香屋は尋ねる。

「今もまだ、わからないんだよ。どうして君が僕に乗ってくれないのか」

「そんなにへんかな？　私たちは、親友だけどライバルでしょう？」

「でも、君がしようとしているのは、つまり自殺だろう？」

香屋には初めから、選択肢がなかった。

架見崎を平和な世界として永続させることを狙うしかなかった。

それは、もちろん香屋自身の思想がそうだから、というのが大半だ。でもトーマのことだって理由のひとつだ。一度、現実で死んでしまった彼女を、もう殺さないために必要なことだった。

――架見崎で死ねば、すべて元通りです。

なんて、運営の言葉は重要じゃないけれど。なんにせよトーマは、もうここにしかいない。架見崎で死んでも、この世界が終わっても、現実の彼女はどこにもいない。

トーマは、質問には答えなかった。ただ一方的に告げた。

「君が大好きだよ。本当に」

だったら、と、香屋は言いたかった。

――だったら、手を取り合えばいいじゃないか。

でもその前に、トーマが言った。

「私は、私にとっていちばん誠実な方法で、君を愛そうと決めている。その意地だけは捨てられないんだ」

その言葉に、なんと答えればいいのか、香屋にはわからなかった。

3

ユーリイがエデンの領土に戻ったのは、日が暮れるころだった。

ミケ帝国を出てから、ロビンソンに寄っていたのが理由だ。あのチームを獲得することは容易《たやす》かった。リーダーのパラミシはすでに、戦意を失っていたから。けれど、撫切《なでぎり》とのやり取りに少し時間がかかった。

撫切は今回の戦闘において、明らかに役割を果たしていなかった。彼はキドたちと共にパラミシワールドに踏み込んでいるべきだった。結果だけをみれば、撫切の行動は戦局を左右しなかった――平穏のぬいぐるみに加えて、月生までロビンソンを訪れたことが理由だ――が、少し状況が変わっていたなら、撫切とキドとの共闘は重要だったはずだ。彼はそれなりに理屈の通った反論を口にしたが、今回の戦いで手を抜いたのは明白だ。

――まあ、それは別にかまわない。

そう簡単にエデンを掌握できるとも思っていなかったから、予定通りといえば予定通りだ。どちらかといえば、キドたち元キネマの面々が真面目《まじめ》に働いたことの方が意外なくらいだ。

エデンに戻ったユーリイは、疲れ果てた身体《からだ》をベッドに横たえる前に、もうひとつ仕事を終わらせておくことにした。ホミニの元を訪ねたのだ。エデンにはPORTから繋《つな》がる繁華街がある。その通りを歩けば、彼をみつけるのは容易かった。ホミニはアイリッシュパブ風の洒落《しゃれ》た飲み屋のカウンターに腰を下ろし、打撲の跡が浅黒く残る顔で、やはりウィスキーを傾けていた。

歩み寄ると、こちらをみもせずに彼は言った。

「ドリンクはセルフサービスだ。座る前に用意しな」

ユーリイはそのまま、彼の隣の席に着く。

「今日はいい。アルコールは怪我《けが》に悪い」

「でも、夕暮れには酒が似合う。こっちが傷だらけならなおさらだ」

「かもね。価値観の違いだ」

彼のぼこぼこに殴られた頭にアルコールと血が回り、隣で倒れても別に良い。とりあえず死にさえしなければループで元に戻るし、もしも死んでしまったとしても、架見崎ではその自由が許されている。

「今日はご苦労だったね。君の働きは期待通りだった」

「別に、あんたのために戦ったわけじゃねぇ」

「もちろんだ。なんにせよ、今日いちばん成果を上げたのは君だ」

ホミニニが担当したメアリー・セレストからは、非常に効率的に人員とポイントを獲得できた。むこうのチームに八人の戦死者が出て、そのぶんのポイントは半減している。それでも合計で八万ほどの大幅な勝ちだ。

グラスを傾けながら、ホミニニがちらりとこちらに視線を向ける。

「あとの戦況は？」

「ロビンソンはうちが取った。とはいえ、その前に月生にポイントを回収されている。ポイントでいえば、六万ほどの収穫だよ」

「お前は？　ミケはどうした？」

「引き分けというところだね。うちにもミケにも死者はなし。ポイントの移動もなし」

「まだ終わりじゃないだろう？」

架見崎の戦いは、最長で三日間続く。ルールでそう決まっている。

ホミニニが言う通り、明日、明後日《あさって》と戦えば、ミケを落とせるかもしれない。だがユーリイにはこれ以上戦いを続けるつもりがなかった。

「さらにミケと戦うなら、平穏も相手にすることになる」

「いいじゃねぇか。今日だって、平穏とやり合っていたようなもんだ」

「しっかり白猫と手を取り合った平穏を相手にできるほどの戦力は、エデンにはまだないよ。それにウォーターはキネマのリーダーに接触している。月生まで向こうにつくと、さすがに戦いようがない」

「ああ。絶望再びか」

もしも本当に、利害が一致して平穏と月生が手を組むことになると、あの最強がまた復活する。現在、平穏のポイントは一二〇万ほどだ。月生の最大値――七〇万オーバーまでポイントを貸し与えることだって、数字上は可能だ。

「正面から平穏とやり合うなら、ＰＯＲＴの力が必要だ」

「だろうな」

「今回の勝ち方は、これくらいで良いだろう。エデンはたった一日で一四万ものポイントを手にしたわけだからね」

「あんたはどうする？　ＰＯＲＴに引き上げるのか？」

「いや。少し悩んでいる」

「なにを？」

ホミニニが勢いよくグラスをあおり、中身を空にする。

手元の酒瓶からウィスキーを注ぎ足す彼に、ユーリイはやや遠回りに答える。

「架見崎に残ったチームは、弱小を除けばたった五つ。ＰＯＲＴ、平穏な国、エデン、ミケ帝国、それからキネマ倶楽部。これだけだ」

「弱小の内訳は？」

「まだ流動的だよ。ミケとキネマが手を組んで、一部をかき集めた。その連中のチームはまだ残っているけれど、きっとループまでにはミケか平穏に吸収される」

なんにせよ、弱小の動きは大勢に影響しない。多少の変動はあるにせよ、弱小を合わせてもそのポイントは架見崎全体のたった三パーセント程度だ。

乱暴な音をたてて、ホミニニがウィスキーのボトルを置く。

「ずいぶんわかりやすくなってきたじゃねぇか。PORTとエデンが手を組んで、平穏、ミケ、キネマとやり合う。赤白帽でチームわけができる」

「うん。わかりやすいのは好きかい？」

尋ねると、ホミニニはグラスに口をつけてから答える。

「オレが最強なら大好きだ。でも、成り上がるのは難しい。もっと混ぜこぜに、どろどろになった方が良い」

ユーリイは頷く。

「だと思ったよ。そこで、素敵な提案を持ってきた」

「そいつはなんとも楽しみだな」

「君、エデンを支配しないか？」

「なるほど。素敵ってほどでもねぇな」

「話はこれからだ。ホミニニ。エデンを取ったら次は、大手をひとつ落とそう」

「平穏？　そいつは、難しいって話じゃ――」

「違う。PORTだ」

PORTの円卓はまどろっこしくていけない。だが戦力は魅力的だ。なら、外からあのチームを奪い取ってやればいい。

ホミニニの丸っこい、大ぶりのどんぐりみたいな瞳をみつめて、ユーリィは告げる。

「エデンを使って、ＰＯＲＴを落とす。そのリーダーをやらないか？」

ユーリィはどちらかといえば、ホミニニという男を愛している。

ホミニニはスリムではない。体形もそうだけど、思考だとか、価値観だとか太っちょでなんだか鈍い。でもこの男にはたしかな魅力がある。たとえばこんな、無茶に聞こえる話への反応が速い。素敵な提案を聞いて浮かべる顔つきが、子供みたいで魅力的だ。だから
ホミニニはＰＯＲＴでも、ナンバー２の地位にいた。

ペンキと刷毛《はけ》とで乱雑にスケッチしたような、派手な顔でホミニニは笑う。

「いいじゃねぇか。詳しく聞かせろ」

「詳細はまだないよ。これからふたりで考えよう」

「ああ。そいつは最高だ。最高に盛り上がる」

ホミニニは、少し浅はかだが馬鹿《ばか》ではない。もちろんこちらの言葉を疑い、裏側の思惑を想像するくらいの知性は持ち合わせているだろう。

だがこんなとき、「本気か？」だとか、「できっこない」だとかのつまらない言葉は口にしない。こちらを探るような言動もない。そんなものは無意味だと知っているから、みんなすっ飛ばして本題に入る。

「やるなら、すぐだな。早く、速く。ＰＯＲＴを落とすには準備がいるが、最近は架見崎

が慌《あわ》ただしい」

　ユーリイは頷く。平穏のウォーター。あれが、なかなか厄介だ。

「まずはエデンの掌握からはじめよう」

「ああ。コロン、撫切辺りはしっかり手綱を握っておきてぇ」

「加えて、今日取った二チーム――メアリー・セレストとロビンソンも巻き込む必要がある。それから、キネマからの合流組も」

「なんたって、敵はPORTだからな」

「うん。いくらでも離反が出る。情報規制が重要だ」

「手分けしてさっさとまとめちまおう。ちょうどオレたちは得意分野が違う」

　まったく、その通りだ。

　理性で現実的な計画を立てるのは、ユーリイの方が得意だ。

　でも、どうしたところで、人心の掌握においてはホミニニに及ばない。

「PORTをみんな、ぶっ壊しちまおうぜ。壊して、オレらの国を築き上げよう」

　ホミニニがグラスをつかみ、こちらに差し出す。

　だがユーリイの手元にはグラスがなかったものだから、仕方なく、それに拳《こぶし》を合わせて応《こた》えた。

＊

白猫は保健室のベッドに横たわり、天井を見上げていた。

身体の怪我は、もうおおよそ治っている。ミケ帝国は回復能力持ちが少ないチームではあるけれど、その貴重な回復能力を大胆につぎ込んだ結果だ。それでも色濃い疲労が身体中に、とくに眉間《みけん》の辺りに居座っていて、なんだか頭が痛い。

その不調を別にすれば、悪くない気分だった。ユーリイは想像よりも少し強かった。もしもウォーターが現れず、あのままやり合っていたらどうなっていただろう。勝ち目がないとも思えないが、でも黒猫《くろねこ》の救助は間に合わなかったかもしれない。それはつまり――直接的な戦いの結果がどうなるにせよ――こちらの負け、ということだ。

ユーリイは白猫が、黒猫に夢を見過ぎているという。実際の言い回しは少し違ったような気がするが、なんにせよそういう風なことを。でも彼の評価は正確ではないのだと白猫は思う。

だって白猫は、黒猫の潜在的な最大値のようなものをみたことがある。

それは以前、彼女が死んだときのことだった。敵の攻撃――どうやらコイン型の爆弾が使われたようだ――から白猫の身を守り、黒猫は死んだ。あのとき、彼女は強化《ブースト》を使っていなかった。生身のまま白猫の反応速度を超え、ふいを突いて突き飛ばした。

――私を守れる人間なんか、あいつの他にはいないはずだぞ。

きっと生身のユーリイにも、月生にもできない。黒猫が完成すれば、その姿は他のなによりも美しいはずだ。

今日だって、ユーリイに敗れる直前の動きは悪くなかった。まだまだ足りないにせよ、白猫が思い描く彼女の理想の片鱗《へんりん》が垣間《かいま》見《み》えた。だから、なかなか悪くない気分だ。

白猫はもうしばらく、つまらない天井をみつめたまま黒猫のことを考えていた。

すると、ノックの音が聞こえた。

「コゲです。よろしいですか？」

ああ、と応えると、保健室のドアが開く。

こつりこつりと足音をたてて近づく彼に、「なんだ？」と白猫は尋ねる。

コゲは、困った風に苦笑して言った。

「本日はお疲れ様でした」

「たしかに疲れた。でも、私の趣味みたいなものだよ」

今日は、ミケを守ろうという気もなかった。

好き勝手に黒猫を連れまわしただけだ。

「戦況のご報告をいたしましょうか？」

「いや、いい」

「では必要なことだけを。ウォーターから話し合いの機会を持ちたいとの連絡が入っています」

「適当にしておいてくれ。私はたいてい暇だから、黒猫の都合に合わせればいい」

ミケの外交担当は黒猫だから、彼女のスケジュールがもっとも重要だ。

「了解しました。それから、プライベートなお話がひとつ」

「ああ。そちらが本題なんだろう？」

「はい」

コゲは手を背後に回していた。そこに、なにかそれなりに重たいものを持っている、というのは彼の歩き方でわかった。サイズはあまり大きくない。手に馴染《なじ》むもの。一方でコゲの動きに緊張がみえるから、それなりに特殊なもの。

どう考えても花束ではない。だが、それを差し出す動作は、背に隠した花束をみせるのに多少は似ていた。銃口がまっすぐこちらを向いている。

「わけを聞こう」

「説明の予定はありません」

「そうか」

端末は手元にあったが、それに触れはしなかった。

毛布を投げて彼の視界をふさぐ。同時に身を捻《ねじ》ってベッドから転がるように下りる。銃声は聞こえなかった。彼の足首をつかんで捻り、バランスを崩して転ばせる。緩慢な速度で倒れる彼の手を下から叩《たた》くと、拳銃《けんじゅう》がぽんと宙に飛ぶ。

その拳銃はやがて落下し、立ち上がった白猫の手に収まった。

「同じ質問を繰り返すのは嫌いだよ。でも、大事なことだからもう一度だけ尋ねる。そこそこ上機嫌な私の元に、わざわざ無様に転ばされにきた理由はなんだ？」

床に座り込んだまま、コゲは言った。

「お手を煩《わずら》わせて誠に申し訳ありません。今後に、面倒事を持ち越したくなかったものですから」

「面倒事？」

「貴女を裏切ったことです」

「なるほど」

たしかに、少し面倒だ。

「その話、長くなるのか？」

「詳細までご説明すると、それなりに」

「ならいい。殺されたいのか？」

「いえ、まったく」

それはよかった。頷かれると、さすがに困る。

白猫はコゲを気に入っているから、できれば殺してやりたくない。だから、そもそも尋ねなければよかったなと内心では後悔していた。きっとそれなりに動揺しているせいで、つまらないことを口にしてしまったのだろう。

「どこについていた？　どんな風に裏切っていた？」

「相手はウォーター。多少の情報交換と、彼女の行動に関して検索《サーチ》した情報を貴女や黒猫に秘匿《ひとく》したのが主です」

「ウォーターか」

それは厄介だ。彼女には、黒猫を助けてもらった恩がある。

コゲが床の上で胡坐《あぐら》をかく。

「なんだかウォーターと貴女が仲良くなりそうで、このままあやふやになりそうでしたので、罪を告白させていただきました」

「律儀《りちぎ》だな。早死にするぞ」

「死にたくないので相手は選びます」

「私も気分次第では殺していたかもしれない。これからどうするんだ？」

「貴女のご判断のままに」

「わかった。なら、とくに言うことはない」

今日はとても疲れている。考えるのも面倒だ。

立っているのが億劫《おっくう》で、白猫はベッドに腰を下ろす。

反対に、コゲの方が立ち上がった。

「チームから追放されるのでしたら、ポイントは全額お渡しいたします」

「出ていきたいならそれでいいよ。そうでないなら、これまで通りでかまわない」

チームとしてもそれなりの検索士《サーチャー》は必要だし、個人的にもコゲの話を聞いているのは楽しい。こいつは架見崎のすべてを知りたいという。なぜこんな場所があるのか。なぜ私たちは戦っているのか。運営は、なにを求めているのか。その答えには白猫だって興味がある。

「お前が裏切り者だというのはわかった。そのことは一応、覚えておく。だがこれまでとなにもかわらない」

「ずいぶん優しい」

「知っていただろう？」

「はい。ですが、もう少し怒られると思っていたので」

「怒りはしないが――」

別に裏切りは嫌いじゃない。各々《おのおの》に都合があるだろうし、その都合で物事を選択すればこういうことも起こり得る。卑怯《ひきょう》だ、というつもりもなかった。コゲはコゲなりに、よく考えての結果なのだろう。

拳銃をコゲに差し出し、白猫は笑う。

「うん。怒りはしないが、少し悲しいよ」

考えてみれば、これまで本当に信頼していた相手に裏切られた記憶がない。だから想像もしていなかったが、裏切りというのは悲しい。

コゲは、なんだか驚いた風に、こちらをみていた。

それから受け取った拳銃を、ようやく思い出したように白衣のポケットに突っ込んで、困り顔をこちらに向けた。

「ひとつだけ、言い訳をしても？」

「もしも本当に、二者択一になれば、私はウォーターよりも貴女を選ぶだろうと思っています。今も、その気持ちに変わりはありません」

「短くまとめろ」

「そうか。覚えておく」

そう答えて、白猫は内心で笑う。

――これは、慰められたということかな？

裏切り者に慰められる、というのも、奇妙な状況ではある。

「では、失礼いたします」

「ああ」

軽く頭を下げて立ち去るコゲの背に、「黒猫には隠しておけ」と言っておく。

あいつは本当に、ひどく怒るかもしれないから。

＊

部屋のドアがノックされたのは、夜の一〇時になるころだった。

そのときリリィはベッドに寝転がって、枕に顔をうずめていた。ノックの音に肩を震わせて、続く言葉で唇を噛《か》む。

「ウォーターです。失礼いたします」

彼女はいつも通りの声――落ち着いていて、理性的で、名前の通り澄んだ水のような声でそう告げて、入室した。

リリィはベッドの上でもぞもぞと身体を動かし、どうにか上半身を起こす。ウォーターが静かにドアを閉め、口元に軽やかな笑みを浮かべた。

「おや。なんだか、機嫌が悪そうですね」

「そういうわけじゃないけれど、怒ってる？」

「なにを？」

「勝手なことをしたから」

リリィはそれなりに、平穏な国というチームにおいての自分の役割を理解しているつもりだ。形の上ではリーダーとなっている。みんな、大切に扱ってくれる。でも本当はリリィがなにかをすることなんか――意見を言ったり、物事を判断したりすることなんか、誰も求めてはいないだろう。人形のように、ただ黙って座っていればいい。その他のことはみんな余計だ。

でもウォーターは首を振った。

「オレが平穏な国というチームでいちばん気に入っているのは、貴女《あなた》がリーダーだというところです。戦いを率いるわけでも、裏で手を回して敵を陥《おとしい》れるわけでもない。聡明《そうめい》ではあるけれど、それは年相応で多少の見落としもある。ただ優しい女の子がリーダーをしているのが、このチームの魅力です」

あんまり褒められている感じはしないけれど、ウォーターの口調は優しく、嘘《うそ》を言っている風でもなかった。

リリィは小さな声で答える。

「でも、約束を破ったから」

「約束？」

「香屋くんの能力を、秋穂から聞いた」

「そうですか」

ウォーターがそっと歩いて近づき、リリィのすぐ傍に立つ。「座っても？」と尋ねられてリリィは頷《うなず》く。彼女がベッドのふちに腰を下ろす。

「そのことに関しては、オレの方が謝らないといけません。あいつの能力は、すぐに貴女に報告するべきでした。チームの運営にもかかわるから」

「どうして、教えてくれなかったの？」

「あまりに強すぎるから」

そう答えてウォーターは、しばらく口を閉ざした。彼女がそんな風に言葉を途切れさせるのは珍しいことだった。リリィはじっとウォーターの横顔をみつめていた。

ウォーターは膝の上で頬杖をつき、視線を床に落とす。

「言い訳みたいな理由と、本音とがあります。まず言い訳から説明させてください」

「うん」

「香屋がやろうとしていることは、間違ってはいない。というか、とても正しい。いかにもあいつらしく架見崎を変えようとしている」

「うん。私も、素敵だと思った」

「でも、希望は戦いを長引かせます。あいつが掲げた旗は、平和を望むその内容とは裏腹に、戦いの原因にもなる。ただ強い人が勝つ、わかりやすかった架見崎の構図を根本から変えて、弱者に武器を取る理由を与えるやり方です」

「そうなの？」

「たとえばあいつの能力を理由に、PORTで暴動が起きる、みたいなことも考えられます。オレにも未来がわかるわけじゃないけど、可能性としては。だから、貴女への伝え方が難しかった」

「でも、知らないままなのは嫌だよ」

無自覚なのが、怖い。

この後悔は、すでに経験がある。彼――香屋歩と初めて出会ったときにも、同じことで後悔した。あのころリリィは、今よりもっと現実を知らなかった。リリィ自身の能力や立場が、どれほど他者を傷つけているのか知らなかった。

反省したはずだったのに、あのときと同じことでまた、今日も後悔した。能力を使うというのはつまり、人を傷つけ、場合によっては殺すのだと知っていたはずなのに、本当は理解していなかった。

――私は、馬鹿だ。

当たり前に考えればわかることを、当たり前には考えられなかった。実際に、戦場の映像をみるまで、血の赤さもよく知らなかった。

ウォーターが頷く。

「はい。だから、こっちは言い訳です。全部嘘ってわけでもないんだけど、本音は別にあります。貴女が香屋の能力を気に入るのは、予想がついていたから、少し時間を稼ぎたかった」

「どういうこと？」

「オレは香屋の敵でいたいんですよ。全力であいつと戦うなら、貴女と香屋がしっかりと手を取り合う前に、このチームを使って準備したいものがありました」

ウォーターの言葉は、リリィにはよくわからなかった。

いくつかの疑問が胸に浮かんだけれど、その中で、いちばん大きなものを尋ねる。

「敵って、どういうこと？」

ウォーターと彼は友達なのだと思っていた。チームは違っても、本当は仲良しなのだと信じていた。そのことが羨《うらや》ましくもあった。

彼女はなんだか場違いに、嬉《うれ》しげに告げる。

「オレは、あいつが大好きです。香屋の思考というか、価値観の根っこにあるものが誰よりも強くて、美しいと信じています。オレはいつだって香屋に期待しているし、あいつはいつもその期待に応えてきた。何度も期待を越えてきた」

リリィは初めから――香屋歩に出会う前から、彼に好感を抱いていた。

ウォーターが彼について語るときの瞳《ひとみ》だとか、声色だとか、ふと浮かべる表情だとかが魅力的だった。いつもの彼女以上に。それはガラスのコップに注いだ炭酸水をのぼる小さな気泡たちが輝く様に似ていた。だから香屋くんというのは、とっても素敵な男の子なのだろう、と思っていた。

「なのに、どうして敵なの？」

「オレが架見崎にいる理由は、ひとつだけです。唯一《ゆいいつ》、絶対的な目標があります」

「目標？」

ウォーターはふっと息を吐いて、リリィが記憶している限りでは初めて、一人称に「私」を使った。

「私は香屋歩の価値を証明したい。そのためならなんだってする。互いに手を取り合えなくても、抱きしめ合えなくてもかまわない。必要であれば敵にだってなります」

「敵になるのが、必要なの？　その、香屋くんの価値を証明するために」

リリィにはまだわからない。

そもそも、香屋歩の価値はすでに証明されているのではないのか。これまで誰にもできなかった、思いつきもしなかった方法で、架見崎の戦いを終わらせようとしているのだから。いまさら、これ以上、ウォーターはなにを証明するというのだろう。

なんだか恥ずかしげに――でも、みようによっては悲しげに微笑んで、ウォーターは言った。

「私は、香屋への反論を組み上げたいんです」

「反論？」

「はい。あいつの思想みたいなものに対して。私が完璧な反論を用意して、その反論をあいつが打ち砕いたなら、香屋歩のすべてが証明される。あいつは、運営が探し求めている希望になる」

やっぱり、わからない。ウォーターの話は難しい。

きっと的外れなのだろう、と自覚しながら、リリィは言った。

「仲良くできるなら、その方がいいじゃない。わざわざ敵を作らなくたって」

「ええ。だいたいはその通りです」

「なら、私が命令する。香屋くんと、仲良くして」

もしも彼の能力に問題があるのなら――ウォーターが言う通り、戦いの火種になるのなら、それこそふたりには手を組んで欲しい。ウォーターは賢いし、たぶんなんだってできる。彼女が支えてくれれば、彼の能力は完全なものになるんじゃないか。

ふっと笑って、ウォーターが頷く。

「別に、戦っていてもオレたちは仲良しですよ」

「そういうことじゃない」

「わかっています。了解しました、リリィ。貴女がオレのリーダーである限り、貴女の指示に従います」

「本当に?」

ウォーターは、平穏な国のほかの人たちとは違う。リリィをリーダーとして尊重してくれるけれど、無条件で言うことを聞いてくれるわけじゃない。どちらかといえば、少し歳《とし》の離れたお姉さんみたいに接する。

リリィにとって、それは心地の良いことだった。でも、だから香屋歩のことは説得が難しいだろうと思っていた。ウォーターにとって、彼が特別なのは間違いないのだから。

ウォーターが、ベッドから立ち上がる。

彼女はリリィの正面に立ち、片膝を突いた。それは、いつか物語でみた、騎士が主《あるじ》に傅《かしず》く姿のようだった。

寝転がって見上げる夜空みたいな、吸い込まれそうな瞳でこちらをみつめて、ウォーターは言った。

「リリィ。今夜は、貴女にお別れを言いにきました」

その言葉に、不思議と驚きはしなかった。

いつかこんなことが起こるんじゃないか、という予感のようなものを、たぶんこれまでにも感じていた。ウォーターは、あんまり平穏な国に似合わないから。でも、心のどこかが彼女の言葉に納得していても、感情は別だ。

「どういうこと?」

「オレはそろそろ、このチームを出ようと思います。自分のチームを持つつもりです」

「どうして？　香屋くんのこと？」

「いいえ。その前から決めていました」

「リーダーになりたいのなら、私のをあげる。それでいい？」

口元に微笑を浮かべて、ウォーターは首を振る。

「このチームのリーダーができるのは、リリィ。貴女だけです。貴女は貴女が思っている以上に、このチームの本質です」

「じゃあ――」

そうつぶやいたとき、涙で視界が滲《にじ》んだ。

ウォーターがいなくなる心細さだとか、悲しさだとか、寂しさだとかに、こちらを置いて勝手にいなくなるなんてことへの怒りも混じり、我慢ができなかった。

「じゃあ、どうしたらここにいてくれるの？」

ウォーターが立ち上がり、リリィに手を伸ばす。優しくリリィの頭をなでながら、子守歌みたいに静かに言った。

「そんなに大げさに考えることではありません。架見崎は狭いから、会おうと思えばすぐに会える。リーダーとその配下ではなく、友達同士になるだけです。それは、悲しいことですか？」

違う。別に、その方が良い。

　でも、そういうことではない。

「だって、チームが変わるなら、いつかは戦うんでしょう？」

　そんなのは嫌だ。絶対に。

　ほかの誰とも戦いたくなんてない。でも、ウォーターと戦うのが、いちばん嫌だ。

　ウォーターは首を振った。

「貴女まで架見崎に染まらなくてもいい。チームを理由に戦う必要なんてない」

「じゃあ、戦わない？」

「それは、わかりません。もしもオレたちが戦うなら、互いに譲れないものがあるときでしょう。夢だとか、希望だとかの形が少し違っていたときでしょう。でも、オレたちがどんな風に争っても、もしも貴女が降伏するなら、そのあとの安全と平穏は約束します」

「じゃあ、すぐにそうして」

　迷わず降伏するから、今すぐこのチームを奪って。

　ウォーターの瞳は綺麗に澄み、まだ優しいままだった。

「それで、いいんですか？」

「いい」

「でも、また人が死にます」

「どうして？」

「平穏な国というのは、そういうチームだから。貴女に依存していなければ形を保てないチームだから。リリィ。貴女の立場は、本当につらいと思う。なんて可哀《かわい》そうなんだろうと思う。だって、貴女が誰も殺したくないのなら、諦《あきら》めることさえ許されない」

そんなの、知らない。――と、言いたかった。

私が望んだことではない。知ったことではないと言いたかった。

でも、それが間違いなのだと、リリィはもう知っている。どうせまた後悔することを知っている。チームの誰かが死んだとき、どうしてまともにそのことを想像できなかったのだろうって、泣くことになると知っている。

「リリィ。これだけは信じてください。オレは本当に、貴女を友達だと思っています。優しくて、健やかで、誠実な、特別な友達です。オレがチームを離れても、それはひとつも変わりません」

リリィは目元の涙をぬぐう。

小さなしゃっくりが出て、それがなんだか恥ずかしかった。

「いつ、いなくなるの？」

「実はこのループの終わりに、と考えていましたが、事務的な作業が少しあふれるかもしれません。香屋の動きで、平穏にも少し混乱があります。その辺りがまとまって、チームが落ち着けばすぐに」

「そう」

「それまでは貴女の言う通り、香屋と仲良くしていますよ。きっと、あと一〇日くらいですが、誠意を込めて貴女にお仕えします」

　また、しゃっくりが漏れた。

　リリィは二度、大きく深呼吸をする。それから言う。

「わかった。でも、それからも、月に一度くらいは一緒にお茶をして」

「それは、命令ですか？」

「ううん。お願い」

「じゃあ約束しましょう。オレは、友達との約束は破らないと決めています」

　それではおやすみなさい、と頭を下げて、ウォーターが退室する。

　閉まったドアを、しばらくみつめていた。

　眠れるはずがないと思っていた。

　でもリリィはベッドの中でしばらく泣いて、そのまま眠ったことに翌朝気づいた。

エピローグ

　その戦いの結果、中堅チームのふたつ——ロビンソンとメアリー・セレストは、エデンに取り込まれる形で消滅した。加えて、月生《げっしょう》に引き連れられた四つの弱小が、それぞれチームを捨てた。

　それらの弱小チームの扱いはキネマ倶楽部《くらぶ》と平穏な国——香屋《かや》とトーマのあいだで話し合いが持たれ、けっきょくは平穏な国に吸収される形になった。

　これで、架見崎《かみさき》に残ったチームは、すべてで八つ。

　大手二チーム、PORTと平穏な国。

　中堅三チーム、エデン、ミケ帝国、キネマ倶楽部。

　加えて弱小の中の異端、タンブル工業と、他に二チーム。

　架見崎の、多くの人たちの目からみて、その勢力図はわかりやすいものだった。

　PORTとエデンはほとんど同一のチームで、平穏、ミケ、キネマは手を組んでいる。PORT、エデンの方がより多くのポイントを持ち、対して平穏側三チームは香屋の能力を理由に戦いのない架見崎を掲げ弱者を取り込もうとしている。

　どちらの陣営が有利とみるのかは評価がわかれた。当たり前に考えてPORTが強いとも予想されたし、月生と白猫《しろねこ》がつく平穏側が実際の戦闘では有利だともいわれた。ユーリイとウォーターの対比ではややユーリイの評価が高いが、拮抗《きっこう》してもいた。それに付随し、奇妙な存在として香屋歩《あゆむ》の名前も話題に上った。

なんにせよ架見崎の勢力図は、このループで大きく描き変わっていた。

まず前半の戦いで、大手のうちの一角——月生の「架見崎駅南改札前」が落ちた。その月生はキネマ倶楽部に所属し、弱小だったキネマを中堅の一角にした。

後半の戦いでは、PORTはユーリイとホミニニをエデンに送り込み、そのエデンが中堅二チームを落とした。

——次はいよいよ、PORTと平穏が正面からやり合うのではないか？

大勢がそう予感していたが、当事者たちの考えはまた違う。

ユーリイはホミニニと共に、エデンを使いPORTに牙《きば》を剝《む》こうとしていた。

平穏の実質的な支配者、ウォーターはチームを抜ける準備を進め、新たに作るチームの名前に少し悩んでいた。半ば決まっていたのだけど、本当にそれでいいのか、という迷いがあった。

それぞれの思惑《おもわく》を抱えたまま、架見崎は次のループを迎える。

＊

「見事につかまっちゃいましたね」

とカエルが言った。

このマリオネットに会うのも、ずいぶん久しぶりな気がする。

香屋歩はマンションの一室の、チープなパイプ椅子《いす》に腰を下ろす。正面の長机には、ネコ、カエル、フクロウが順に並んでいる。三人ひと組という印象が強いけれど、喋《しゃべ》りかけてくるのはたいていがカエルだ。

そのカエルが、不気味な笑顔で続ける。

「あの失敗を除けば、だいたい貴方《あなた》の思惑通りという感じですか。架見崎が、これまでみたことのない方向に進みつつある」

コゲに捕らえられたことは、今思い返しても背筋が凍る出来事だった。

相手がトーマだったから、まだよかった。あいつはこちらの命までは取ろうとしないだろうから。でも、もしもコゲに手を伸ばしていたのが別のチームだったなら、今もまだ生きていられたかわからない。たとえばPORTのトップ連中――現状でもっとも勝者に近い人たちは、「キュー・アンド・エー」を警戒するかもしれない。今後面倒なことになりそうだから、さっさと殺して自分たちで取り直しておこう、みたいなことを考えても不思議はない。

――僕は、もっと、正しく怖《おそ》れなければいけない。

あらゆる思い込みを捨てて。自分に都合よく現実を捻《ね》じ曲げる視点を捨てて、不安に、恐怖に、正面から向き合わなければいけない。

そうとわかっていても、限界があった。架見崎において、香屋は未《いま》だに弱者だ。たとえばトーマやユーリイに比べて、蓄えが圧倒的に足りていない。弱者は身を隠しているのが生存戦略の王道ではあるけれど、じっと潜んでいては目的が叶《かな》わない。架見崎の戦闘が激化し、恐怖が膨らんでいくばかりだ。そして、世界を変えようとするなら、どうしてもリスクを取らなければいけないこともある。弱者が弱者たる所以《ゆえん》というのは、そのリスクに備えるカードが手札にない点だ。

——だから、初めからバランスがおかしいんだよな。

リスクを冒し続けると必ずどこかで転ぶ。成功率九割の方法でも、一〇回繰り返せばそのすべてに成功する確率は三割五分を下回る。もう一回、もう一回といっているうちに、手痛い失敗を犯すことになる。

「今日はずいぶん寡黙《かもく》ですね」

とカエルが言った。

顔をしかめて香屋は答える。

「ああ、すみません。頭の中で八つ当たりしていました」

「誰に？」

「貴方に」

というか、架見崎という舞台全体に。でもけっきょくそれは、運営の責任だろう。

カエルが、生物としては違和感のある速度で、大げさに首を傾《かし》げてみせる。

「八つ当たりをしたいのはこちらですよ。今回の貴方の行動、架見崎の全ルールへの宣戦布告と受け取っても？」

まったく違う。ひどい言いがかりだ。

「そんなの、ここで初めて貴方に会ったときにはもう、済ませていたはずです」

このカエルだって、きっとわかっていただろう。

こちらの思惑なんてだいたい見通して、それでも「キュー・アンド・エー」という能力を許可した。だからみんな、運営の手のひらの上なのだと思う。

カエルが両手を上げて、左右のバランスがおかしいバンザイみたいなポーズをする。これまでにも何度かみたことがあるから、もしかしたら気に入っているポーズなのかもしれない。

「ひどいですね。私はできれば、皆さんと仲良くしたいと思っているのに」

「僕だって同じですよ。僕がケンカを売っているのは貴方じゃない。あくまで、架見崎のルールです」

運営、なんて絶対的な権力者を敵に回して良いことはなにもない。みんなで仲良く架見崎に立ち向かいたい。

「そのルールを作ったのは私たちです」

「ゼロ番目のイドラを見つけ出すために？」

「まあ、そうですね」

ゼロ番目のイドラ。

生きることそのものに意味を見出《みいだ》す、生命の前提となる偏見。

「そんなあやふやなもの、どうなったらみつかったことになるんですか」

「それがわかれば苦労はありませんよ。わからないから探しているんです」

「でも、探し始めた動機はあるんですよね？　なにか、貴方たちが架見崎という舞台を用意してでも、生命の価値を証明しなければならなくなった理由」

「詳細を知りたければ、質問候補にお加えください」

もちろん、知りたい。今後、重要になる情報なのではないかという気もする。

でも今はまだできない。質問の数が足りない。

「さて。親睦《しんぼく》を深める、愉快な雑談はこれくらいにして――」

「親睦を深めたいなら、その秘密主義な態度を改めてください」

「貴方ばかりに時間を使うわけにもいきませんから。お話はこれくらいにして、厄介な能力を処理してしまいましょう」

まあ、仕方がない。

香屋の能力――「キュー・アンド・エー」は、ループのたびに五つまで質問の候補を設定できる。端末に入力用のページがあり、そのデータがカエルたちの手元にある、金属製の五枚のカードに転送される。

質問候補の記入はすでに終えていた。

カエルは五枚のカードをざっと確認し、それから、息を吐き出して笑った。というか表情はずっと笑みを浮かべたままなのだけど、笑うような息を吐く音が聞こえた。

一枚のカードを手に取り、表面をこちらに向ける。

——架見崎を平和な世界として存続させる方法は？

その、香屋の切り札を手にしたまま、カエルは言った。

「そういえば、私たちも解答を知らない質問への取り決めはありませんでしたね」

これは、素敵な反応だ。

香屋は笑う。少しだけ、このカエルへの好感度が上がる。

「考えてくれればいい。一緒に、全力で」

もともと、「キュー・アンド・エー」にはみっつの機能を期待している。ひとつ目は架見崎を生き抜く上で有利な情報を運営から引き出すこと。ふたつ目は一度にまとめて大量のポイントを捨てる機会を得ること。そしてみっつ目が、これだ。つまり、運営そのものの協力を得ること。

カエルが、たん、と大きな音をたてて、手の中のカードを机に伏せた。

彼は片脇《かたわき》にあったノートPCを、三本の指で器用に叩《たた》き、その画面を両脇のネコとフクロウにみせる。ネコの方は素直にうなずき、フクロウの方は右側の翼を振る。

「そこまで例外的な処理が必要ですか？」

と、フクロウは言った。

カエルが頷《うなず》く。

「ルールで規定されていることです。彼の能力――『キュー・アンド・エー』は、互いが誠意をもってフェアに運用しなければならない」

「まあ、良い。今は貴方の判断に従いましょう。ですが――」

「わかっていますよ。自分の立場くらい」

そのふたりの会話が、香屋の目には奇妙に映った。

なんというか、力関係みたいなものがはっきりしない。これまではカエルが権限を握っていて、あとのふたりはそのサポート、くらいの気持ちだったのだけど、そうすると今のやりとりには違和感があるような。

カエルはやはりいつも通りの笑みで、机に伏せたカードを指さす。

「失礼しました。この一枚は、『調査中』とさせていただきます。今、質問をお受けしても正確な答えをお返しすることができませんから、今回は処理を一時停止させてください。代わりに、もうひとつ質問候補を」

なるほど。こんなことも起こり得るのか。

香屋の想像とはずいぶん違う展開だけれど、悪くもない。

「質問候補は、残りの四つだけでかまいません。代わりに、そのことを僕の端末に反映させてください」

「そのこと、というのは？」

「質問の文面を残したまま、運営からの返事が調査中だってわかればなんでも」

「了解です。まあ、こちらの落ち度ではありますから、それくらいは良いでしょう」

調査中というのは、なかなか素敵だ。

返答の拒否ではなく、適当に「知りません」と返されるわけでもない。少なくとも運営側も、真面目《まじめ》に考えるつもりはある、ということを、この端末を検索《サーチ》する人たちに示せる。

「調査には、どれくらいの時間がかかりそうですか？」

「次のループまでには、なんとか。ですが、正直、私には権限がないご質問ですから」

このカエルの権限というのも、考えたことがない視点だった。

つまり彼には、上司のようなものがいるのだろう。もちろん、いたとしても不思議はない。むしろこれまで、そのことを発想できなかったこちらの見落としなのだという気がする。

「調査期間が延びる可能性がある、ということですね？」

「それもそうですが、どちらかというと、『お答えできない』という返事になる可能性があります。最悪の場合、私の解任まであり得ます。本来は権限がないことで、多少は上の連中にごねなければなりませんから」

「とても困る」

「そうならないよう、全力を尽くすつもりではいますよ。私だってもうしばらく、この仕事を続けたい」

もっと食い下がりたいところだけれど、このカエルにあれこれと言っても仕方がないだろう。その「上の連中」というのに期待するしかない。最悪の結果に備えながら。

「健闘を祈りますよ。本当に」

と、香屋はぼやいて、つまらない天井を見上げた。

＊

まったく同じとき、トーマもまたパイプ椅子に座って、三体のマリオネットたちと向かい合っていた。

トーマはこの、月に一度の運営との雑談が好きだった。

「香屋の方は、ずいぶん揉《も》めているだろうね」

とカエルに声をかけてみる。

彼――このカエルには性別がないはずだけれど、元になっているのは男性なのでとりあえず彼とする――は、長机にぴたんと身を伏せている。

「別に、揉めてるというわけではありません。面倒ではありますが――」

「でも、君の意図には沿っている」

「私に意図なんてものはありませんよ。ご存じでしょう？」

「どうかな。私は、君にも意図だって、自我だって、夢だってあると信じてるから」

「なるほど。たしかに、貴女《あなた》ならそう言う」

カエルはなんだか、疲れ果てているようにみえた。彼にだってきっと、気苦労はあるのだろう。彼自身はそれを感情とは呼ばなくても、似たようなものが。

　ネコの方に話を振ってみる。

「じっさい、どう処理するつもりなんですか？　香屋の質問」

　ネコは長机の向こうの椅子に、行儀よく座ったまま答えた。

「とりあえず私から、上司と掛け合ってみます。すでに香屋歩に関しては、特別に注視するよう指示を受けています。とはいえ――」

「あいつの質問は、コストが高すぎる？」

「そうですね。現状では、架見崎を長期的に運用するのは現実的ではありません」

　ま、おそらくそうなのだろう。

　架見崎の運用コスト、なんてトーマには想像もつかないけれど、安くはないはずだ。カエルがほとんどかかり切りになっているのだから。

　トーマは、そのカエルに視線を戻す。

「でも、アポリア。君ならもう、見通しが立っているんじゃないの？」

　カエルが、長机の上で顔を上げる。

「その名前で私を呼ぶのはやめてください。正確ではない」

「でも本当の名前で呼ばれる方が嫌でしょう？」

「私は、あくまでカエルです。貴女にそれを否定されると、私だって悲しい」

「そう。そうか。ごめんね」

「というのは、まあ嘘《うそ》です。私の感情の実在は、まだ証明されていませんから」

けろけろ、とカエルは鳴いてみせる。

それでトーマは、つい笑う。

「実際、どうするつもりなの？　香屋の質問」

「ルールに則《のっと》って、公平に処理しますよ。もちろん」

「でも、君にも負担でしょう？」

「はい。ここだけの話、上の判断次第では『ヘビ』が現れます。香屋くんにとっては、まさに藪蛇《やぶへび》というやつですね」

笑えない。まったく。

トーマは思わず、顔をしかめていた。

「じゃあ、君は？」

「丸のみにされておしまいでしょうね。まあ、消されはしないでしょうが、今の職を追われてまた誰かの話し相手にでもなるのかもしれません」

すかさず隣の、ネコが言った。

「あくまで可能性のひとつです。そもそも、ゼロベースから『彼』を再現する計画は、以前から動いていたものです」

「でも、カエル派が優勢なんでしょう？」

「今のところは。ですが今後の架見崎の運用次第では、もちろん判断が変わることもあり得ます」

トーマは額を押さえた。

――香屋の能力。ここまで、大ごとになるのか。

もともと、香屋のあれは、薬でもあり毒でもあるとわかっていた。でも、こんなにも強力な毒だなんて思っていなかった。架見崎が、簡単に吹き飛ぶような毒だなんて。

だが英雄は、それを本物の薬にしてみせる。――と、あのアニメ・ヒーローが言った。秋穂《あきほ》も言った。

たしかに、それがいちばん恰好良《かっこうい》いのだ。押さえたままの額を強くつかんで、トーマは尋ねる。

「架見崎を、一時的に止められますか？」

その質問には、フクロウが答える。

「難しいですが、やむを得ない理由があるなら。目的はなんですか？」

決まっている。そんなの。

「私のヒーローに、絶望を証明するために」

ずっと躊躇《ためら》ってきた。

まだ早い、早すぎる。そう思い続けてきた。

でも、心の底から香屋を信じているのなら、あいつにこの世界の本当の姿をみせつけなければならないのかもしれない。

それが、香屋歩という存在を、根底から覆《くつがえ》すことになるとしても。

本書は新潮文庫のために書き下ろされた。

ストーリー協力　河端ジュン一

この物語はどうしようもなく、
彼女に出会った時から始まる。

階段島シリーズ

イラスト：越島はぐ

英雄の書。
それは完全な物語。

すぐ、帰る支度をしなさい——。
学校の先生のひと言から、
森崎友理子の生活は一変した。
中学生の兄・大樹が同級生を殺傷し、失踪したのだ。
兄の身を案じる妹は、彼の部屋で
「ヒロキは〝英雄〟に憑かれてしまった」
という不思議な声を聞く。
兄を救い出すため、少女は現実と異界を巻き込む
壮大な冒険へと旅立つ。

新潮文庫の宮部みゆき作品
英雄の書（上下）
©藤田新策

伊坂幸太郎著
ホワイトラビット

銃を持つ男。怯える母子。突入する警察。前代未聞の白兎事件とは。軽やかに、鮮やかに。読み手を魅了する伊坂マジックの最先端！

伊坂幸太郎著
ジャイロスコープ

「助言あり〼《ます》」の看板を掲げる謎の相談屋。バスジャック事件の〝もし、あの時……〟。書下ろし短編収録の文庫オリジナル作品集！

米澤穂信著
リカーシブル

この町は、おかしい——。高速道路の誘致運動。町に残る伝承。そして、弟の予知と事件。十代の切なさと成長を描く青春ミステリ。

知念実希人著
螺旋の手術室

手術室での不可解な死。次々と殺される教授選の候補者たち。「完全犯罪」に潜む医師の苦悩を描く、慟哭の医療ミステリー。

宮部みゆき著
小暮写眞館（I〜IV）

築三十三年の古びた写真館に住むことになった高校生、花菱英一。写真に秘められた物語を解き明かす、心温まる現代ミステリー。

宮部みゆき著
ソロモンの偽証
—第I部 事件—（上・下）

クリスマス未明に転落死したひとりの中学生。彼の死は、自殺か、殺人か——。作家生活25年の集大成、現代ミステリーの最高峰。

イラスト　越島はぐ
デザイン　川谷康久（川谷デザイン）

さよならの言《い》い方《かた》なんて知《し》らない。4

新潮文庫　こ－60－14

令和二年十月一日発行

著者　河《こう》野《の》裕《ゆたか》
発行者　佐藤隆信
発行所　株式会社新潮社
郵便番号　一六二—八七一一
東京都新宿区矢来町七一
電話　編集部(〇三)三二六六—五四四〇
読者係(〇三)三二六六—五一一一
https://www.shinchosha.co.jp
価格はカバーに表示してあります。
乱丁・落丁本は、ご面倒ですが小社読者係宛ご送付ください。送料小社負担にてお取替えいたします。

印刷・錦明印刷株式会社　製本・錦明印刷株式会社

ISBN978-4-10-180202-2 C0193